Sekreto

Incest-schandaal na 40 jaar onthuld

Ismine Thielman

Sekreto

Incest-schandaal na 40 jaar onthuld

Auteursrecht: Ismine Thielman
Omslag illustratie: Ismine Thielman
ISBN: 978-1-0878-5672-8
NUR 402
Uitgever: Saved to Served International Publishing

Sekreto is het waargebeurde verhaal van de auteur.

Alle gebeurtenissen die hierin worden beschreven zijn gebaseerd op de verdrongen, maar levendige herinneringen van de auteur.

Om de privacy van de meeste personen te beschermen, is gebruikgemaakt van pseudoniemen.

SEKRETO

Ik draag Sekreto[1] op aan eenieder die een dergelijke gebeurtenis heeft meegemaakt.

Met veel liefde wil ik eenieder die er nog nooit over gesproken heeft, aansporen om dit alsnog te doen. Mijn reden om er niet over te spreken, was om het hechte familie- en kennissenband niet te verstoren. Ik was ook ontzettend bang om klappen te krijgen.

Ik heb mogen ervaren dat het spreken over de gebeurtenis je bevrijdt. Jarenlang heb ik rondgelopen met het feit dat ik niemand voor de kop wilde stoten. Ondertussen ging ik er zelf onderdoor.

Schrijf je verhaal op of praat erover en ervaar je bevrijding.

---

1 Geheim

Mijn lieve Dudu

Dudu, moeder en tante van velen, zonder zelf eentje te baren,
was in alle opzichten een bijzondere vrouw.

In haar was geen gram boosheid, noch haat te vinden.

Wij, als haar pleegkinderen, heeft ze geduld en
liefde geleerd.

Drie generaties heeft ze grootgebracht:
mijn moeder, mijn dochter en ik.

Door haar goedgelovigheid, zijn de dingen anders gelopen,
dan ze had verwacht.

Mijn lieve Dudu, wat heeft ze toch veel voor mij betekend.

Ze is niet meer bij ons,
toch zal ze voor altijd in ons hart voortleven.

Ooit zullen we elkaar weer in de armen nemen.

DANKWOORD

In de eerste plaats wil ik mijn zusjes bedanken voor hun aanvulling op mijn herinneringen over deze ingrijpende gebeurtenis in mijn leven.

Mijn Dudu is er niet meer, het zou haar hart gebroken hebben als ze dit geheim had geweten.

Vervolgens bedank ik mijn vriendin Joyce Herry, die aan de wieg heeft gestaan toen ik worstelde bij het schrijven van het boek en met geduld aanwijzingen gaf om het boek gestalte te geven.

Tevens bedank ik Gabriëlle Pennings voor haar inzicht en kennis op taalgebied.

Tot slot bedank ik mijn man en kinderen en kennissen voor hun aanmoedigingen om dit boek te schrijven.

Met name bedankt ik mijn zus Luisette Kraal voor haar inzicht in het publiceren van mijn boek.

Eenieder die ik niet bij naam genoemd heb, bedankt voor je steun en aanmoediging.

Sekreto

Sekreto betekent geheim.

Jarenlang heb ik met dit geheim rondgelopen. Het voelde aan als een last op mijn schouders.

Nadat mijn geheim op een bijzondere manier bekend werd, heb ik besloten om het op te schrijven. Niet alleen met de bedoeling om het van me af te schrijven maar ook om lezers wakker te schudden. Vaak is iemand die aan je kind zit niet een onbekende. Het trieste van het verhaal is dat kinderen dit vaak niet onder woorden kunnen brengen. Wij zijn zo geneigd om een kind met de stempel "ondeugend, ongehoorzaam" te bestempelen. Maar vaak is het gedragsprobleem ontstaan door wat er plaats aan het vinden is. Neem het kind serieus en praat met hem/haar. De ondeugendheid of ongehoorzaamheid van het kind is een signaal.

Als jij zelf slachtoffer bent geweest, mag je nooit denken dat jij de schuldige bent. Weet dat de bedreiging van de dader een tactiek is om jou in zijn/haar macht te krijgen. In ieder geval moet je hulp zoeken voordat je vroeg of laat een trauma oploopt.

En ... jij die misschien een kind misbruikt hebt, of aan het misbruiken bent, alstublieft stop ermee en zoek hulp. Je maakt het kind en zijn/haar toekomst kapot. Laat het niet zover komen.

Ik ben ontzettend blij dat ik mijn verhaal op papier gezet heb en hoop een heleboel ogen te openen. Daarnaast vind ik het belangrijk dat mijn familie begrijpt waarom ik soms zo heftig reageerde op omstandigheden die mijn leven beïnvloed hebben.

Zelf ben ik gekwetst geweest, toch wil ik niemand met mijn boek kwetsen of teleurstellen.

Ongeduldig knijp ik de sinaasappel fijn in mijn handen. Op de achtergrond klinkt het lied 'Op de tandem naar Marokko'. Meestal zing ik naar hartenlust mee. Vandaag is het een ander verhaal. Het verleden knaagt aan mij. Buiten is het winderig en koud. De hoge bomen in de straat waaien erg bewegelijk en ietwat dreigend. Zulke hoge bomen hebben we niet op Curaçao. Ik vraag me af wat ik hier in Nederland doe.

"Nou zeg, leg die sinaasappel weg en neem een beslissing. Je draait er al zo lang omheen. Of denk je soms dat dit besluiteloze gedrag goed is voor onze relatie?"

De harde stem van Vincent dreunt door de huiskamer. Het lijkt alsof zijn luide stem de muren doet schudden. Met trillende vingers neemt Vincent een slok van zijn koude koffie, intussen kijkt hij mij met zijn blauwe ogen door zijn blonde pijpenkrullen aan. De slok moet hem blijkbaar kalmeren.

Met een smak gooi ik de sinaasappel tegen de verbleekte familiefoto uit mijn kinderjaren die op het dressoir staat. "Moet je eens kijken, wat een onschuld!" mompel ik, terwijl ik nostalgisch naar de *verbleekte gezichten staar.*

"Wát zeg je?" Vincents stem klinkt geërgerd.

"Niks bijzonders. Ik kan mijn vingers niet in bedwang houden."

Ik ben zo gespannen dat ik de zoom van mijn trui bij elkaar knijp.

"Mens! Het is inmiddels jaren geleden gebeurd, doe je mond nou eens een keer open en praat erover. Het wordt tijd dat de waarheid boven tafel komt, maar het enige wat mevrouw doet is jointjes roken om als een blok in slaap te vallen. Hoelang denk jij dit nog te kunnen volhouden?" Zijn driftige stem gaat door merg en been. Hierdoor wordt het voor mij nú wel duidelijk dat het voor Vincent genoeg is. Er moet nu echt iets gaan gebeuren. Dat zie ik zelf ook wel in. Maar dat gevoel ... het gevoel alsof ik vanbinnen bij elkaar geknepen word als ik erover wil praten, weerhoudt mij ervan.

Vincent dramt maar door. "Als jij niet de eerste stap zet, doe ik het wel. Ik ben hier klaar mee!"

Met een harde knal gooit hij de deur dicht. Oeps, hij is vast gefrustreerd. Zoiets doet Vincent anders nooit.

"Waar gaat die zeur nu naartoe?", mopper ik verontwaardigd.

Ik hoor dat de motor van de auto meteen aanslaat, hetgeen mij verrast. Al weken krijg ik de auto niet zo snel aan de praat. Vincent heeft mazzel dat de rammelkast meteen loopt. In de verte verdwijnt het geluid van de wegrijdende auto, gepaard met piepende banden.

Zo meteen komt hij klagen dat hij met zijn twee meter lange lijf niet in mijn roestige blauwe Renault Alpine 5 past.

"Hij is echt boos," mompel ik tegen mezelf.
Ik trek het dressoir open, de cognaclucht komt mij tegemoet. Alleen de lucht al bedwelmt mij.
Zal ik het doen of niet?
Mijn lange tengere vingers reiken naar de kurk van de alcoholfles. Ik streel de fles.
Nee, nee! Dit keer niet, dit keer laat ik het niet zover komen.
Hopeloos zak ik weer in de vertrouwde fauteuil en strek mijn lange dunne benen uit op de salontafel. Van mijn loshangende haar maak ik een knot, en ik vraag me af waarom Vincent zolang weg blijft.

Het dwingende gerinkel van de vaste telefoon haalt mij uit mijn gedachten. Ik voel dat het Vincent is. Op dit moment heb ik geen zin in enig telefonisch gebabbel, en zeker niet met Vincent. Maar met een zucht kom ik toch langzaam overeind. Waarom belt hij mij nú op?, vraag ik me af.
Zonder enige haast strompel ik naar de telefoon. Daar aangekomen aarzel ik alsnog of ik de hoorn zal oppakken. Met enige moeite breng ik de hoorn naar mijn oor.
"Hallo, hallo ... Rachel, ben je daar?"
Meteen herken ik de enthousiaste stem van Pedro, ik heb me vergist, ik heb zo laat op de avond geen moment aan Pedro gedacht. Pedro is de laatste persoon met wie ik op dit moment in gesprek zou willen gaan. Hij heeft zeker weer goed spul op zak. Laat hem het maar bekijken met zijn rotzooi.
"Hallo, hallo, Rachel ... ben je daar?"
Kalm leg ik de hoorn weer op de haak, en zie op dat moment vanuit mijn ooghoek Vincent binnenlopen.

"Waar ben jíj geweest?" vraag ik verbaasd door zijn plotselinge verschijning.

"Geld uit de muur halen voor jou."

"Voor mij? Hoezo dat dan?"

"Om dit te stoppen," zegt hij resoluut, voordat ik mijn laatste woord kon uitspreken.

"Koop een ticket en vlieg zo snel mogelijk naar Curaçao. Doe dit in het voorjaar, de tickets zijn nu nog voordelig. Zorg dat je niet terugkomt voordat jij dit trauma met je moeder besproken hebt. Het is te gek voor woorden dat je hier inmiddels vijftien jaar mee rondloopt."

Een week later landt het vliegtuig op Hato, de luchthaven van Curaçao. Mams staat al bij
de aankomsthal op mij te wachten. Ondanks haar korte postuur probeert ze over de menigte heen te kijken. Het verbaast mij dat mams niks veranderd is. Al jaren draagt ze hetzelfde krullende kapsel. Het lijkt erop alsof ze geen grammetje afgevallen is. Ze is nog steeds net zo stevig. Aan haar kleine voetjes draagt ze zwarte sandalen, bekleed met gekleurde kralen. Hoewel ik er moeite mee heb, omhels ik haar.

"Rachel mi dushi[2]," zegt mams enthousiast. Deze woorden heb ik nooit eerder uit haar mond gehoord. Althans, niet tegen mij. Mams knijpt me bijna fijn.

"Gaat alles wel goed met je? Je bent wel mager geworden." Ze kijkt me onderzoekend aan.

"Ja, dieet hè." De smoes rolt zonder moeite uit mijn mond.

"Hoe was je vlucht?"

---

[2] Mijn schat

"Ik mag niet klagen. Rustig. Goed."
"Kom, laten we gaan, ik help je met je bagage. Thuis staat een lekkere maaltijd op ons te wachten."

Na de maaltijd heb ik maar één verlangen, en dat is slapen.

De volgende ochtend tuur ik vanaf het balkon van de bovenste verdieping naar de enorme droge, kale vlakte met onkruid achter het huis van mams. Ik houd enkele hagedissen in de gaten die een levend schouwspel opvoeren. In gedachten zie ik mijn avontuurlijke jeugdjaren met Julio voorbijflitsen. Ik denk aan opa en Roza, ja ... Roza, hoe zal het met haar gaan? Het voelt allemaal als de dag van gisteren. Die dag was het heet en windstil.

De zon schijnt fel. Een zinderende hitte daalt neer vanuit de blauwe hemel. Er is geen wolkje te bekennen. Het waait niet, geen blad aan de bomen beweegt.
De zweetdruppels lopen langs Rachels smalle bruine gezicht. Met haar tong vangt ze enkele vochtdruppels op. "Uhm ... zout zeg!"

Met snelle passen haast Rachel zich naar huis. Ze is te laat, ze heeft op school meegeholpen.
Plotseling klinkt er een bulderende stem als van een zwaarlijvige olifant vanuit de struiken. "Raaaaachel, vanavond komen de spoken."
Rachel herkent de stem, ze schrikt niet.
"Ach, die Julio, altijd hetzelfde ... spoken! Kom maar vanachter die struiken vandaan, spook Julio."

Julio reageert niet. Het blijft stil. Julio is een kopje kleiner dan Rachel. Met zijn tengere lichaam kan hij zich goed tussen de struiken verstoppen. Hij weet dat Rachel bang is voor spoken. Zelf gelooft hij er heilig in. Hij is dan ook de enige van de hele familie die gelooft dat er altijd een spook bij het badkamerluikje komt kijken. Dudu, de groottante van Rachel, die haar van kinds af aan heeft opgevoed, gelooft niet in Rachels spookverhalen. Als Rachel eenmaal over spoken begint, spreidt ze haar grijze ogen wijd open. Meestal luistert ze wel naar het hele verhaal, waarna ze zich omdraait en zegt 'Spoken bestaan niet'.

"Ach, Julio toch. Je bent betrapt, ik zie je voeten."

Rachel heeft zijn voeten helemaal niet gezien, ze heeft zijn stem herkend. Benieuwd naar welk grapje Julio nu weer gaat uithalen, blijft ze stilstaan en wacht af hoelang Julio het zal volhouden.

Minutenlang beweegt Julio niet, hij zegt ook niets terug.

Julio's oudste broer Freddie loopt Rachel tegemoet. "Heb jij Julio gezien? Hij is al lang van huis weg om funchimeel[3] te halen voor ma. Hij is nog steeds niet terug en ma wil koken."

Bedachtzaam kijkt Rachel naar Freddie, ze vraagt zich af wat ze zal antwoorden.

Voor de zoveelste keer is Rachel niet van plan om Julio te verraden. Als ze hem verraadt, krijgt hij vast en zeker huisarrest.

"Julio ...? Ach ... eh ... nee, niet gezien, maar wel gehoord."

Freddie fronst zijn wenkbrauwen en schudt zijn hoofd. "Hoe bedoel je?"

Rachel kijkt naar de struiken. "Zoals ik het zeg, niet gezien, maar wel gehoord."

"Vandaag geen grapjes Rachel, het is al zo heet, ik wil verder."

---

[3] Meel gemaakt van maïs (ook bekend als polenta).

Opvallend steekt Rachel haar kin naar voren en wijst ermee naar de bosjes.

"Freddie, ik spreek de waarheid."

Haar teken heeft Freddie niet begrepen. Geïrriteerd loopt hij verder richting de toko[4]. Hij gaat zeker kijken of Julio daar te vinden is.

Nogmaals gluurt Rachel tussen de struiken. Geen Julio te zien. Er raast een auto voorbij. Een stofwolk stijgt op. Het opgestegen stof plakt aan Rachels bezwete gezicht. Ze krijgt geen tijd om het van haar gezicht af te vegen; op datzelfde moment hoort ze iets in de struiken ritselen. Schreeuwend komt Julio tevoorschijn. Als een wilde indiaan stampt hij met zijn voeten en trekt hij zijn hemd uit. Rachel ligt spontaan in een deuk. Wild krabt Julio over zijn buik.

"Lach niet mens, ik stond in een mierennest."

Behulpzaam klopt Rachel wat mieren van zijn benen. "Net goed voor je, spook Julio."

"Puh … puh," zucht Julio, terwijl hij zijn bezwete hemd weer aandoet. Met grote sprongen verdwijnt hij weer achter de struiken.

"Wat ga je weer tussen de struiken doen? Je moet toch funchimeel halen? Heb jij wel in de gaten dat Tante Rita nog steeds op jou wacht?"

Julio komt weer uit de struiken. "Ik ga al, ik ga al … mevrouw bemoeial."

Hij stopt opvallend het pak funchimeel onder zijn oksel. Rachel volgt hem met haar ogen, totdat hij zich een paar stappen verderop omdraait en haar smeekt: "Zullen we alstublieft vrienden blijven tot en met kerst? Ná de kerst maken we een nieuwe afspraak." Huiverig laat Rachel haar hoofd zakken. Deze vraag herinnert haar aan het komende familiekerstfeest op eerste kerstdag. Dat feest

---

[4] Buurtwinkel

vindt plaats bij de familie van over de berg, waar Dennis, de aangetrouwde oom van Rachel, ook aanwezig zal zijn. "Is goed," antwoordt ze beduusd.

Rachel weet bij voorbaat dat Julio zich niet aan zijn afspraak zal houden. Vroeg of laat zal er toch een of ander voorval plaatsvinden. Onderweg naar huis realiseert Rachel zich dat het nog maar drie maanden duurt tot het grote familiefeest. Het liefst wil ze Dennis op de leuke familiebijeenkomst niet tegenkomen. Dat onduidelijke taalgebruik van hem brengt haar in de war. Ze bedenkt alvast verschillende smoesjes. Zal ik op eerste kerstdag zeggen dat ik hoofdpijn heb? Nee … nee …! Dat zal niet aanslaan. Dudu geeft me zeker een aspirientje met de mededeling: "Neem en slik, het gaat zo over." Nee … nee, dan maar een andere smoes … Ja! Ik weet het. Mijn schoenen passen me niet meer. Of … of … toch maar buikpijn? Denkend aan wat ze moet zeggen, komt Rachel thuis aan.

Met zijn linkeroor gekluisterd aan de luidspreker van zijn transistorradio luistert opa in zijn schommelstoel naar het nieuws. opa is de overgrootvader van Rachel. Hij is al eenennegentig en hoort niet meer zo goed. Voornamen kan hij minder goed onthouden en uitspreken. Als opa iemand wil aanspreken, gebruikt hij klanken. Iedereen in huis heeft een eigen klank gekregen. Rachels klankennaam is Tjien Tjien.

Het is echt lachen als er vriendinnetjes bij Rachel thuis komen spelen. Dan raakt opa in de war. Hij weet immers niet welke klanken bij Rachels vriendinnen horen. Een beetje grommend zegt hij dan: "Wie is deze?"

Er wordt gelukkig altijd om gelachen. En alsof dat nog niet genoeg is, kan opa ook weleens met zijn wandelstok het vriendinnetje aantikken. Daarmee geeft hij duidelijk aan wie hij bedoelt met 'wie is deze'. Ongemerkt wil Rachel achter opa's rug om naar binnen glippen. Maar opa heeft haar in de gaten.

"Tjien Tjien, je moet eens horen wat er vandaag op het nieuws was."

Dat gebrom van opa vindt Rachel oorverdovend, bovendien denkt hij ten onrechte dat Rachel net als hij belangstelling heeft in alles wat er op het nieuws komt. Elke dag opnieuw vertelt hij aan Rachel wat er op het nieuws was. Meestal luistert ze wel aandachtig, maar op dit moment maakt Rachel zich alleen maar zorgen over het familiekerstfeest.

"Uhh … ja … nee … Vertel het maar, opa."

Opa ziet Rachels lippen bewegen, maar hij heeft haar niet verstaan. "Wat zeg je?" vraagt hij met een luide stem.

Rachel haalt diep adem. Ze heeft er genoeg van om steeds drie tot vier keer haar woorden te moeten herhalen. "Ik zei, vertel het maar, opa!"

Opa pakt zijn wandelstok en slaat ermee tegen de tafelpoot. "Ik wil niets tellen, Tjien Tjien," bromt hij met een nog luidere stem.

Rachel doet een paar stappen naar opa toe. Ze spreekt dicht bij in zijn linkeroor. Met het linkeroor kan opa iets beter horen dan met zijn rechteroor. "Wat was er op het nieuws, opa?"

Nu heeft hij het wel gehoord. Er komt een brede glimlach op opa's gerimpelde gezicht. Hij knikt.

"Koningin Juliana komt naar Curaçao."

Het is maandagochtend. Het heeft vannacht flink geregend. De jasmijnplant onder Rachels raam verspreidt een heerlijke geur in haar slaapkamer. Vol bewondering kijkt Rachel door de jaloezieën naar buiten, mooie gekleurde vlinders fladderen van bloem naar bloem.

Zachtjes fluistert ze tegen de vlinders: "Had ik maar ook zo'n leven zoals jullie, wat zijn jullie toch mooi, rood en geel en bovendien zonder zorgen."

Ze opent het raam en steekt haar hand uit. "Kom vlinder, kom, zit even op mijn hand."
Ze ademt diep in, om de heerlijke jasmijnlucht goed door haar neus te inhaleren.
"Had ik maar een leven zoals jullie, een leven zonder allemaal regeltjes. Rachel, met mes en vork eten. Rachel, met twee woorden spreken. Rachel, altijd 'u' zeggen. Rachel dit, Rachel dat. Paps is een meester in het verzinnen van regeltjes en Dudu volgt ze feilloos op. En alsof dat allemaal nog niet genoeg is, leef ik ook nog met een geheim, het geheim van Dennis, de engerd."
Al begrijpt ze niet waarom ze met niemand hun verhalen mag delen, houdt ze toch voor de zekerheid haar mond daarover. Aan de toon waarop Dennis haar heeft aangesproken, heeft ze gemerkt dat het om een serieuze waarschuwing gaat. Daarbij is Dennis een volwassen man. Een goede vriend aan huis. Een oom, die iedereen raad geeft. Rachel moet respect tonen, dat hoort ze regelmatig. Ze kijkt om zich heen, misschien hoort Dudu haar wel praten.
Daarna werpt ze een blik op haar wekker. Het is al zeven uur. Vandaag heeft ze geen zin om naar school te gaan. Ze kruipt weer in bed en legt haar kussen over haar hoofd, om niet te horen wanneer Dudu eraan komt. Als ik nou een goede smoes bedenk, mag ik van Dudu zeker thuis blijven. Nog nooit heeft Dudu me op een smoesje betrapt. Wat is Dudu toch een goedgelovige en geduldige persoon, denkt ze bij zichzelf.
Ineens herinnert Rachel zich dat ze toch naar school moet. Ze heeft zuster Thérèse een tekening van Jezus beloofd. Zuster Thérèse geeft catechismusles. Tijdens de les poetst ze om de vijf minuten haar pruikentijdbrilletje schoon. Dudu is koffie aan het zetten. De heerlijke koffiegeur verspreidt zich door het hele huis. Intussen hoort Rachel de voetstappen van Dudu over de houten vloer steeds

dichterbij komen.

"Rachel, opstaan. Je moet naar school. En vergeet vanmiddag niet om op Roza te wachten."

Roza is de hartsvriendin van Rachel, ze zitten bij elkaar in de klas. Roza is al bijna veertien en ze kan niet goed leren. De klasgenoten zeggen dat ze voor 'spek en bonen' naar school mag. Roza heeft een groot postuur, waar Rachel zeker twee keer inpast. Behalve dat, heeft ze grote voeten en een paar grote oren. Haar kroeshaar schiet naar alle kanten de lucht in. Rachel en Roza vertrouwen elkaar. Vandaag komt Roza voor het eerst bij haar spelen. Ze is een fijne vriendin, altijd behulpzaam en geduldig. Maar ook veel te nieuwsgierig.

Als een raket springt Rachel uit bed. Nog nooit is ze zo snel haar bed uitgekomen. Elke ochtend is het weer hetzelfde ritueel. Als Rachel geen hoofdpijn heeft, is ze zogenaamd gestoken door de muggen. Eens heeft ze het zelfs gepresteerd om haar benen helemaal open te krabben. Maar vandaag heeft Rachel iets leuks om naar uit te kijken.

Het is duidelijk te merken dat Roza heel benieuwd is naar het leven van Rachel. Ze toont veel interesse en stelt heel wat vragen.

"Wonen jij en je tante helemaal alleen hier in dit grote huis?"

"Nou … ik ben niet altijd alleen hoor, mijn zusjes zijn vaak hier, misschien al te vaak. Ook mijn nichten en neven logeren regelmatig bij Dudu. Het is hier altijd een zoete inval."

Het huis van Dudu is werkelijk groot, het heeft twee gedeeltes. Het achterhuis, waar geleefd wordt, en het voorhuis. Het voorhuis wordt eigenlijk alleen maar gebruikt om televisie te kijken of voor speciale gelegenheden. Zowel de slaapkamers van Rachel en Dudu, als de woonkamer en eetkamer zijn in het voorhuis.

In het achterhuis bevinden zich nog acht ruimtes, waaronder twee slaapkamers en een kamer die omgebouwd is tot winkeltje. Verder is er een tweede eetkamer met woonkamer waar de speelkamer op aansluit, een keuken en een badkamer met toilet.

Zeer onder de indruk neemt Roza alles in zich op, ze kan haar ogen niet geloven. "Je mag blij zijn dat je in zo'n groot huis woont. Thuis moet ik mijn slaapkamer delen met nog twee zusjes. Rachel vindt alles maar normaal. Daarom besteedt ze weinig aandacht aan Roza's bewondering. Nonchalant laat ze zich op haar bed vallen. Hierna pakt ze haar kussen en gooit het naar Roza, die nog steeds niet uitgekeken is.

"Zo, een twéépersoonsbed! Is dat voor jou alleen?"

"Nou ja Roza, wie moet er naast mij liggen, ik ben nog niet getrouwd, hoor."

Roza lacht hartelijk. Met open mond loopt ze om het bed heen en strijkt met haar hand over de sierornamenten aan het hoofdeinde van het antieke bed. Alsof dat nog niet genoeg is, gaat ze daarna languit op het bed liggen. Vol bewondering bekijkt ze de schilderijen die aan de muur hangen.

"Mag ik ook even in het achterhuis kijken?"

Voordat Rachel haar kan antwoorden, is Roza al vertrokken.

"Mijn God ... een winkel aan huis," schreeuwt ze door het huis.

Nu begint Rachel er genoeg van te krijgen. Ze vindt dat Roza overdrijft.

"Kom, ik neem je mee de wijk in en naar het huis van mijn ouders. Zij wonen nog geen vijf minuten hier vandaan. Mijn zusjes Josephine en Tamara wonen daar ook."

Samen lopen ze naar het huis van Rachels moeder. Onderweg geeft Rachel aan Roza gedetailleerde informatie over de wijk en haar bewoners. Geen enkel feit gaat aan Roza voorbij.

"Kijk, de meneer die hier woont, is eigenaar van een groot restaurant. Die Mercedes Benz hier is van hem. Zijn vrouw heeft drie Dalmatiërs. Het volgende huis is van een architect. Naast zijn huis woont de familie Boogaard, hij is huisarts. Hun werkster komt uit Saint Kitts, een korte donkere vrouw met kroeshaar. De kinderen in de wijk plagen haar met de bijnaam 'Bedji'[5] , omdat ze een vreemd dialect spreekt.

"Wat een chique wijk. Mooie tuinen vol met bloemen. Het gras is zo groen … ongelooflijk! Maar Rachel, wonen hier alleen maar Nederlanders in jouw wijk?"

Rachel schudt haar hoofd. "Het grootste gedeelte wel, twee huizen verderop wonen Spaanse mensen, ze komen uit Venezuela, de man is piloot. En de eigenaar van het huis ernaast is directeur van een basisschool."

Roza gluurt door de heg in de tuin. "Waaaat … !? Een boot én een motor. Wonen er ook gewone mensen in jouw wijk?"

"Gewoon … gewoon …? Ja hoor, ik ben toch ook gewoon? En aan de rand van het bos iets verderop woont tante Rita, zij is ook gewoon." Om Roza aan te wijzen waar tante Rita woont, gooit Rachel een steentje in de richting van haar huis.

"Is tante Rita de zus van je vader of van je moeder?"

"Ze is de zus van mijn vader. Mijn neven zijn Rudy, Freddie, Julio en mijn nicht heet Magdalena. Wij spelen vaak samen."

De vragen van Roza beginnen Rachel te irriteren. Toch probeert ze netjes antwoord te geven, maar het liefst houdt ze haar mond.

De aandacht die Roza voor de wijk toont is bijzonder groot, want in haar wijk staan de huizen hutjemutje op elkaar. Doordat de huizen zo dicht op elkaar staan, hebben ze ook

---

[5] Persoon afkomstig van het bovenwindse eiland Saint Kitts

bijna geen tuinen. Dat is voor Roza heel normaal.

"En wie woont daar, in die twee huizen naast het huis van tante Rita?"

"Dat is het huis van mijn opa en oma, van vaderskant, en daar tegenover het huis van mijn ouders."

Achter het huis van tante Rita is een groot bos. Rachel en haar neef Julio spelen graag in het bos. Ook andere jongens uit de buurt zijn vaak in het bos te vinden.

"Je moet goed naar de andere kant van het bos kijken, daar woont tante Swinda. Haar huis zie je van hieruit niet goed. Tante Swinda heeft drie kinderen. Rugia, Chika en Thomas. Chika is mijn lievelingsnicht. Ze is groot en heeft net als haar moeder grote borsten. Door haar grote uitpuilende ogen durf je geen ruzie met haar te zoeken. Mijn neef Thomas komt vaak bij Dudu logeren. Dan hebben wij dolle pret. Verder speel ik vaak met Ivy, Humphrey en Dario. Ze zijn geen familieleden, maar goede kennissen van tante Rita. Ivy zit naast mij in de klas."

"Apart, dat je zo dicht bij je hele familie woont."

Er valt een stilte, Roza lijkt even na te denken.

"Je had het pas geleden nog over een leuke oom. En ...? Waar woont hij dan?"

Rachel verstijft, ze heeft hier niet zo snel een antwoord op. Geschrokken gaat ze op een boomstam zitten die op het zandpad ligt.

"Nou, die leuke oom is niet meer zo leuk, hoor. Hij zegt dingen tegen mij die ik niet begrijp."

Ook Roza gaat op de boomstam zitten. Ze kruist haar armen over elkaar. "Nou, als dat alles is, kan hij best nog een leuke oom zijn, of niet?"

Omdat Roza over Dennis spreekt, heeft ze onbewust de hele sfeer verpest. Had ze Roza maar niet eerder zoveel leuke verhalen over haar oom verteld. Het wrange gevoel overweldigt haar. Een bekend gevoel als ze over Dennis denkt of praat. Dit vindt ze maar raar. Dat gevoel heeft ze nooit eerder gehad. Sinds Dennis haar nadrukkelijk gewaarschuwd heeft, dat ze met niemand hun gesprekken mag delen, ervaart ze dat gevoel. Het lijkt alsof haar keel dichtgeknepen wordt.

"Ik wil liever niet over die engerd praten, neem me niet kwalijk. Zie je het huis daar? Met die mooie bloementuin?" Snel probeert Rachel het gesprek over een andere boeg te gooien, in de hoop dat ze Roza kan afleiden. "Ik vind dat de mooiste tuin van onze wijk. Daar woont de gezaghebber van Curaçao."

"Hoe heet je oom eigenlijk?"

Met haar stoffige handen wrijft Rachel over haar gezicht. Hoe moet ze Roza nu duidelijk maken dat ze een spreekverbod heeft gekregen van Dennis?

"Nou, wil je het echt weten …? Dennis, Dennis de engerd, nu tevreden?"

Het bijzondere aan Dennis is dat hij er totaal niet eng uitziet. Integendeel, zijn normale postuur en lichtbruine, goedverzorgde huidskleur, zou elke vrouw wel aanspreken. Zijn kleren zijn altijd mooi glad gestreken. Op zijn gezicht staat altijd een glimlach. De parfum die hij gebruikt, ruik je altijd van grote afstand. Er valt weer een stilte. Rachel durft niet aan Roza te vertellen dat het voor haar volkomen onduidelijk is waarom ze de gesprekken tussen Dennis en haar moet verzwijgen. Ze vraagt zich tijdens de stilte af waarom Dennis het eigenlijk niet wil. Het zal juist goed zijn als ze iemand om uitleg kan vragen over de dingen die ze niet begrijpt.

Ondertussen plukt Roza wat onkruid, daar maakt ze een boeket van. "Een boeket voor Dennis de engerd," plaagt ze Rachel.

Rachel wil echt niet meer over Dennis praten.

"Een stukje verderop aan de overkant staan drie grote huizen, pas gebouwd, vriendelijke mensen hoor. De bewoners van het laatste huis ken ik nog niet. Kort geleden

zijn ze hier komen wonen. Achter in hun tuin hebben ze een grote vijver. Toen het huis nog leegstond, zijn Julio en ik over de heg geklommen en in de tuin gesprongen."
Met het onkruidboeket in de hand luistert Roza nog even naar Rachel. Nadat Rachel uitgepraat is, wil ze weten waar Dennis woont. Ze wil het onkruidboeket persoonlijk aan 'Dennis de engerd' overhandigen.
"Luister goed naar mij … Ik ga je nu uitleggen waar hij woont. Maar wij brengen dat boeketje absoluut niet naar hem. Hij heeft het echt niet verdiend. Het zit zo met onze familie … er zijn twee familiegroepen. Eén groep woont ten westen van de berg, waar ik woon. De andere groep woont ten oosten, dus aan de andere kant van deze berg. Daar woont Dennis, samen met zijn vrouw Ivette, en hun twee kinderen Shayenne en Robertico."
Het wordt moeilijk voor Roza om haar nieuwsgierigheid nog te bedwingen. "Maar je zusje Indira woont toch ook bij Shayenne en Robertico?"
Het geduld van Rachel raakt bijna op. Ongeduldig wijst ze Roza terecht. "Wacht nou even, ik ben nog niet klaar met mijn verhaal. Ja klopt, mijn zusje Indira woont ook in hetzelfde huis. In dat huis wonen ze met z'n vijven. Het is een klein knus huisje. Indira komt wel vaak bij mams of bij Dudu logeren. Naast het huis van Dennis en zijn vrouw Ivette, dat jij zo graag wilt zien, woont tante Louisa. Tante Louisa is de moeder van Ivette. Naast Ivette heeft tante Louisa nog twee meiden: Margaret en Marjorie. Ook twee leuke nichten van mij. Aan de overkant van tante Louisa, woont tante Ruthi, ze is mijn moeders tante. Je wilt haar niet meemaken. Díe is bot en streng! Tot zover…! Heeft mevrouw Roza nog wat te vragen?"
Roza is stomverbaasd. Uit eerdere gesprekken weet Rachel dat Roza niet zo'n grote familie heeft en daarbij weet ze amper waar haar familieleden wonen.
"Tja … Jij mag trots zijn met je twee grote familiegroepen.

Ga je ook vaak langs bij je familie van over de berg?"
Rachel draait zich naar Roza toe. Door haar strenge blik begrijpt Roza dat ze te veel vraagt.
"Je mag me hierna geen vragen meer stellen. Dit wordt mijn laatste antwoord. Ja hoor, wij komen vaak bij elkaar en organiseren veel leuke activiteiten samen. Kom, we gaan naar huis."
Samen nemen Rachel en Roza dezelfde weg terug. Nog steeds is Roza sprakeloos, Rachel maakt gebruik van de stilte, om zich af te vragen of ze niet te veel over Dennis heeft losgelaten.
"O ja, ik moet je nog vertellen over Kale Asociale," zegt Rachel als ze langs zijn huis lopen.
Roza is zo diep in gedachten verzonken dat ze Rachel niet heeft gehoord. "Wie ...? Hoe ...?
Kale ... watte ...?"
Rachel herhaalt lachend de naam nog eens. "Kale Asociale, ken je hem niet? Wel vreemd dat je hem niet kent. Het hele eiland kent hem."
Kale Asociale heeft oorspronkelijk een andere naam, maar wordt door bijna iedereen gepest met Kale Asociale. Hij is een halfbloed, zijn vader komt uit Venezuela en zijn moeder is van Aruba, Kale Asociale is licht getint.
"Maar waarom wordt hij zo gepest?"
"Hij waggelt als een eend, hij is klein, bol en mollig. Door zijn gewicht kan hij zich amper voortbewegen." Met grote stappen probeert Rachel, Kale Asociale na te doen. "En ... zijn hoofd is te groot en helemaal kaal, hij bindt er een wit doek om. Hij werkt langs de weg in de plantsoenendienst."
"Ik zal zo iemand nooit pesten hoor! Dat is toch zielig ... of niet, Rachel?"
Op het moment dat Rachel een antwoord aan Roza wil geven, vallen haar ogen op het onkruidboeket in haar handen. Ze rukt het uit haar handen en gooit het in de bosjes. Daarna gaat ze verder met haar verhaal.

"Ach ja, het is nu eenmaal zo. Hij wordt tot zijn ergernis door iedereen behoorlijk gepest. Hij komt vaak in het nieuws. Hij rent namelijk achter die pestkoppen aan, met een knuppel of een hamer en zelfs met een hakmes. Als hij ze niet kan bijhouden, bombardeert hij ze met stenen. Ik moet hem eigenlijk ook niet, hij is een soort babysitter van de wijk. Alles en iedereen in de wijk houdt hij in de gaten. Hij weet wat iedereen doet, voornamelijk de kinderen. En als hij de ouders tegenkomt, verklapt hij alles."

Stamboom van de familie ten oosten van de berg.

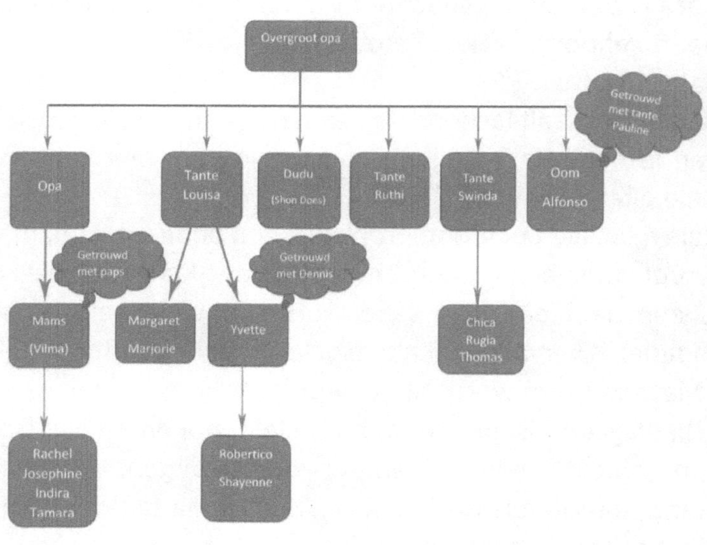

Stamboom van de familie ten westen van de berg.

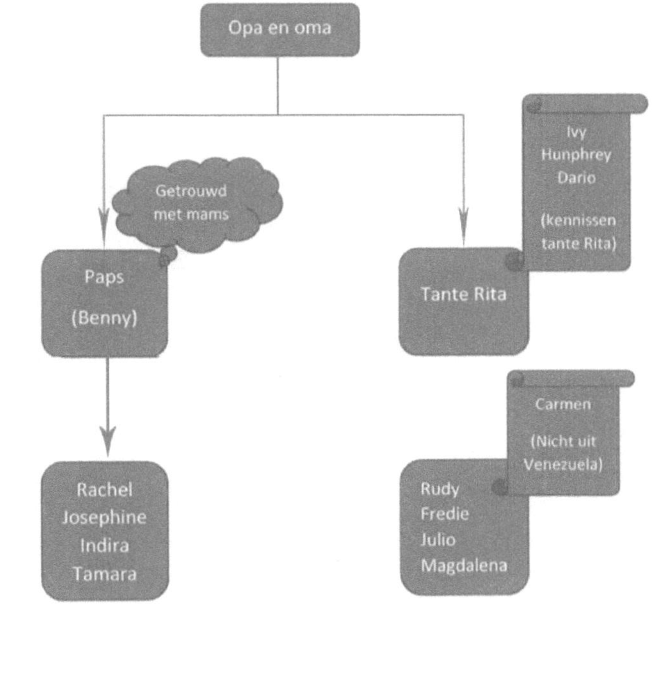

> *Ik tuur over de kale vlakte vol onkruid, die mij herinnert aan het onkruidboeket van Roza. Wat was ik toch hatelijk, om het zo wreed uit haar handen te rukken en weg te gooien. Enfin, dat was toch een bijzonder moment. Minder leuk was het geheim tussen Dennis en mij. De momenten met hem staan in mijn geheugen gegrift. Die 'lieve' oom Dennis met zijn onnozele verhalen. Nu ik volwassen ben, kan ik die 'onbegrijpelijke opmerkingen' van toen wel begrijpen. En ... dat moment achter de slaapkamerdeur ... Gevoelsmatig heeft dat eeuwig geduurd. Zijn voetstappen over de krakende houten vloer. Het was een angstig moment en de eerste keer dat ik me voor hem verstopt heb. De angst om klappen te krijgen, snoert mij tot op heden de mond.*

Het is half vijf, over enkele seconden vindt bij Nieuwpoort[6] de dynamietexplosie plaats op de Tafelberg. Het duurt dan niet lang meer totdat Dennis voor de deur staat. Het is vaste prik, elke dag rond deze tijd komt hij na zijn werk langs. Dudu is naar een begrafenis. Rachel is alleen thuis.

---

[6] Plaats waar dynamietexplosies plaatsvonden op de Tafelberg voor het delven van fosfaat.

Op zulke momenten maakt Dennis altijd misbruik van de situatie, zodat hij zijn lusten kan botvieren. Vroeger vond Rachel het leuk als Dennis langskwam. Hij vertelde dan altijd een mop of hij maakte leuke grapjes, maar nu vindt ze er niets meer aan. Behalve dat hij haar constant aankijkt en bepaalde woorden zegt, die ze niet begrijpt, zit hij ook steeds meer aan haar lichaam. Vaak genoeg heeft Rachel hem gezegd dat ze dat niet leuk vindt, maar daar trekt hij zich niets van aan. Dennis is kind aan huis, hij kan elk moment zomaar binnenlopen. Rachel hoort de harde knal uit Nieuwpoort. Nu duurt het niet lang meer, een opgejaagd gevoel laat haar niet los. Rachel hoort de pick-up van Dennis aankomen. Het geluid van de zware motor herkent ze meteen. Vandaag krijgt hij de kans niet om aan mijn billen te zitten, denkt ze.

Snel, snel … waar zal ik me verstoppen? Achter de keukendeur … Oh nee, achter de slaapkamerdeur van Dudu. Ja, misschien durft hij niet in Dudu's slaapkamer te komen.

Zo snel als ze kan, rent Rachel naar de slaapkamer en verstopt zich achter de deur. Ze houdt haar adem in. Plotseling glijdt de handdoek die aan de kapstok achter de deur hangt, langs haar rug en valt op grond. Van schrik springt ze op. Na de ontdekking dat het een handdoek is, neemt Rachel weer snel haar positie achter de deur in. Haar hart klopt. Ter afleiding telt ze haar hartslagen.

"Rachel, Rachel, ik weet dat je er bent, je hoeft je niet te verstoppen!"

Haar hart begint nog harder te kloppen. Vanuit het achterhuis naar het voorhuis hoort Rachel zijn voetstappen dichterbij komen. De vloer kraakt zachtjes. De voetstappen houden bij de slaapkamerdeur op. Eventjes is het muisstil, maar de stilte wordt verbroken door zijn voetstappen die richting de volgende slaapkamer gaan. Onverwachts maakt hij met een zachte, zogenaamd liefelijke stem, zingend een

grapje. "Raaaaachel ... ik hoor je wel, maar ik zie je niet."
Er valt weer een stilte, Dennis zegt niets meer, hij zet ook
geen stap meer. Enkele secondes later loopt hij terug naar
de slaapkamer van Dudu, hij blijft midden in de slaapkamer
staan. Van een afstand kan Rachel zijn ademhaling horen
en zijn geur ruiken. Het is de geur van mannen die in de
olieraffinaderij werken. Op het moment dat ze betrapt
wordt, wil ze zijn gezicht niet zien. Daarom knijpt ze
doelbewust haar ogen dicht.
Dennis kijkt onder het bed, hij mompelt iets. Daarna
loopt hij de slaapkamer uit. Aandachtig volgt Rachel zijn
voetstappen, die weer in de richting van het achterhuis
teruglopen. Ze wil achter de deur blijven wachten, totdat
ze hoort dat hij zijn pick-up start en wegrijdt. Maar het blijft
stil. Ergens in het huis is hij vast blijven hangen. Misschien
in het achterhuis, of in de eetkamer. Zou hij naar het toilet
zijn gegaan of is hij in de keuken?
Rachel spitst haar oren, maar ze hoort nog niets.
Voorzichtig wil ze gaan gluren waar Dennis is gebleven.
Juist op dat moment start hij zijn pick-up. Rachel hoort
hem wegrijden.
Voor de zekerheid gluurt ze door het raam. Nog net
kan ze hem de hoek om zien gaan. Toch durft Rachel de
slaapkamer nog niet uit te gaan. Heel kort blijft ze op
Dudu's bed zitten. Stel je voor dat hij terugkeert. Als dat
het geval is, kan ze snel weer achter de deur kruipen.
Ondertussen maakt Rachel zich zorgen. Ze weet niet hoe
ze dit voorval aan Dudu moet vertellen. De vorige keer
toen ze tegen Dudu zei dat ze Dennis een engerd vindt,
keek Dudu haar aan alsof ze water zag branden.
"Je mag niet zo over volwassen mensen spreken," gebood
ze Rachel.

De volgende dag komt Dennis aanlopen alsof er gisteren
niets gebeurd is. Zoals Rachel gewend is, loopt ze hem

tegemoet.

"Ik heb Dudu over ons geheim verteld," liegt ze. Ze wil hem afschrikken.

Maar Dennis is woedend. Hij stampt met zijn voet, terwijl hij met zijn wijsvinger naar Rachel gezicht wijst. Zijn stem trilt. "Nogmaals, zorg dat je nooit meer iets over ons, aan iemand vertelt, dit is óns geheim. Begrepen! Dudu neemt je toch niet serieus … maar toch. Heb je me nu goed begrepen? Aan niemand, ook niet aan Dudu!"

Stomverbaasd kijkt Rachel hem aan. Deze boze reactie had ze niet verwacht. En zeker niet van de oom en huisvriend, die altijd zo lief is en altijd grapjes maakt. De persoon naar wie de hele familie opkijkt, is plotseling in een monster veranderd. Hoe is dit mogelijk!

Met nadruk maakt hij zijn verhaal af. "En als je het waagt om na mijn waarschuwing iets aan wie dan ook te vertellen, zal je moeder je in elkaar slaan."

Hierna stapt Dennis meteen zijn auto in. Hij rijdt keihard weg. Totaal verslagen staat Rachel te kijken hoe zijn auto in de stofwolk verdwijnt. Ze heeft geen woord durven te zeggen tegen hem. Het besef dat ze Dennis moet respecteren, voert de boventoon. Haar benen trillen. Ze kan nog steeds niet begrijpen waarom ze er met niemand over mag praten. Van Dudu zal zij nooit klappen krijgen. Maar als het werkelijk waar is dat ze klappen van haar moeder zal krijgen, moet ze echt zorgen dat ze niets te weten komt. Vanaf die dag zwijgt ze liever over elk woord tussen Dennis en haar.

"Rachel ... kom je ontbijten? Het ontbijt staat klaar."
Mams' stem klinkt als vanouds. Haar autoritaire
stem brengt mij meteen terug in de realiteit. Onzeker
neem ik tree voor tree naar de benedenverdieping.
Waren er maar meer treden, denk ik. Alsof ik me
nergens druk om maak, schuif ik aan. Ik heb totaal
geen belangstelling voor wat er allemaal op tafel
staat. In mijn hoofd spookt alleen maar die ene zin:
Hoe moet ik beginnen? Het voelt zo onnatuurlijk
om mams te vertellen wat zich allemaal afgespeeld
heeft. Daarnaast mag ik van Vincent niet terug
gaan naar Nederland zonder het voorval met mams
besproken te hebben.
"Wat voor thee wil je? Ik heb mint, kamille en
limoengras. Straks haal ik zwarte thee voor je."
Compleet in mijn eigen wereldje staar ik naar de
theepot die mams in haar handen houdt. Ik heb de
vraag wel gehoord, maar het dringt niet tot mij door.
"Wat voor thee moet het zijn, dame?" herhaalt
mams.
"Doe mij maar zwarte thee."
"Die haal ik vanmiddag, ik heb mint, kamille en
limoengras."

"Geef mij dan een grote mok muntthee, mijn boterham eet ik straks op."

Mams vult een grote mok. Ze zet hem voor mij neer.

"Zullen we vanmiddag gàan zwemmen? Dan heb je dat alvast gehad. Drie weken vliegen snel voorbij. Vergeet niet dat je de nodige familiebezoekjes nog moet afleggen. Heb je al een idee hoe je dat gaat aanpakken?"

Deze heibel is voor mij niet nieuw. Elke keer hetzelfde gedonder, familiebezoek, ja, familiebezoek ... wat een ellende. Oom die, tante zus en nichtje zo.

"Zwemmen is nog niet eens zo'n verkeerd idee. Maar die familiebezoeken ...? Weet ik nog niet."

"Dat gaat dus niet gebeuren, je kunt niet naar Curaçao komen zonder je ooms en tantes te bezoeken. Ze vragen regelmatig naar jou."

Ongeduldig wikkelt mams de boterham in een stuk aluminiumfolie.

"Ik heb andere prioriteiten."

"Hoe kan ik me zo vergissen, duiken natuurlijk," suggereert mams.

"Onder andere."

"Doe mij maar één plezier, ga tenminste bij je peetoom langs."

"Kan ik doen. Maar niet deze week. Deze week ga ik mijn oude vriendin Roza opzoeken.

"Kent u haar nog?"

"Roza ...? Roza ...? De naam komt me wel bekend voor."

Na het middagje zwemmen heb ik meteen duikafspraken gemaakt voor de komende dagen. Elke dag opnieuw beloof ik mezelf: vandaag ga ik het aan mams vertellen. En elke dag kom ik opnieuw mijn eigen voornemens niet na. Zowaar ik leef, zou ik er niet aan denken om mezelf levenslang met dit geheim te moeten opzadelen. Het knaagt zo erg aan mijn ziel. Aan Roza zou ik het wel willen vertellen. Maar waar vind ik haar?

Op de voorlaatste dag van de vakantie is mams benieuwd of ik Roza gevonden heb.

"Vertel, hoe is het afgelopen met Roza?"

"Ik heb haar nog niet gevonden."

"Ben je gaan kijken waar ze vroeger gewoond heeft?"

"Ja, maar daar wonen nu andere mensen."

"Heb je de buren gevraagd?"

"Ik heb een adres van ze gekregen, maar daar woont ze ook niet meer."

"Kijk eens in het telefoonboek."

"Dat heb ik al gedaan, ik heb een waslijst van alle mensen die Martinus als achternaam hebben. Als ik in Nederland ben, bel ik ze wel een voor een op."

"Dan moet die Roza wel héél speciaal zijn voor je."

"Is ze ook."

"En je bloedeigen familieleden niet?"

Ik kuch, ik heb geen zin in deze repeterende discussie. Mijn boodschap komt meteen over.

Mams verandert direct van onderwerp. "Het zal mij niet verbazen als ze in Nederland woont."

Al met al ben ik naar Nederland teruggekeerd zonder één woord over het hele gebeuren te delen met mams. De hele vakantie heb ik gebruikt om Roza te vinden en om met bekende duikers van vroeger te duiken. Mams heeft me beloofd dat ze verder naar Roza zal informeren. Ik geloof dat Roza de juiste

Zoals gewoonlijk komt Roza na school bij Rachel spelen. Nadat Roza opgehaald is door haar moeder, start Dudu meteen met haar dagelijkse programma.
"Vandaag ga je vroeg douchen, zodat jij straks niet weer met je spookverhalen aankomt."
Het douchen is een dagelijks trauma. Daarom verzint Rachel steeds een uitweg. Ze is al gewend dat er tijdens het douchen een spook bij het luikje komt. Toch vindt ze het eng.
Nonchalant haalt Rachel haar schouders op. "Als jullie me toch niet willen geloven dat er een spook bij het doucheluikje komt gluren, waarom zou ik het dan blijven zeggen?"
Ook vandaag gebruikt ze haar vaste smoes. "Het water is koud, ik wil niet douchen."
"En als ik het water even voor je opwarm?"
"Heb ik een andere keus?"
Voordat Rachel van plan verandert, brengt Dudu een pannetje water in een rap tempo aan de kook. Daarna

haalt ze de handdoeken.

"Vooruit dan maar, ik heb toch geen keus," moppert Rachel.

"De grote handdoek voor de bovenkant en het kleintje voor de onderkant."

"Ja, ja, dat verschil weet ik inmiddels ook al, Dudu."

Geïrriteerd neemt Rachel de handdoeken aan. Ze ziet geen mogelijkheid om aan de douchebeurt te ontkomen.

Strak van de spanning brengt Rachel haar handdoeken naar de badkamer. Tegelijkertijd loert ze naar het badkamerluikje. Ze wil er zeker van zijn dat het niet beweegt. Heel snel rent ze de badkamer weer uit, tranen lopen langs haar wangen.

"Dudu ... Dudu ... ik durf niet alleen te douchen. Blijf even bij de badkamerdeur staan, alstublieft."

"Kom op, de badkamer in! Ik breng je nu het gekookte water. Meng dat in de teil met wat koud water. Zorg dat jij je snel doucht, ik wacht hier vlak achter de badkamerdeur. Er zal geen spook komen, je zult het zien."

Als een speer vliegt Rachel de badkamer weer in. Binnen enkele minuten staat ze weer buiten.

"Ben je al zo snel klaar? Ongelooflijk! Heb jij je koroto[7] en je boeng boeng[8] goed gewassen? En laat me even je oren controleren."

Dudu grijpt het linkeroor van Rachel vast en kijkt erin. Bij het rechteroor rukt Rachel zich los.

"Ach Dudu, ik ben geen klein kind meer. Ik ben al groot genoeg om te weten dat ik mijn oren moet wassen. Maak je maar geen zorgen om mijn oren. Maar maak je meer zorgen om het spook dat elke keer bij het luikje komt."

---

[7] Vrouwelijke geslachtsdeel (zelfverzonnen woord door Dudu).
[8] Billen (zelfverzonnen woord door Dudu).

Hoe goed ik ook mijn best probeer te doen om mijn leven op orde te krijgen, de depressie verklapt de littekens op mijn ziel. De innerlijke pijn scheurt mij van binnen uit elkaar. Het verdriet, dat als een blok op mijn borstkas drukt, maakt me nerveus.
De volle maan schijnt recht in mijn gezicht. Krampachtig schut ik het dekbed van me af.
Wat een ellende om op een bank in slaap te vallen. Verstijfd beweeg ik me naar de achterdeur. Gelukkig, de laatst vertrokkene heeft in ieder geval de achterdeur op slot gedraaid. Die is slim genoeg geweest om via de voordeur het huis te verlaten.
De alcoholgeur hangt nog in de woonkamer. Een grijs rookgordijn is de stille getuige van de hoeveelheid jointjes die er gerookt zijn.
"Dit kan zo niet meer verder. Ik ga hieraan kapot ... ik moet nú stoppen. Ik moet met iemand hierover kunnen praten ... maar wie? Wat een verschrikking om zo verder te leven. De nachtmerrie van zojuist maakt de hele kermis compleet", mompel ik.
Ik zet het raam op een kier zodat de stank uit de huiskamer kan wegtrekken. Helemaal verdwijnen zal het toch niet, dat weet ik. Tegelijkertijd hoor ik

de voetstappen van Vincent de trap afkomen. De tussendeur gaat open. Daar staat hij, zijn T-shirt zit binnenstebuiten, hij heeft een boxershort aan. Zijn ogen doorzoeken de huiskamer.

"Zeg maar niets! Helemaal niets. Ik wil niets horen! Ik weet het allemaal al! Morgen neem ik contact op met mams ... morgen en geen dag later. Ik zal haar tot in details de hele gebeurtenis vertellen. En als ze het wil, krijgt ze het in kleuren en geuren. Vincent haalt zijn neus op. "En ...? Hoeveel heb jij gerookt?"

Het verwachte antwoord op deze vraag krijgt hij niet. De nietszeggende belofte komt spontaan uit mijn mond. "Morgen zet ik ook mijn zoekactie naar Roza voort, beloof ik je. Ik weet zeker dat ik mijn hart bij Roza kan luchten."

Terecht antwoordt Vincent: "Jouw kalender loopt maar tot vandaag. Morgen bestaat niet voor jou."

Onrustig klepper ik maar door: "Wat een geluk dat paps niet meer leeft, anders had hij hem wel tegen zijn ballen getrapt. Ik heb hem zelfs een brief geschreven, ja een brief. Zelf geschreven in de klas. En Dudu, die goeie sul, hoe is het mogelijk dat haar niets is opgevallen. Was het dommigheid of naïviteit? Alsmaar met haar eigen behoeftes bezig. Ja, het brood naar Shon Tie brengen, ja, daar was ik goed voor. Ze lieten me helemaal aan mijn lot over. En ik maar smoesjes verzinnen, als het niet de honden van Kale Asociale waren dan was het ..."

"Stoppen! Nu stoppen met het spelen van slachtoffer. Ik wil morgen actie zien!"

Met een grote pompoen in haar handen stapt Dudu het achterhuis binnen. Met trots heft ze de pompoen in de lucht. "Kijk, eigen teelt, deze gaat de verkoop in."

Altijd als Dudu iets van haar eigen oogst kan verkopen, is ze heel trots. Vaak is ze in haar hoffie[9] bezig, planten water aan het geven, bomen aan het enten en droge bladeren aan het harken. Het zware werk, zagen en timmeren laat ze voor Dennis liggen. Dennis helpt Dudu graag. Als Dudu niet in haar hoffie te vinden is, is ze met de kippen of geiten bezig. Geitenmelk vindt Dudu heerlijk, ze melkt zelf de geiten. Vanuit haar winkeltje verkoopt ze verschillende soorten levensmiddelen. Ook maakt ze voor de verkoop allerlei soorten zoetigheid zoals kokada[10], coi lechi[11] en dushi batata[12]. Soms krijgt ze grote bestellingen, bijvoorbeeld voor een huwelijks- of communiefeestje. In de avond, terwijl Dudu haar soapserie volgt, haakt ze in alle kleuren verschillende babymutsjes en -schoentjes, op bestelling.

Met de pompoen in haar hand loopt Dudu het winkeltje in, om het weg te zetten. Ze komt terug met het welbekende broodmandje.

Bij het zien van het broodmandje weet Rachel al genoeg. Oh … ja … Het brood van Shon Tie. Hoe kan ze het bezorgen van het brood helemaal vergeten zijn? Shon Tie is een bejaarde buurvrouw die zo'n vijfhonderd meter verderop woont. Haar man is onlangs overleden. Hij kwam altijd het brood halen. Al jaren is Shon Tie slecht ter been, dus moet iemand haar het brood bezorgen.

"Breng snel het brood en kom meteen terug."

Snel wil Rachel het broodmandje overnemen, maar Dudu houdt het mandje nog vast. Het bekende gebod komt uit haar mond: "Als de bliksem terugkomen, niet op straat blijven hangen. Het schemert al."

---

[9] Een flink stuk grond waar geplant wordt (een soort moestuin).
[10] Zoetigheid gemaakt van kokos.
[11] Zoetigheid gemaakt van koffiemelk.
[12] Zoetigheid gemaakt van zoete aardappelen en kokos.

Zo vlug als ze kan rent Rachel naar Shon Tie en levert het brood af. Zoals gewoonlijk krijgt ze een handjevol snoep van Shon Tie.

Op de terugweg ziet ze in de verte een groene pick-up aankomen. Het lijkt wel op de pick-up van Dennis. Het zal toch niet waar zijn? Rachel neemt het zekere voor het onzekere. Zo hard als ze maar kan, zet ze het op een rennen. Achter de dikke stam van de tamarindeboom[13] langs de weg wil ze zich verstoppen. Maar ... ze is net te laat. De chauffeur ziet haar en stopt de pick-up. Het portier van de pick-up gaat open en knalt weer dicht. Nu komt hij eraan, ik zal weer zijn domme verhalen te horen krijgen, denkt ze. De voetstappen op het grind maken een knarsend geluid.

Een ielige, donkere, lange man met een pet op staat voor haar neus. Hij stinkt naar alcohol, zijn overhemd zit vol met donkere vlekken, alsof hij met chocolademelk geknoeid heeft. Bovendien heeft hij twee verschillende sandalen aan. Rachel durft hem niet aan te kijken, de schrik zit er goed in. Haar benen trillen, ze kan alleen nog maar hijgen. "Hallo jongedame, ik ben de nieuwe tuinman van dokter Bogaard, weet jij waar hij woont?"

"D ... da ... daar," wijst ze met haar vinger naar het huis van dokter Bogaard.

Bij thuiskomst smijt Rachel de snoepjes op de eettafel in het achterhuis. Met de angst nog in haar lijf, rent ze meteen door naar haar slaapkamer.

Dudu ziet hoe Rachel de snoepjes op de eettafel smijt. Bezorgd loopt ze Rachel achterna. "Wat is er met jou aan de hand, is er iets gebeurd?"

Zonder enig antwoord te geven, duikt Rachel haar bed in, het laken trekt ze over haar lichaam. Haar hoofd verstopt ze onder het hoofdkussen.

---

[13] Boom van de tropische vrucht tamarinde.

Razend antwoordt ze: "Nee, er is niets gebeurd."
"Wel raar, als er niets aan de hand is … dan … " Dudu krijgt
de kans niet om haar zin af te maken.
"De honden … de honden van Kale Asociale zaten me weer
achterna … laat me nou maar met rust."
Mokkend verlaat Dudu de slaapkamer. Haar woorden
'Wat een brutaal kind' heeft Rachel al zo vaak gehoord.
Daarom maakt ze zich er niet druk om. Er dwaalt maar één
gedachte door haar hoofd: Dennis. Hoe kom ik ooit van
hem af?
Even later komt Dudu terug naar de slaapkamer. "Ik loop
morgen wel even langs Kale Asociale. In alle rust zal ik hem
vragen of hij zijn honden voortaan aan de lijn wil houden."
Nu wordt het een serieuze zaak. Rachel deinst terug, ze
gaat kaarsrecht in haar bed zitten en kijkt Dudu verbaasd
aan.
"Kind, dit kan zo niet langer. Het moet eens een keer
afgelopen zijn met die loslopende honden van hem, vind
je niet?"

's Avonds als Rachel in haar bed ligt, kan ze niet slapen.
Strak van de spanning ligt ze tegen zichzelf te praten.
"Waarom ben ik zo bang voor Dennis? Voorheen kon ik
nog vrijuit met hem praten en grapjes maken. Maar nu wil
ik niet eens dat hij mij aankijkt. Het familiekerstfeest komt
er ook bijna aan. Dennis zal daar ook zijn. Ik ga echt niet
naar het feest, ik wil geen domme verhalen meer horen."
Verschillende keren draait ze zich in haar bed om.
"Oef … en dan gaat hij me ook nog aanstaren, dat gaat
allemaal niet gebeuren. Dudu is haar soapserie aan het
kijken, zij vermaakt zich wel, en ik lig hier te peinzen."
Zachtjes loopt ze de slaapkamer uit en gaat op de
schommelstoel naast Dudu zitten.
"Wel stil zitten meid, niet schommelen met die stoel. Dit is
een spannend moment!"

Verstijfd zit Dudu voor zich uit te kijken, geen seconde van haar soapserie wil ze missen. Geen spier vertrekt ze, haar ogen knipperen niet eens. Dit vindt Rachel ook niet gezellig.
"Ik ga maar weer slapen."
Eenmaal in haar bed ligt ze weer te tobben. Zal Dudu werkelijk naar Kale Asociale gaan? Hoe kom ik hier nou weer onderuit. Och, och, dat familiekerstfeest toch! Na uren tobben valt ze uiteindelijk in slaap.

's Morgens kan Rachel weer niet wakker worden, ze is nog moe. Drie keer is ze al door Dudu geroepen, zonder resultaat. Uiteindelijk kruipt ze haar bed uit. Als een schildpad steekt ze eerst haar hoofd uit bed. Heel rustig laat ze het op de grond zakken, daarna haar schouders en buik. Even blijft ze half hangend in het bed liggen. Totdat ze Dudu's voetstappen dichterbij hoort komen. Snel laat ze zich helemaal uit het bed vallen. Meteen staat ze weer op, zodat Dudu haar niet op de grond treft. Met voorbedachten rade probeert Rachel zo lief mogelijk te zijn voor Dudu. Ze hoopt dat Dudu dan niet naar Kale Asociale zal gaan.
"U heeft het vandaag zeker druk, hè? U moet de inkopen doen voor de winkel. Weet u wat we gaan doen? Straks loop ik zelf even langs Kale Asociale."
"Maak hem goed duidelijk dat hij zijn honden aan de lijn moet houden. Anders stuur ik je vader."

De juffrouw leest de woorden van het dictee op:
"Kerstverlichting ... chauffeur ... enthousiast ..."
Rachel wil geen woord verkeerd opschrijven. Met haar dicteeproefwerk wil ze de beste van de klas zijn. Tijdens het schrijven krijgt ze opeens een idee ... Ze gaat Dennis een brief schrijven, een brief met de mededeling dat hij niet op het familiekerstfeest moet verschijnen.
Heel stilletjes doet ze haar bureauklep open en houdt

ondertussen de juffrouw goed in de gaten. De juffrouw
mag niets vermoeden of zien. Onopgemerkt pakt Rachel
snel haar kladblok uit haar bureau en begint te schrijven …
Dennis, ik heb je iets te zeggen … over enkele dagen komt
de familie bij elkaar …
In de verte hoort ze de juffrouw nog zeggen: "Dit is het
laatste woord: aquarium."
Rachel is zo diep verzonken in haar brief, dat ze haar dictee
helemaal vergeet.
"Jullie mogen je dictee inleveren."
De hele klas stormt naar voren. Iedereen wil als eerste het
dictee inleveren. Alleen Rachel is nog aan het schrijven.
Ivy levert haar dictee in en keert terug op haar plek naast
Rachel. Ze ziet dat Rachel nog aan het schrijven is en geeft
haar een zetje.
"Je moet je dictee inleveren," fluistert ze.
Tegelijkertijd werpt ze een blik op Rachels blaadje. "Ooooh
… Je bent iets anders aan het schrijven … een brief!"
Rachel kijkt Ivy recht in haar ogen aan, ze zet haar
wijsvinger op haar lippen. "Sssst …"
Maar Ivy steekt haar vinger al in de lucht en roept met
luide stem door de klas: "Juf … Rachel is een brief aan het
schrijven!"
Voordat de juffrouw opkijkt heeft Rachel de brief
verkreukeld en in haar broekzak gestopt. De stem van de
juffrouw dreunt door de klas: "Rachel! Brief inleveren …
Nu!"
Stap voor stap loopt Rachel naar voren. Bij elke stap die ze
zet wordt ze door de juffrouw in de gaten gehouden. Ze
levert haar dictee in en keert terug op haar plaats.
Woedend kijkt ze Ivy aan. "Verrader, ik pak je nog wel."

Als Rachel thuiskomt, haast ze zich naar haar slaapkamer.
Ze wil de brief heel snel afmaken. Voordat Dudu eraan
komt, haalt ze snel het verfrommelde briefje uit haar

broekzak. Met haar hand strijkt ze over de kreukels om het papiertje glad te strijken.

… ik wil niet dat je op het familiekerstfeest komt. Je bent een engerd. Ik begrijp niet wat je tegen mij zegt. En je staart altijd naar mij. Dit geheim vind ik ook niet meer leuk. Dag, dag.

"Ziezo … dat is af, nu een mooi plekje zoeken om het te verbergen."

In de broekzak van haar knuffelbeer verstopt ze het briefje.

"Ga jij de brief afgeven aan Dennis of zal ik het zelf doen?"

Rachel blijft haar beer aankijken alsof deze werkelijk zal antwoorden.

"Ha … ha … Grapjas, jij vindt hem ook eng hè?"

Rachel geeft de beer een kus en zet hem terug op de plank.

De dagen verstrijken, elke dag verzin ik opnieuw een andere uitweg om vanuit Nederland mams niet te telefoneren. Het is niet te begrijpen hoe graag ik mams dit familiedrama wil vertellen. Afgezien daarvan krijg ik het gewoon niet over mijn lippen. De jarenlange zwijgplicht werpt nog steeds zijn vruchten af. Onvoorstelbaar. Vincent geeft niet op, hij spoort me telkens aan om contact met mams op te nemen. Zijn goedbedoelde aansporingen eindigen vaak in ruzie. Langzaam maar zeker begin ik in te zien dat er echt iets moet gaan gebeuren. Mijn woorden moeten daden worden. Maar het conflict tussen mijn hersenen en mijn gevoel levert mij een enorme strijd op.

Vastberaden en met betraande ogen, pak ik de hoorn op … ik druk het kengetal 05999 in … verder kom ik niet. Met een smak gooi ik de hoorn weer op de haak. Diep haal ik adem, om weer moed te verzamelen. Even bijkomen, voordat ik mams weer bel. Elke keer als de telefoon overgaat, klopt mijn hart nog sneller dan het al deed. Ieder moment kan ik vanaf de andere kant van de lijn mams stem horen. Er wordt niet opgenomen. Wat ben ik opgelucht.

Na school is Rachel onderweg om haar plantjes water te geven, ze komt Julio tegen.

"Hey Juul, waar ga je naartoe?"

"Niet naar de toko."

"Maar waar ga je dan heen?"

"Ik ga de geiten water geven."

"Wacht eens even, ik loop met je mee. Dan geef ik tegelijkertijd mijn plantjes water."

Julio twijfelt even, maar Rachel weet hem snel van zijn twijfel af te brengen. "Kijk, de molen draait fors, de regenbak zal wel vol zijn. Wij kunnen daarna in de regenbak zwemmen."

Zoals gewoonlijk trekt Julio zijn schouders op. Regelmatig gaan Julio en Rachel nadat ze de geiten en de planten water hebben gegeven, in de regenbak zwemmen. Dit tot ergernis van tante Rita en opa, ze willen niet dat er in de regenbak gezwommen wordt. Maar Julio en Rachel storen zich hier niet aan. Ze wachten af totdat de mogelijkheid zich voordoet, om toch stiekem te gaan zwemmen.

"Ik weet niet of de regenbak vol is, Rachel, ik heb de molen net losgemaakt. Maar goed, we kijken straks wel. Als hij vol is, gaan wij zwemmen. En als hij niet vol is, kunnen we altijd nog in de kleine bak zwemmen," stelt Julio voor.

"Ach, we zien het wel, het maakt me niet uit of we wel of niet in de grote bak kunnen zwemmen. Als we maar op z'n minst kunnen pootjebaden."

Ze lopen samen naar het hoffie. Ineens verandert Julio van gespreksonderwerp.

"Heb je Ivy al gesproken?"

Vragend kijkt Rachel hem aan. Paps heeft haar verboden om op wat voor manier dan ook vriendschap met Ivy te hebben. Ze is een slecht voorbeeld voor Rachel, vindt paps. Volgens paps draagt ze make-up en korte rokjes en gaat ze met vreemde jongens om. Paps zal het wel weten, hij komt als goede buurman vaak bij haar familie over de vloer. Het verbaast Rachel dat Julio zomaar uit het niets over Ivy begint. En zeker omdat ze al zo'n lange tijd niet meer met haar omgaat. De laatste keer heeft ze zelfs grote ruzie met haar gehad. Ivy had Rachels poëziealbum niet op tijd teruggegeven.

"Waarom moet ik Ivy spreken dan? Sinds de ruzie over het poëziealbum zit ik in de klas voorlopig niet eens naast haar. De juf heeft ons uit elkaar gehaald. Als we weer met elkaar kunnen spelen, mogen we weer naast elkaar zitten."

"Nou, Ivy heeft viezedingenboekjes. Met foto's van naakte mannen en vrouwen."

"Wacht eens even … Bedoel je foto's van naakte mensen? En wat heeft dat te maken met een vies boek?"

Julio maakt een ronddraaiende beweging met zijn wijsvinger bij zijn verstand. "Doe nou niet zo dom Rachel, het is geen vies boek maar een viezedingenboek. Met gewoon foto's van naakte mensen erin."

Nog steeds kan Rachel zich geen voorstelling maken van een viezedingenboek. Foto's van naakte mensen in een boek, klinkt voor haar zo onlogisch.

"Maar … vertel."

Heel voorzichtig doet Julio twee stappen naar Rachel toe, zodat hij zachtjes in haar oor kan fluisteren. Hij haalt zijn neus op. Voor alle zekerheid kijkt hij nog eens om zich heen of er iemand in de buurt is. Hij slaakt een diepe zucht. Het lijkt alsof hij niet weet waar hij moet beginnen. Ook lijkt het erop alsof hij zich er een beetje voor schaamt. Ondanks zijn onzekerheid schraapt Julio al zijn moed bij elkaar en fluistert zachtjes in Rachels oor: "Weet je, als ik naar die foto's kijk, krijg ik altijd een raar gevoel in mijn lichaam. Zo'n kriebelig gevoel in mijn onderbuik, tot in mijn ... mijn ... je weet wel."

Dan zwijgt hij en hij kijkt Rachel recht in haar ogen. Hij wacht op een reactie. Maar Rachel zwijgt ook. Ze is aan het denken of ze Julio zal vertellen dat zij ook een raar gevoel krijgt als ze over Dennis denkt of spreekt.

"Rachel, zeg je niets?"

De brok in haar keel die altijd de overhand neemt, voelt als een steen aan. Rachel voelt de brok opkomen. Omdat zij ook geen raad met haar gevoel weet en zich schaamt, draait ze haar rug naar Julio. Ze wil Julio niet aankijken.

"Ja, natuurlijk, eh ... Hoe komt Ivy aan die boeken?"

Rachel hoopt dat haar vraag Julio zal afleiden, zodat hij niet meer over 'het gevoel' zal spreken.

"Dat bedoel ik niet. Ik heb het over 'het kriebelig gevoel', waar ik het net over had."

Nog steeds peinst Rachel over wat ze zal antwoorden. Geïrriteerd keert Rachel haar gezicht weer naar Julio toe. Voordat ze er erg in heeft, komen ondoordachte woorden uit haar mond.

"O, ja ... dat gevoel, heb ik wel ... ik bedoel ... nooit gekend."

"Wat is het nou, heb je het wel of niet?" dramt Julio door.

Onbewust gaan Rachels gedachten weer naar Dennis. Stel je voor dat ze zich in dit gesprek verspreekt, waardoor Julio achter het geheim tussen Dennis en haar komt. En stel je voor dat Julio dit aan mams vertelt. Klappen zullen er zeker vallen, daar heeft Dennis haar al nadrukkelijk voor gewaarschuwd.

Heel tactisch probeert ze Julio op andere gedachten te brengen: "Heb je misschien een ander onderwerp om over te praten?"

Door deze opmerking wordt Julio opstandig. Blijkbaar is hij teleurgesteld omdat hij niet het verwachte antwoord krijgt. Hoe dan ook, hij wil uitleg krijgen over dat kriebelige gevoel.

"Hoe is het mogelijk dat je het niet weet? Jij weet altijd alles en je bent zelfs ouder dan ik."

Maar Rachel wordt ook opstandig. "Vraag het maar aan je zus."

"Mijn zus? Magdalena? Maar ze is niet eens op de hoogte van de viezedingenboeken."

"Dan zorg je maar dat je haar op de hoogte brengt."

"Maar ik mag van Ivy met niemand over de viezedingenboeken praten."

Rachel ziet dat Julio het moeilijk heeft, toch durft Rachel niets over 'het gevoel' te zeggen.

Het propperige gevoel in haar keel herinnert haar eraan dat het altijd beter is om haar mond te houden. Hoe dan ook ze moet van Julio af zien te komen. Alleen weet ze niet hoe. Daarbij vindt zij het vreemd dat Julio een raar gevoel in zijn onderbuik heeft, terwijl zij het in haar keel krijgt.

"Weet je wat er gaat gebeuren? Ik maak nu een eind aan dit gesprek. Als je me nog een keer iets over je 'kriebelige gevoel' vraagt, ga ik naar je moeder."

"Pardon mevrouw, let eens op je woorden. Mijn moeder is nog steeds 'tante Rita' voor jou."

"Nou nou, hoe je het maar hebben wilt. Dan ga ik naar tante Rita."

"Jij moet óók even goed luisteren, meisje, hoe jij het ook maar hebben wilt. Ga jij maar in je ééntje naar je plantjes. Ik ga alleen naar mijn geitjes. Misschien tot ziens."

6

Inmiddels is het twintig jaar geleden dat hij een puinhoop van mijn leven heeft gemaakt. Nog steeds loop ik met zijn ellendige bagage rond. Al vier keer ben ik terug naar Curaçao gevlogen om hier met mams over te spreken. Ook al was ik er eigenlijk nog niet klaar voor, maar meer uit het besef dat ik er echt iets aan 'moet' doen. Daarnaast wil ik dat mams weet dat Dennis echt niet zo'n lieverdje is geweest, zoals de hele familie nog steeds denkt. Frappant genoeg, als ik eenmaal voor mams zat, klapte ik dicht. Die nachtelijke uren waarin ik zwijgend tegenover mams zat, waren geen pretje. Elk uur zei ik opnieuw tegen mezelf: Zo meteen, in het volgende uur zal ik wel mijn mond opendoen. Maar in het volgende uur kwam er niets van terecht. Compleet verstijfd van de spanning, kom ik overeind om een kopje kalmerende thee te zetten. Met mijn kopje thee in de hand, kruip ik dicht tegen Vincent aan op de bank. Vincent trekt het dekentje over ons heen. "Koud hè?"

"Niet echt … ik heb goed nieuws. Roza heeft gisteren met mams gesproken. Ze gaat me zeker bellen. Heeft ze beloofd."

"Wat fijn voor je. Ik hoop echt dat je met haar kan

> *praten."*
> *"Ja, ik moet wel, toentertijd durfde ik er niet over te praten. Welk kind is er niet bang om klappen te krijgen? Rond mijn vijftiende, nadat ik begrepen heb wat er met mij gebeurd is, was ik zo bevreesd dat het 'gebeuren' onze hechte familieband zou beschadigen. Als familie hadden wij veel lol met elkaar. Wij deden heel veel samen, van dagjes weg tot grote vakanties. En niet te vergeten de gezellige familiefeesten. Deze tragedie heb ik zo diep weggestopt, waardoor ik er nu niet zo gemakkelijk bij kan komen. Het lijkt alsof ik van binnen twee lagen heb. De onderste laag is afgedekt met een zware ijzeren deksel die door mij niet op te tillen is. Weet je, nu heb ik ook het gevoel van schaamte of misschien ben ik ook wel bang om ongeloofwaardig over te komen."*
> *Er valt een korte stilte in de huiskamer, ik zie Vincent nadenken.*
> *Ik fluister: "Weet je met wie ik het geheim misschien had kunnen delen?"*
> *"Nee ... Zeg het eens."*
> *"Met opa. Helaas is hij er niet meer."*

Sinds die ruzie over het kriebelige gevoel hebben Rachel en Julio elkaar niet meer gesproken. Totdat opa ziek wordt en Dudu plotseling medicijnen voor opa moet gaan halen bij de apotheek. Het is vanzelfsprekend dat Rachel tijdens de afwezigheid van Dudu de werkzaamheden van de winkel overneemt.

"Hier heb je een boekje, pas op de winkel totdat ik terug ben. Schrijf op wat klanten meegenomen hebben. Vraag de klanten of ze van de week langs kunnen komen om de rekening te betalen. Opa voelt zich vandaag niet zo lekker. Dokter Bogaard is al geweest, hij heeft een recept geschreven. Ik ga snel naar Punda[14] om zijn medicijn op te halen."

"Maakt u zich maar geen zorgen, ik doe mijn best. Maar ik ga nu éérst kijken hoe het met opa gaat."

Met snelle passen haast Rachel zich naar opa's slaapkamer. Opa is in een diepe slaap. Bezorgd kijkt Rachel naar zijn onregelmatige ademhaling. Er komt een gorgelend geluid uit zijn keel.

"Dudu, Dudu, kom snel! Opa ademt raar."

"Opa is moe, daarom ademt hij zo diep. Maak je maar geen zorgen, ik ben zo terug met de medicijnen. Oh ja, dit paar babyschoentjes is voor een mevrouw met een blauwe auto. Ze komt het zo meteen ophalen, je krijgt vijftien gulden ervoor. Stop het geld onder het tafellaken. En nog één ding, Kale Asociale is op de hoogte van de situatie, als er iets is, kun je snel naar hem toe gaan."

Nadat Dudu alles heeft opgesomd, vertrekt ze. Het zit Rachel niet lekker dat opa ziek is. Even neemt ze nog de tijd om bij opa te kijken. Nog steeds is hij in diepe slaap. Zachtjes fluistert Rachel in opa's oor: "opa, ik ga lekkere pannenkoeken voor je bakken. Als ze klaar zijn, smeer ik er lekkere tomatenketchup overheen. Dat vind je lekker hè? Dat weet ik."

Precies op het moment dat Rachel klaar is met het maken van het pannenkoekendeeg, wordt er aan de deur geklopt.

"Wie zou het nou kunnen zijn?"

Nieuwsgierig kijkt Rachel door het raam. Kale Asociale staat voor de deur. Eigenlijk had ik het kunnen raden, denkt ze.

"Goedemiddag Rachel, hoe gaat het met opa?"

"Opa is nog in diepe slaap."

"Als hij wakker wordt, moet je me komen halen. Niet

---

[14] De stad (Willemstad).

vergeten, meid."
"Ja, dat zal ik zeker doen."
"En nog iets Rachel, ik heb gehoord dat je ruzie hebt met Ivy. Zorg dat je het snel weer goedmaakt met haar. Kinderen moeten in vrede met elkaar opgroeien."
Rachel knikt, ze wil teruglopen naar haar pannenkoekdeeg om het af te dekken.
"Nou, nou, meisje, ik weet dat je anders opgevoed bent. Krijg ik geen antwoord van je? Knikken is geen antwoord maar een gebaar."
"U weet niet eens wat er gebeurd is, maar ik zal haar morgen spreken."
Op het moment dat Rachel met Kale Asociale bij het raam aan het praten is, stopt de blauwe auto voor de deur. Een mevrouw stapt uit.
"Ik kom de babyschoentjes halen en afrekenen."
Nauwkeurig doet Rachel wat haar is opgedragen. De mevrouw bedankt Rachel en vertrekt. Kale Asociale kan zijn nieuwsgierigheid niet bedwingen. "Hoeveel kost zo'n paar babyschoentjes?"
"Ik weet het niet, de mevrouw heeft me vijftien gulden gegeven."
"Ook niet duur ... en heb je Julio deze dagen nog gezien?"
"Ja, we hebben elkaar twee weken geleden nog gesproken, samen gespeeld en de planten water gegeven."
"Dat is netjes, en wees voorzichtig als jullie in de regenbak gaan zwemmen, hè!"
Rachel knikt.
"Nou, dan ga ik maar weer, laat me het weten als je me nodig hebt."
Rachel gaat terug naar haar pannenkoeken. Met haar tong uit haar mond probeert ze met de bakspaan de pannenkoeken om te draaien.
"Psssst, pssst," hoort ze, ze kijkt om en ziet niemand.
"Pssst, psst," klinkt het weer na een paar minuten.

Verbaasd kijkt Rachel naar buiten, maar ze ziet nog steeds niemand.

Even later wordt er een steentje naar binnen gegooid. Meteen rent Rachel naar de keukendeur. Nog net te laat verstopt Julio zich achter de garagedeur. Eigenlijk wil ze nu geen tijd aan Julio verspillen, ze gaat rustig door met het bakken van de pannenkoeken. Ze laat Julio denken dat ze hem niet gezien heeft.

Even later komt hij zich melden.

"Jouw pannenkoeken hebben mij vanaf mijn slaapkamer hiernaartoe gelokt."

"Ja, ja, steentjesgooier, ik heb je allang gezien."

"Ik heb geen steentjes gegooid hoor, het is het spook. Mag ik een pannenkoek?"

"Mooi, mooi … eerst de waarheid spreken, dan krijg je een pannenkoek."

"Dan wil ik er twee, anders krijg je de waarheid niet te horen."

"Houd je 'waarheid' maar voor jezelf, meneer liegbeest."

Rachel geeft verder geen gehoor aan Julio's wens. Rustig gaat ze door met het bakken van de pannenkoeken. Julio houdt elke beweging van Rachel in de gaten. Hij zoekt een kans om toch enkele pannenkoeken te pikken.

"Waar is Dudu?"

"Ze is even naar Punda, medicijnen halen voor opa, die is ziek, hij ligt te slapen."

"Oh … ja? Volgens mij hoor ik hem roepen."

Meteen laat Rachel alles liggen en rent naar opa.

Op dat moment grijpt Julio de kans om snel een stapel pannenkoeken te pakken. Zonder omkijken verdwijnt hij. Rachel keert terug om Julio te vertellen dat opa nog slaapt. Haar ogen vallen direct op de stapel pannenkoeken. Het valt haar op dat de stapel een stuk kleiner is. Meteen begrijpt ze dat Julio haar te pakken heeft. Boos rent ze naar buiten om Julio achterna te gaan, maar hij is nergens meer te vinden.

Als Dudu thuiskomt, vertelt Rachel haar hoe alles verlopen is en ook wat Julio gedaan heeft. Dudu hoort het verhaal maar half aan. Ze is druk bezig met het toedienen van het medicijn aan opa.
"Ja ja, is goed zo Rachel, goed gedaan!"
"En Julio dan?"
"Julio, Julio … wat is er met Julio aan de hand?"
"Heb ik toch net verteld … over de pannenkoeken."
"Laat dat maar even rusten. Ga met spoed dokter Bogaard halen. Zeg hem dat het niet goed gaat met opa."
Als Rachel bij dokter Bogaard aankomt, maakt hun huishoudster Bedji de deur open.
"Goedemiddag mevrouw, de dokter moet snel komen, het gaat niet goed met mijn opa."
"Wat vervelend meisje, de dokter is naar een ander spoedgeval. Zodra hij weer terug is, komt hij bij je opa op bezoek. Geef dat maar door aan je tante."
Rachel rent weer terug naar huis. Hijgend loopt ze de slaapkamer van opa binnen. Tot haar verbazing staat Dennis ook naast opa's bed. Hij bekijkt Rachel van top tot teen. Rachel schenkt geen aandacht aan hem, ze gaat met haar rug naar hem toe staan. Intussen vertelt ze Dudu dat dokter Bogaard na zijn spoedgeval zal komen.
"Dan wachten we maar af. Ik hoop dat het niet te lang gaat duren," zegt Dudu, met een treurig gezicht en ze stopt de thermometer in opa's mond.
Ze leest de thermometer af. "Negenendertig en een half."
"Dan heeft hij koorts," merkt Dennis op.
"En niet een beetje. Ik ga alvast een teiltje water, stukje zeep en een handdoek klaarleggen. Als de dokter komt, wil hij altijd eerst zijn handen wassen."
Meteen als Dudu de slaapkamer uitloopt, strekt Dennis zijn hand uit naar Rachel. "Laat me je hand vasthouden om te kijken of jij ook koorts hebt. Jij hijgt ook al zo erg."
Als protest zet Rachel haar handen op haar rug. "Ik ben

niet ziek."

"Zo ... het meisje wordt steeds mondiger."

Dudu is teruggekomen met het teiltje gevuld met water en een stuk zeep.

"Rachel, haal jij even een handdoek uit de linnenkast," zegt Dudu, intussen trekt ze het hoofdkussen onder opa's hoofd recht.

Als Rachel met de handdoek terugkomt, blijft ze in de deuropening staan. "Hier, vang! Ik ben bij Chika." Onverwacht gooit ze de handdoek, die op de grond terechtkomt.

Dudu kan haar ogen niet geloven. "Wat is dit weer voor een onbeschoft gedoe!"

Maar Rachel is al vertrokken. Onbeschoft gedoe? Ik wil niet bij die engerd in de buurt zijn. Nu wil hij ook mijn handen vasthouden, denkt ze.

Uren later als Rachel weer van Chika terugkomt, is het achterhuis vol met familieleden. Dokter Bogaard zit aan tafel. Kale Asociale staat achter hem en loert over zijn schouder op het briefje dat hij in zijn handen heeft. Paps zit met gebogen hoofd, mams en tante Ruthi hebben tranen in de ogen. Dennis zit naast Dudu. Tante Swinda is in de keuken bezig. Wat is hier aan de hand? vraagt Rachel zich af. Ze durft niets te vragen, want tante Ruthi zal haar zeker zeggen dat ze zich niet met grotemensenzaken moet bemoeien. Behoedzaam probeert Rachel door het achterhuis heen te lopen, alsof ze niets gemerkt heeft. Toch heeft Dennis haar in de gaten.

"Opa is er niet meer, hij is naar de hemel ... "

Rachel kan haar tranen niet tegenhouden. Brullend antwoordt ze Dennis: "Jij hebt me niets te vertellen!"

Hij loopt naar haar toe en slaat zijn armen om haar heen. Rachel kijkt eerst de kring rond om te zien welke ogen op haar gericht zijn. "Blijf van me af, raak me niet aan."

Rustig heft paps zijn hoofd op, "Alsjeblieft Rachel, houd je een beetje in vandaag!"
Wild trekt Rachel zich van Dennis los. Ze zoekt huilend troost bij tante Swinda in de keuken. Als ze eenmaal in haar armen is, drukt tante Swinda Rachel tegen haar grote borsten aan. Door de vertrouwde lichaamsgeur van tante Swinda komt ze tot rust. Het lange haar van tante Swinda glijdt langs haar wang.
"Opa heeft niet van mijn lekkere pannenkoeken gegeten," huilt ze.

Het is druk op de begrafenis. Kale Asociale, Thomas, paps en voor Rachel nog drie onbekende mannen dragen de kist naar het kerkhof. De kist is bedekt met bloemenkransen. Rachel staat snikkend te kijken. Mams en Dudu staan naast haar. Dudu probeert sterk te zijn, ze droogt onopvallend haar tranen.
Een kennis van Dudu loopt naar Rachel toe. "Ach ... meisje toch, wat heb je een verdriet."
"Ja, ik mis mijn opa nu al, vanaf nu geen nieuwsverhaaltjes, geen Tjien Tjien en ook geen opa meer."
De mevrouw condoleert Dudu en mams. Ze gaat naast mams staan. Thomas heeft zo'n verdriet dat hij de kist niet meer kan dragen. Een meneer met een hoge hoed op neemt het over. Thomas komt bij Dudu staan en slaat zijn arm om Dudu heen. De pastoor bidt een 'Onze Vader', dan besprenkelt hij de kist met wijwater. Chika en Rugia staan met hun neus boven op de kist. Ze willen zien hoe de kist in de grafkelder geschoven wordt. Daarna leggen ze de bloemenkransen netjes voor de grafkelder neer. Dudu droogt haar tranen af.
"Kom Rachel, het is nu allemaal gebeurd, het is achter de rug. Laten we gaan."
Hand in hand lopen ze naar de auto.

7

Mijn bord eten staat voor mijn neus op tafel. Voor de zoveelste keer krijg ik geen hap door mijn keel.
"Kom op, Rachel eet nou je bord leeg," dringt Vincent aan.
"Eerst een glas water."
"Waar maal je nu weer over?"
"Kijk mij nu, waar is die vrolijke Rachel met die dansende strikjes in het haar gebleven? En de leuke tijden met Dudu naar de barcu[15] en de ayakakeuken, die zullen nooit meer terugkomen. Dudu is inmiddels ook overleden. Zij is haar graf ingegaan zonder te weten wie Dennis werkelijk was. Zij hield hem zo de hand boven het hoofd. Kun jij je voorstellen wat dat voor mij betekent? De psychologen kunnen wel zeggen dat ik constant in het verleden kijk. Ze voelen niet wat ik voel. De knagende pijn op mijn borst is geen verleden tijd maar een werkelijke tegenwoordige tijd."
Ik neem een hap van mijn kip, gestoofd in verse komijnsaus. De smaak brengt me terug naar de ayakakeuken van tante Louisa. Naar de grote pan

---

[15] Zeilschepen (die vanuit Venezuela komen om levensmiddelen te verkopen).

Al een kwartier zit Dudu op Rachel te wachten. Ondanks dat Rachel weet dat Dudu's geduld niet lang meer zal duren, maakt ze zich daar helemaal niet druk over. Ach, … mijn Dudu gaat toch niet weg zonder mij, denkt ze. Met deze gedachte neemt Rachel alle tijd om zich aan te kleden.
"Rachel … opschieten, het wordt laat."
Ze antwoordt niet.
"Rachel, nogmaals … opschieten, het wordt laat."
Juist op het moment dat Dudu naar haar slaapkamer wil lopen, komt Rachel huppelend aan. Haar roze strikjes om haar dikke zwarte vlechten wiebelen van links naar rechts.
Afkeurend kijkt Dudu haar aan. Rachel heeft al een vermoeden wat Dudu gaat zeggen.
"Moet je weer die strakke worstbroek aan?" Dudu vindt dat een strakke broek op een worst lijkt. "Enfin … kom maar mee. Wij moeten op tijd in Punda zijn, want de beste vis is al heel vroeg uitverkocht."

"Volgens mij zie ik in de verte Fedjay aankomen. Die grijs gestippelde Chevrolet kan alleen maar van hem zijn." Fedjay is de chauffeur van de autobus. Zijn auto is ooit blauw geweest. Nu is hij meer grijs dan blauw, overal rond de auto is er een likje grijze verf te zien. Net een bonte koe op wielen. Altijd als Dudu naar Punda gaat,

---

[16] Kerstgerecht (gemaakt van funchideeg met kipvulling).

neemt ze de autobus. Daarom herkent ze de autobus van
Fedjay meteen.
De Chevrolet nadert. Dudu zwaait met haar arm, de
autobus stopt. Op het dashboard staat een handschreven
bordje 'max 6 personen'.
"Dudu, waarom staat er 'max 6 personen' op het bordje?"
Door haar haast hoort Dudu Rachel niet eens. Ze trekt
haar aan haar arm mee, maakt het voorportier open,
duwt Rachel naar binnen, daarna stapt ze zelf heel snel in.
"Groet je Fedjay netjes?"
"Goedemorgen Fedjay."
"Goedemorgen meisje."
"Zo, Fedjay ik heb je lang niet gezien. Hoe gaat het, hoe
gaat het met je vrouw?"
Het is bekend dat Fedjay een beetje binnensmonds praat.
Hij heeft een dikke buik en een restantje krulhaar op zijn
hoofd. Het zweet loopt van zijn voorhoofd langs zijn oren
in de kraag van zijn overhemd. Zijn overhemd is kletsnat
van het zweet. In zijn oor groeien grijze en zwarte haren.
"Ach, met onkruid gaat het altijd goed. Maar ik ben geen
onkruid ha, ha, ha … " Fedjay lacht uitbundig, heel zijn buik
gaat op en neer. "Ik heb pech met mijn auto gehad. Ze zijn
er weer tegenaan gereden."
Een vlek meer of minder maakt niet meer uit, denkt
Rachel. Het is toch al een bonte koe.
Dudu trekt haar conclusie. "Oh, vandaar dat ik jou zo lang
niet heb gezien."
Op het dashboard ligt een vies doekje, Fedjay pakt het.
Hij wrijft daarmee het zweet van zijn gezicht en hals.
Daarna klopt hij het doekje af en gooit het weer op het
dashboard. Hij steekt zijn hand in de borstzak van zijn
overhemd en haalt er een pakje PK-kauwgum[17] uit.
Daarna werpt hij een blik op Rachel.

---

[17] Kauwgummerk

"Van wie is deze kleine een dochter?"
Rachel ergert zich aan Fedjay. Hoe durft hij mij kleine
te noemen! Die vieze kauwgum van hem wil ik ook niet
hebben.
Het is alsof Fedjay de gedachten van Rachel kan lezen.
"Ik wilde je net een kauwgum geven maar helaas, het is zo
nat van het zweet."
Op een vriendelijke toon valt Dudu hem in de rede.
"Geeft niet Fedjay, ik koop straks wel kauwgum voor haar,
hè Rachel?"
Bij het postkantoor in Punda stappen ze uit. Haastig pakt
Dudu haar portemonnee en betaalt Fedjay voor de busrit.
Voordat Dudu het portier van de Chevrolet dichtdoet
zegt ze nog: "Doe je vrouw de hartelijke groeten van me,"
waarna ze de hand van Rachel stevig vastpakt. Met grote
stappen haast ze zich om zo snel mogelijk bij de barcu te
zijn.
"Opschieten, doorlopen en denk eraan, altijd met twee
woorden spreken: ja meneer, nee meneer."
Samen lopen ze naar de barcu. Eerst loopt Dudu alle
barcu's af om de beste groenten, fruit en vis uit te
zoeken. Bij de kokosnoten blijft ze staan.
Een Venezolaanse meneer met een Mexicaanse hoed op
komt aangelopen. "Oh, Shon[18] , vandaag heb ik mooie
kokosnoten. Vers, gisteren aangekomen."
Een voor een schudt Dudu de kokosnoten om te horen of
er vocht in zit.
"Of heeft u ze nodig voor het maken van kokosolie?"
"Nee, nee ... niet om kokosolie te maken."
De meneer schudt ook enkele kokosnoten en hij legt die
met kokosvocht apart.
"Doe mij vier van deze en drie rijpe bakbananen."
Bij de andere barcu koopt Dudu zoete aardappelen,

---

[18] Aanhef als beleefdheidsvorm voor een oudere persoon.

tomaten, meloen en bananenbladeren voor de ayaka's. Overmorgen begint de voorbereiding voor het maken van de ayaka's. Rachel sjouwt met de bananenbladeren. Nu nog de vis en dan hebben ze alles.

Ze horen de visboer al in de verte schreeuwen. "Verse vis, verse vis ... pisca kora[19]... masbango[20]... Vanmorgen zwommen ze nog."

Terwijl hij reclame aan het maken is voor zijn vis, tilt hij ze een voor een op om ze aan het voorbijlopende publiek te tonen. Met een krant jaagt hij de vliegen die op de vissen afkomen weg. Een vreselijke vislucht hangt in de lucht. De visboer houdt Dudu een grote pisca kora voor.

"Shon, deze of iets kleiner?"

Even bedenkt Dudu zich. "Geef mij de kleine maar, wel schoonmaken."

De visboer neemt de vis de barcu in, om de schubben ervan af te halen. Enkele minuten later roept hij: "Shon, moet de kop er ook af?"

Heel opvallend strekt Dudu haar nek om te kijken wat de visboer met de vis doet.

"Ja graag, ook al is die vis dood, zijn kop drinkt al mijn olie op."

De visboer lacht. "Dat is een goeie." Dudu stopt haar vis in de tas. "Kom Rachel, laten we snel naar de bushalte lopen. Ik hoop dat ik een bekende buschauffeur tegenkom die ons voor de deur kan afzetten. Zo houden we iets meer tijd over om met de voorbereidingen voor de ayaka's te beginnen."

De hele voorbereiding voor het maken van de ayaka's is achter de rug. Vandaag is de officiële ayaka-startdatum.

---

[19] Rode vis (red snapper).
[20] Wasmakreel (vis).

Mams heeft de kip al geplukt. Het funchideeg[21] staat op het vuur te pruttelen. De pan is te klein, waardoor de pruttelende massa eruit spettert.

"Waar blijft Dennis toch met die grote pan?" moppert Dudu.

Paps heeft ook genoeg van zijn tranende ogen, hij moppert: "Deze uien weten me wel aan het huilen te brengen."

Hij haast zich naar de kraan om de tranen van zijn gezicht te wassen.

"Wàààt …! De madame-jeanettes[22] liggen hier ook nog te showen. De ene peper is nog roder dan de andere."

Dudu pakt de maalmolen uit de kast en zet die voor paps neer. "Maak jij je daar geen zorgen over, Benny. Louisa komt zo een einde maken aan hun show."

Tante Louisa is organisatrice van de jaarlijkse ayakakeuken. Elk jaar rond begin december, vlak na Sinterklaas, starten de voorbereidingen. Het hele gezin en de dichtstbijzijnde familieleden werken eraan. Er worden geen tien, maar honderden ayaka's gemaakt.

Rachel walst rustig tussen de bedrijvigheden door. Ze kijkt in de pan, ruikt aan de kip. Dan botst ze tegen paps op, die net aan komt lopen met een lading bananenbladeren.

Paps duwt de bananenbladeren in Rachels armen. "Als je toch niets te doen hebt, begin deze maar schoon te poetsen … Assepoester."

Nog steeds is Dudu verbaasd waarom Dennis toch zolang wegblijft. Ongeduldig kijkt ze nogmaals naar buiten. "Hè, hè, daar heb je die pannenbezorger."

Met een grote glimlach op zijn gezicht wandelt Dennis op zijn dooie gemak het achterhuis binnen.

Paps kucht. "Wel mooi te laat, hij heeft nog zeker zijn bikini

---

[21] Het gekookte funchimeel.
[22] Heel hete peper (ziet eruit als een kleine paprika).

aan moeten doen."
Door deze grap schiet iedereen in de lach. Alle aandacht
gaat naar het grapje van paps. Dit is een mooi moment
denkt Rachel. Ze krijgt de kans om snel en onopgemerkt
het zelfgeschreven briefje voor Dennis te halen.
Onopvallend kruipt ze weer achter de bananenbladeren
en poetst ijverig door.
Even later komt Chika voor de gezelligheid langs. Als
ze in de keuken een kijkje neemt, schrikt ze van de
hoeveelheid werk die er nog gedaan moet worden.
"Wat een berg werk nog! Kom maar hier met die
bladeren, ik help je er wel mee."
"Bananenbladeren schoonwrijven is te licht werk voor
jou," laat paps aan Chika weten. "Ik heb hier een andere
klus voor je."
"Zeg het maar, het was mijn bedoeling om Rachel te
helpen."
"Nee, nee, neem jij de kaas maar onder je hoede."
Maar Dudu komt meteen de keuken uitgelopen en
verandert paps plan. "Chika, het is beter als jij het
funchideeg doet. Dat is te zwaar voor mijn bejaarde
armen."
"Inderdaad, laat mij dat funchimeel maar doen."
Opgewekt loopt Chika samen met Dudu mee naar de
keuken, om het funchideeg af te maken.
Intussen is paps zijn sigaretten aan het zoeken.
"Waar heb ik die toch gelaten? Ik ben echt aan een
zuurstokje toe."
Zo noemt paps zijn sigaret. Nadat hij zijn sigaretten op de
koelkast gevonden heeft, gaat hij naar buiten om te
roken.
Iedereen heeft de eetkamer verlaten, behalve Dennis.
Meteen grijpt hij de kans.
"Zo, wat kan dit lief kind de bananenbladeren goed
schoonwrijven. Kan zij mij ook zo goed wrijven?"

Hierop geeft Rachel geen antwoord. Dit zijn voor haar juist de rare, onbegrijpelijke dingen die Dennis al te vaak tegen haar zegt.
Ze kijkt goed rond of er iemand kijkt. Snel pakt ze het briefje en duwt het in Dennis' hand. "Dit is voor jou!"
Nadat ze Dennis de brief overhandigd heeft, rent ze gelijk naar buiten. Ze wil niet eens wachten op zijn reactie.

Mijn huisarts wil me weer laten opnemen in een rusthuis. Ook al zie ik het nut ervan in, heb ik er eerlijk gezegd niet zo'n behoefte aan. Ik weet heel goed waar mijn probleem zit. Geen pilletje zou mij kunnen helpen om de stap te nemen die ik moet nemen. Onrustig zit ik aan tafel te spelen met een aansteker. Vincent volgt mijn tengere vingers, die uiteindelijk het stukje hasj pakken en opwarmen. De drang dat ik iets tegen 'het gevoel' moet doen wordt met de dag groter. Maar hoe? En wat?

"Wanneer ga je iets doen met die gevoelens? Laat je toch maar opnemen, zoek een therapie of misschien een training. Je moet eens een keer ophouden met dit cowboyspelletje.

Doe iets ... misschien ... moet je hém wel benaderen," stelt Vincent voor.

"Ben je nou helemaal belazerd? Laat me nou maar met rust, zoek iets anders te doen in plaats van over mij te vaderen. Hier in huis valt genoeg te timmeren."

"Wat voor een toekomst heb je voor ogen? Je kunt het leven niet zo voorbij laten gaan. Het leven draait niet alleen om het verleden."

"Klopt, het draait ook om postzegels verzamelen in de

Tijdens het maken van de ayaka's komt Julio bij Rachel
langs. Hij wil postzegels ruilen.
"Kijk eens … Ik heb een postzegel van Nederland voor je.
Zullen we ruilen?"
"Welke, de grijze met koningin Juliana erop?" vraagt
Rachel.
"Ik weet niet wie erop staat maar wel een gezicht, ik heb
er al drie van."
Julio en Rachel sparen al heel lang postzegels. Soms
ruilen ze. Ook nu wil Rachel best met Julio ruilen, maar ze
weet dat Julio daarin niet betrouwbaar is. Hij is in staat
om morgen zijn postzegel weer te komen opeisen. En dan
krijgen ze opnieuw ruzie. Rachel wil wél heel graag die
ene postzegel met het gezichtje erop. Die heeft ze nog
niet.
"Oké, onder één voorwaarde. We kunnen ruilen, en
we gaan ruilen, maar je komt je postzegel morgen niet
terugeisen."
"Nee Rachel, dat doe ik niet meer, dat beloof ik je,"
antwoordt Julio vastberaden.
Zijn antwoord komt geloofwaardig over.
"Afgesproken, ik ruil twee postzegels tegen die éne grijze
postzegel met het gezichtje," onderhandelt Rachel. "Maar
echt alleen onder één voorwaarde. Je mag hem absoluut
niet terug komen vragen."

Nu denkt Julio toch nog even na. "Weet je het echt zeker dat je twee tegen één wilt ruilen? Serieus?"
Rachel steekt haar hand in de lucht. "Ja, natuurlijk meen ik het, ik zweer het je."
Als Julio ziet dat Rachel het echt meent, steekt hij ook zijn hand in de lucht. "Oké deal, morgenmiddag na school ruilen we."
"Ja, laten we morgen maar afspreken. Ik heb het nu veel te druk met de ayaka's. Morgen gaan we het als volgt doen. Ik geef je eerst één postzegel, dan geef jij mij de postzegel met het gezichtje. Daarna krijgt jij van mij de tweede postzegel. Wat vind je daarvan?"
Julio vindt het een goed voorstel.

Zoals afgesproken treffen Julio en Rachel elkaar de volgende middag. Precies zoals ze gisteren afgesproken hebben, legt Rachel de eerste postzegel op tafel. Julio pakt hem en stopt hem in zijn zak.
"En nu jij, kom over de brug met de gezichtjespostzegel."
Julio begint stiekem te grinniken, hij zet zijn wijsvinger onder zijn kin en kijkt omhoog.
"Weet je nog … dat ik je iets vroeg over dat gevoel?"
Het is al zolang geleden dat ze het daarover hebben gehad. Rachel krijgt het warm. Dat hele gesprek heeft haar niet meer beziggehouden, maar ze weet wel meteen waar Julio het over heeft. Ze wil er liever niet meer over praten.
"Welk gevoel? Waar heb jij het over … dat ik je soms niet vertrouw?"
Onverwachts kruipt Julio onder de tafel en haalt een viezedingenboek te voorschijn. "Dit is nou een viezedingenboek."
Op de kaft staan naakte mannen en vrouwen. Rachel heeft nog nooit foto's van naakte mensen in een boek gezien. Hij schuift het gesloten boek naar haar toe.
Rachel wil het niet openmaken. "Watttt …! Is dit een

viezedingenboek? Hoe kom je eraan ... Haal het weg, ik wil het niet zien."

"Gepikt, gepikt uit de klerenkast van Freddie, gaaf hè? Zo'n dik viezedingenboek heeft Ivy niet."

Julio neemt het boek terug, en slaat het open. Hij bladert erdoorheen. Van voor naar achter en weer terug.

"En wat zeg je dan tegen je broer als hij ernaar vraagt?"

"Oh, ik doe alsof mijn neus bloedt, je weet toch? Kom, laten we samen kijken en dan moet je goed opletten of jij ook dat gevoel krijgt."

Zonder op een antwoord te wachten legt Julio het open boek voor Rachels neus neer. Ze werpt een blik juist op een pagina waar naakte mannen en vrouwen over elkaar liggen. Ineens gaat er een lichtje branden. Naakte vrouwen ... Dennis heeft haar een keer gevraagd om haar bloesje uit... te doen. Hij wil natuurlijk ook boven op mij gaan liggen, denkt ze. Maar dat wil ik niet!

"Waarom liggen ze op elkaar dan?" vraagt Rachel.

"Dat weet ik niet, en dat is ook niet belangrijk. Dat gevoel is wel lekker, vind je niet?"

Rachel zwijgt, dat viezedingenboekgedoe begint haar de keel uit te hangen. Met tranen in haar ogen slaat ze met haar vuist op de tafel. "Hier die postzegel!"

Dat maakt totaal geen indruk op Julio. Integendeel, Julio lijkt het juist leuk te vinden dat hij Rachel op de kast kan jagen. "Dat zou je wel willen. Eerst met mij dit viezedingenboek bekijken en dan krijg je hem."

"Dat is niet eerlijk, dat is niet de afspraak."

Het is even stil.

"En wat dan nog ...? Dan verander ik nú de afspraak. Eérst samen met mij in het viezedingenboek kijken en dan de postzegel."

Rachel weet dat Julio niet te vertrouwen is, toch is ze er weer ingetuimeld. Ze vraagt zich af hoe ze zo dom had kunnen zijn, zo naïef om toch nog een afspraak met hem

te maken. Rachel balt haar vuisten en gaat tegenover
hem staan. Hoogstwaarschijnlijk is het Julio opgevallen
dat Rachel hem niet langer tolereert, zeker omdat ze
niets meer zegt. Daarom komt Julio met een nieuw
voorstel.
"Oké, oké, je mag kiezen, we gaan nú samen in
het viezedingenboek kijken, of ... we gaan geen
viezedingenboek bekijken. Maar dan geef je me al mijn
postzegels terug, die ík je ooit gegeven heb."
Woedend rukt Rachel het boek uit Julio's handen en smijt
het naar hem toe.
"Laat maar Julio, ik wil niet in het viezedingenboek kijken
en ik wil ook geen postzegels teruggeven."
Julio, die meestal Rachel de baas is, had deze reactie niet
verwacht. Verbijsterd legt hij de grijze gezichtjespostzegel
op tafel en maakt dat hij wegkomt.

Op een onverwacht moment gaat de telefoon.
Als ik oppak hoor ik Roza's stem. Na een hartelijke
begroeting, raken we gelijk in gesprek alsof we
elkaar nooit uit het oog verloren zijn. Roza vindt
het bijzonder dat Rachel na zoveel jaren haar stem
meteen herkent.
"Je weet toch, uit het oog, maar niet uit het hart.
Wat fijn dat je belt. Ik had het echt niet verwacht."
"Waarom zou ik je niet bellen, ik heb het toch
beloofd? Al hebben we elkaar jaren niet gezien, je
bent en blijft mijn beste vriendin."
"Dit vind ik fantastisch om te horen."
Het is te merken dat Roza niets veranderd is. Ze is
nog steeds net zo nieuwsgierig als vroeger. Ook haar
vriendelijkheid is niet veranderd. Vol belangstelling
informeert ze naar Josephine. Al lachend herinnert
ze mij aan het voorval van Josephine en haar geit.
Daar heeft ze nog vaak aan terug moeten denken.
"En ...? Nieuwe vriend ...? Vertel eens. Hoe ziet je
leven er tegenwoordig uit?" vraagt Roza voorzichtig.
"Wil je dat werkelijk weten? Daar heb ik maar één
woord voor ... poep!"
Meteen hebben we een afspraak gemaakt om elkaar

Al een hele tijd is Rachels zus Josephine naar haar geit
Mekkie aan het zoeken.
"Ik snap er niets van, Mekkie gaat nooit ver grazen," snikt
ze.
"Heb je al gekeken in het hoffie bij opa? Mijn konijnen
komen ook weleens daar."
"Hoor je me niet of begrijp je me niet? Heb je nog wel
oren? Ik ben al de hele middag aan het zoeken. Ik ben al
overal geweest. Oók in het hoffie van paps! Tot twee keer
toe bij opa's hoffie. Zelfs in het hoffie van tante Rita heb
ik gezocht. Daar komt Mekkie normaal gesproken nooit."
Het is duidelijk te zien dat Josephine heel verdrietig is. Ze
heeft betraande ogen en van haar blijmoedige uitstraling
is niets meer over. Rachel heeft echt medelijden met
haar. Josephine heeft Mekkie als lam gekregen van
haar peetoom en ze heeft haar nog met een babyfles
grootgebracht.
Plotseling krijgt Rachel een idee. "Heb je al in de dam
gekeken? Misschien is ze erin gevallen, en kan ze er niet
meer uitkomen."
De tranen rollen over Josephines wangen. "Zelfs daar heb
ik al gekeken. Een geit kan toch niet zomaar verdwijnen?"
"Nou, hij kan wel gestolen zijn."
"Ik wil dat je nú ophoudt met je onzin!"
Ondanks dat Josephine boos is op Rachel, probeert
Rachel toch nog mee te denken. Ze weet niet waar
Josephine nog zou moeten zoeken. Met een serieuze blik
kijkt ze Josephine aan.

"Misschien is Mekkie in de waterput gevallen."
"In de put …? Je bedoelt … in de put …! Zoveel meters
naar beneden? En dan verdrinken?"
Josephine barst in tranen uit. "Je bent gemeen, je bent
gemeen!"
Eigenlijk heeft Rachel het goed bedoeld, in de hoop dat
Josephine het zoeken naar Mekkie zal staken. Vrolijk
rent Rachel weg. "Ik ben weg, ik moet de afwas doen bij
mams. Ajo[23],… ik zie je later!"
Rustig wandelt Rachel door het zandpadje naar mams'
huis. Ze wil snel de afwas doen om daarna naar Julio te
gaan. Het mysterie van de verdwenen Mekkie laat haar
niet los. Een geit kan toch niet zomaar verdwijnen? Ook
Julio houdt haar gedachten bezig. Hij moet maar eens een
keer ophouden met dat viezedingenboekgedoe.
Plotseling wordt Rachel uit haar gepieker gehaald door
het gemekker dat ze in de verte hoort. Ze rent snel op het
geluid af, het komt uit mams' huis. Het zal toch niet waar
zijn? Wie heeft Mekkie binnen opgesloten? Haastig rukt
ze de deur open. Met grote ogen kijkt ze naar de ravage.
Mekkie heeft ingebroken, de ruit van de achterdeur ligt in
scherven op de grond. Overal op de grond liggen stukjes
half afgekauwde papieren. Zelfs de belangrijke papieren
van mams heeft ze voor de helft opgegeten. De vaas ligt
kapot op de bank. De bank is helemaal nat en bezaaid met
keuteltjes. De bloemen zijn voor de helft afgeknabbeld.
Drinkglazen, fotolijsten en mams' porseleinen servies
liggen in stukken op de grond. Rachel neemt een kijkje in
de keuken. Mekkie loopt heel onschuldig achter haar aan.
"Oh … nee … oh, mijn God!"
Haar mond valt open. Mekkie heeft gegeten van de bolo
pretu[24] die mams voor een bruiloftsfeest gemaakt heeft.

---

[23] Dag

[24] Zwarte taart (letterlijk vertaald), gemaakt van verschillende soorten gedroogde
   zuidvruchten bv: dadels, pruimen, rozijnen.

Samen met mams hebben Rachel en Josephine er uren
aan gewerkt. Wekenlang zijn ze ermee bezig geweest. Het
aanrecht en de vloer zijn bezaaid met kruimels en brokken.
"Wat een geit, kom geit, eruit jij … en snel."
Nadat Rachel Mekkie de deur uitgezet heeft, haast zij zich
naar Josephine.
"Kom Josephine, kom snel kijken!"
"Is er iets gebeurd? Waarom ben je zo onrustig?"
"Ik heb Mekkie gevonden. Kom maar met me mee."
Josephine loopt het huis binnen.
"Oh … nee … hè … Hoe heeft Mekkie dit kunnen doen?"
Josephine blijft perplex staan, haar ogen volgen de
ravage. "Kom Rachel, help even mee, dit moet opgeruimd
zijn voordat mams thuiskomt."
Samen ruimen ze de boel op. Zodra mams thuis komt,
rent Josephine haar tegemoet. In één adem vertelt
Josephine het hele verhaal. Rachel houdt een beetje
afstand, ze wacht mams' reactie af. Gelukkig, mams
wordt niet boos. Ze vindt het wel heel vervelend dat ze
een nieuwe bolo pretu moet maken.

Een week na het telefoongesprek komt Roza bij mij op bezoek. Het liefst vertel ik Roza in vijf minuten mijn hele levensverhaal. Maar de verschillende gevoelens die mij domineren, gecombineerd met de ernst van het verhaal, maken het mij moeilijk. Door het schaamtegevoel weet ik niet waar ik moet beginnen. Uiteindelijk begin ik bij de minst dramatische gebeurtenis, namelijk het familiekerstfeest.

"Als kind dacht ik echt dat ik met mijn geschreven briefje invloed op hem zou hebben. De dagen na het familiekerstfeest waren zo rampzalig, waardoor ik helemaal uit mijn doen was. Ik was zó giftig. Zijn eigen kinderen waren volop aan het genieten, terwijl ik in de appeldamboom[25] zat te puffen van de warmte en de stress. Achteraf ben ik blij dat paps dit allemaal niet geweten had. Paps was een man van principes, hij stelde hoge eisen aan respect, normen en waarden."

Spontaan schiet Roza in de lach. "Ja dat klopt, ik herinner me nog die dag dat jij je eerste bikini had gekregen!"

---

[25] Boom van de tropische vrucht appeldam
(het fruit is een appeltje zo groot als een knikker)

Het is zover, straks begint het familiekerstfeest. Mams heeft voor Rachel en Josephine hetzelfde model setje genaaid. Een lichtgroene broek met een bijpassend jasje. Wat zijn ze apetrots, omdat ze precies hetzelfde gekleed gaan.

Dudu bewondert de twee meisjes. "Jullie lijken net een tweeling."

Rachel verwacht dat Dennis niet op het feestje aanwezig is. Ze is ervan overtuigd dat ze Dennis met haar brief goed duidelijk gemaakt heeft dat hij niet op het familiekerstfeest moet verschijnen.

Samen wandelen Rachel en Josephine naar tante Louisa's huis. Tot Rachels verbijstering ziet ze de auto van Dennis geparkeerd staan bij het familiekerstfeest. Hierdoor durft Rachel niet meer naar binnen. Heel even denkt ze eraan om terug naar huis te gaan. Tegelijkertijd weet ze dat het niet mogelijk is. Ze zou een reden moeten hebben om terug te gaan. De werkelijke reden zou ze niet kunnen vertellen.

Met trillende stem zegt ze tegen Josephine: "Ga jij maar als eerste naar binnen."

"Nee, jij!"
"Ikke niet!"
"Waarom niet?"
"Gewoon niet."
"Ach, madam heeft weer iets nieuws, ik ga wel."
Dapper stapt Josephine naar binnen. Verlegen kruipt
Rachel heel dicht tegen haar rug aan. Eenmaal binnen
kijkt Rachel snel rond, ze wil weten waar Dennis zit. Hun
blikken kruisen elkaar, opvallend glimlacht Dennis naar
haar.
Hoe durft die engerd toch te komen? Was ik met mijn brief
niet duidelijk genoeg geweest? denkt Rachel.
De huiskamer van tante Louisa is vol, de hele familie zit in
een kring. Er hangt een gezellige sfeer, iedereen kletst door
elkaar heen. Op de achtergrond klinkt zachte kerstmuziek.
Margaret is Ponche Crema[26] aan het serveren. De blinkende
glazen op het zilveren dienblad zijn een lust voor het oog.
Met het dienblad in haar handen verwelkomt ze Rachel en
Josephine. "Zalige kerst, wat leuk dat jullie gekomen zijn.
Ik dacht al, het wordt laat, waar blijven jullie toch. Hier,
deze stoelen zijn voor jullie gereserveerd, neem plaats."
De hele familie weet dat Rachel graag in de boom klimt,
daarom grapt Marjorie: "Onze lieve nicht moest nog even
uit de boom klimmen."
"Oh … nee … vandaag moest de boom uit haar klimmen,"
grapt Josephine terug.
"Is ook goed, vandaag doen we niet moeilijk. Kom maar
gauw onder de kerstboom kijken. Jullie cadeautjes
wachten geduldig."
Samen met Marjorie lopen ze naar de kerstboom, die tot
het plafond reikt. Met trots laat Marjorie haar werk zien.
"Heb ik alleen opgetuigd, is het geen plaatje?"
Nadat ze de kerstboom bewonderd hebben, gaat Josephine

---

[26] Crèmekleurige likeur (specialiteit van de Cariben, landelijk en exportproduct)

als eerste de kring rond. Ze geeft iedereen een hand, Rachel volgt haar. Als Rachel bij Dennis aankomt, slaat ze hem over. Dennis kijkt haar met grote ogen verbaasd aan. Hij had niet verwacht dat Rachel zo brutaal zou zijn om hem over te slaan. De blik waarmee hij Rachel aankijkt spreekt boekdelen. Een doordringend strakke blik waar je angstig van wordt. Om van deze blik af te komen richt Rachel snel haar ogen op zijn vrouw Ivette die naast hem zit, en geeft haar een hand. Rachel hoopt dat het Ivette is opgevallen dat ze Dennis geen hand heeft gegeven. Maar Ivette is druk in gesprek met Margaret. Ze heeft niet in de gaten wat zich tussen Dennis en Rachel afspeelt. Ondanks zijn verbazing over Rachels gedrag, geeft hij toch geen commentaar. Hij blijft beteuterd kijken. Diep in haar hart hoopt Rachel dat iemand anders het opgemerkt heeft en haar zal vragen waarom ze Dennis geen hand geeft. Maar iedereen is gezellig met elkaar bezig, niemand heeft iets bijzonders opgemerkt. Aan de ene kant voelt Rachel zich voldaan. Omdat ze Dennis voor schut heeft laten staan. Aan de andere kant is ze zeer teleurgesteld omdat ze een kans heeft gemist om haar verhaal te delen.

Het hele familiefeest gaat gezellig door. Er wordt gedanst, cadeautjes worden uitgepakt. Iedereen is in een feestelijke stemming, behalve Rachel, ze kan zich niet meer vermaken. Ze is alleen maar bezig met het ontwijken van Dennis. De boosheid knijpt haar keel dicht. De spanning wordt haar te veel. Ze wil niets liever dan verdwijnen, wegvliegen, wegsmelten. Verdrietig, omdat ze niet van het kerstfeest kan genieten, rent ze op een gegeven moment naar buiten. Ze klimt in de appeldamboom die in de tuin staat. Vanuit de appeldamboom kijkt ze naar de andere kinderen die leuk met elkaar aan het spelen zijn.

"Nog één keer twee emmertjes water halen en daarna zakdoekje leggen," zegt Josephine.

"En daarna politie en dief, ik ben de politieagent," zegt

Robertico.
"Nee, jij bent geen goede politieagent," vindt Josephine.
Ondertussen zit Rachel de hele middag in de boom voor
zich uit te staren. Ze maakt zich totaal niet druk over wie
wat speelt. Met één ding is ze tevreden, dat ze uit de buurt
van Dennis kan blijven.

Na de gebeurtenis tijdens het familiekerstfeest krijgt
Rachel het emotioneel heel moeilijk. Het is zelfs mams
opgevallen dat Rachel ergens mee zit. Mams zit naast
Rachel aan de eettafel.
"Waarom eet jij je soep niet op?"
"Ik heb geen trek."
"Eet ten minste het vlees op."
"Ik bewaar m'n eten voor straks, eten is niet het
allerbelangrijkste in iemands leven."
Zoals altijd maakt het Dudu niet uit of Rachel wel of niet
wil eten. Aan de eettafel moet het gezellig blijven. Zo denkt
ze erover. Daarom neemt ze Rachels bord en schept er de
helft van de soep uit.
"Zo, dat halve bordje krijg je wel op, of niet? Vanaf
eergisteren is het mij ook opgevallen dat je met je
gedachten ergens anders zit."
Nadat Rachel één hap van haar soep heeft genomen,
gooit ze de lepel over de tafel.
Dudu wil de lepel opvangen en stoot een glas water over
paps heen.
"Ho, ho, krijg ik nou een glas water over mij heen, omdat
Rachel niet wil eten?"
"Ik wilde alleen maar de lepel opvangen."
"Nou Rachel, nu ben ik kletsnat, of het per ongeluk is
of niet ... morgen de vloer schrobben, grote beurt, hier
gooien we niet met bestek."
Wonder boven wonder toont mams een beetje medeleven
met Rachel. Rustig eet ze haar mond leeg, waarna ze

Rachel een duwtje geeft.

"En als je morgen klaar bent met het schrobben heb ik een verrassing voor je. Ik weet zeker dat ik je daarmee weer blij krijg."

Er verschijnt een flauwe glimlach op Rachels gezicht. Het verdriet diep van binnen houdt ze liever voor zichzelf. De hoop op steun van de familie heeft ze opgegeven. De hoop dat er ooit iemand aan haar kant zal staan is in één klap weg. Eenzaam en verlaten voelt ze zich.

Als Rachel net klaar is met het schrobben van de vloer, loopt mams vrolijk het achterhuis binnen met een tasje in haar hand. "Kijk, ik heb jouw verrassing bij me. Heb je de vloer al geschrobd?"

Mams tilt het tasje op. Paps zit aan tafel. Met zijn hoofd gebogen houdt hij mams en Rachel in de gaten. Vol spanning maakt Rachel het tasje open. Heel benieuwd haalt ze voorzichtig de inhoud eruit en houdt het in de lucht.

"Een bikini ... Een bikini ... Wat ..."

Paps ogen worden zo groot als twee spiegeleieren. Hij staat op en rukt de bikini uit haar hand.

Zowel mams als Rachel had de reactie van paps niet verwacht. Rachel staat er zwijgend bij. Ze wacht af wat er gaat gebeuren. Ergens hoopt ze dat paps het toelaat dat ze de bikini mag houden. Die modieuze bikini wil ze heel graag hebben. Precies de kleuren die ze mooi vindt, rood en oranje. Aan weerskanten van het broekje en op de rug van het topje hangen franjes. Aan de voorkant sluit het topje met een gouden gesp.

"Hoe haal je het in je hoofd om een bikini te kopen voor míjn dochter!" blaft paps mams toe. Blijkbaar heeft Dudu het geschreeuw gehoord. Als een soldaat komt ze op wacht staan. Zij kan niet tegen geschreeuw. Haar ouders hebben nooit tegen elkaar geschreeuwd. Dudu vindt dat je problemen uit moet praten.

Mams zwijgt, verstijfd van schrik kijkt ze paps aan.

Verkrampt wacht ze af wat er nu gaat gebeuren.

Paps is nog niet uitgeraasd. "Vrouw van me, je moet eens goed luisteren, ik voed hier geen varkens op."

Eindelijk heeft mams haar moed bij elkaar geschraapt. "Jouw kinderen worden ook tieners."

"Ja klopt, dat wil niet zeggen dat ze half naakt mogen rondlopen."

Dudu mengt zich in de woordenwisseling. "Ho, ho, stop eens even. Hier in huis wordt niet geschreeuwd. Een beetje meer respect alstublieft."

Koste wat het kost wil paps zijn gelijk krijgen, hij wendt zich tot Dudu. "Moet ik mijn dochter halfnaakt over het strand laten lopen?"

Het is overduidelijk dat mams ook haar gelijk wil. Tierend valt ze Dudu in de rede. "Dit is de mode. Niks mis mee, om met de mode mee te doen, toch?"

Ja mams, kom voor me op, goed zo. Ik wil inderdaad niet achterblijven bij de mode, denkt Rachel.

Op iets gedempte toon mompelt paps: "Mode, mode … wat is mode? Jezelf naar de verdoemenis helpen … dat is mode!"

Dudu herhaalt: "Mode of niet, naar de verdoemenis of niet … Eén ding is zeker, hier in dit huis wordt niet geschreeuwd."

Rachel staat in dubio naar de ruzie te kijken. Eigenlijk wil ze iets zeggen. Maar paps is zo over zijn toeren, dat ze het niet durft. Het gaat allemaal om haar. Op afstand bewondert ze de bikini, die inmiddels door paps op tafel is gegooid. Daar ligt hij nu. Haar ogen volgen paps, dan Dudu, dan gaan ze van paps naar mams.

Onverwacht neemt paps de bikini weer in zijn handen. zonder één woord te zeggen, draait hij hem binnenstebuiten. Met zijn vingers voelt hij aan de stof

terwijl zijn gezicht boekdelen spreekt. Hij bijt op zijn onderlip, zijn ogen schieten vuur, zijn wenkbrauwen lijken wel ergens in zijn voorhoofd te zweven. Hij zwijgt nog steeds.
Rachel is benieuwd wat er door zijn hoofd gaat. Zijn handen trillen van boosheid.
"Laat mij die bikini eens keuren," zegt Dudu.
Dudu houdt het topje in de lucht.
"Is dit een bikini? Lijkt wel een BH."
Rachel kan nog net haar lach inhouden, ze weet dat Dudu absoluut geen verstand van mode heeft. Zij heeft nog nooit een bikini in handen gehad. In haar tijd droegen ze alleen maar badpakken met lange pijpen. Dat heeft Dudu haar ooit verteld.
"Het is toch niet zo erg, hè, Dudu?" vraagt mams nogmaals.
"Ik bemoei me er niet mee. Ik krijg al genoeg te horen dat ik partij voor Rachel trek. Zorg maar dat jullie water bij de wijn doen."
Dudu legt de bikini weer op tafel.
Paps werpt een strenge blik op mams. "Jij zou het beter moeten weten dan ik. Tegenwoordig lopen er veel enge mannen rond."
Ze lopen niet alleen rond, ze komen ook je huis binnen. Ze zitten met jou aan tafel. Maar daar gaat het nou niet om. Ik wil die bikini hebben, denkt Rachel. Ze pakt de bikini van tafel en wrijft er met haar hand over.
"Wat een fijne stof zeg …! Hè paps?"
Het is een gewoonte van paps om op een luciferstokje te kauwen als hij onrustig is. Uit het luciferdoosje dat op tafel ligt haalt hij een lucifer. Hij kauwt er rustig op.
"Maar paps…"
"Nee is nee!" Paps' stem klink wat bedaard. Zijn ogen spugen geen vuur meer. Hij gaat erbij zitten.
Heel onrustig is mams nog aan het ijsberen. Niemand laat een woord vallen. Mams neemt uit de koelkast een

kan water en schenkt de lege glazen in die op tafel staan. De boel lijkt gesust. Dit is mijn kans, meent Rachel, zijn luciferstokje heeft geholpen.

"Ach paps, ik heb een idee. Een goed idee zelfs. Als ik de bikini aan heb, sla ik een handdoek om me heen." Heel lief probeert Rachel paps over te halen. Ze probeert zelfs een beetje te glimlachen. Al is de glimlach ver te zoeken.

"Niks ervan!" Paps staat weer op.

Mams gaat naast Rachel staan. "Benny, kom jij er ook even bij zitten. Ik vind Rachels idee niet eens zo slecht."

"Goed zo mams, ga zo door, ik wil die bikini! Pleit voor mij", smiespelt Rachel naar mams die nog steeds naast haar staat.

"Ik ben er toch altijd bij als de kinderen gaan zwemmen. Ik zal er toezicht op houden."

Paps krabt achter zijn oor. Wanhopig kijkt hij Dudu aan, maar Dudu houdt wijselijk haar mond.

"Moet je goed luisteren, meid. Ik maak maar één afspraak met jou. Gelijk nadat jij de bikini aan hebt gedaan, wikkel jij jezelf in een handdoek. Pas als jij het water ingaat, doe jij de handdoek af."

Rachel vliegt paps om zijn nek. Ze gaat op zijn schoot zitten.

"Denk erom, er wordt niet op het strand geparadeerd in de bikini, zonder een handdoek om ... begrepen?"

Rachel knikt. "Beloofd! U bent de liefste papa. Ik houd van u van hier tot de hemel." Ze omhelst hem.

"Maar er staat wel iets tegenover, je moet mijn haar vóór het weekend wel zwart verven."

Na school ligt Rachel lekker te rusten. Ze wordt met spoed geroepen door Dudu.

"Snel, snel, Rachel, schiet op, haast je, rennen, daar komt Shieshie aan," roept Dudu vanuit het achterhuis. "Doe alsof er niemand thuis is, sluit alle ramen en deuren."

Meteen springt Rachel op, haastig rent ze door het

voorhuis en trekt de ramen dicht. Intussen sluit Dudu de slaapkamerramen. Daarna trekt Rachel de keukendeur dicht. Ze werkt goed mee, want ze heeft ook geen zin in het getetter van Shieshie. Zij is de vrouw van Kale Asociale. Shieshie kan urenlang praten, zonder iets zinnigs te zeggen. Daarna rent Rachel naar het achterhuis ... waar ze tot haar verbazing oog in oog staat met Shieshie.
"Och, toch nog iemand thuis, is Shon Soes ook thuis?"
Shieshie noemt Dudu Shon Soes.
Geïrriteerd loopt Rachel naar Dudu toe met de mededeling dat hun missie niet geslaagd is.
"Jammer Rachel, we hebben ons best gedaan. Ik zal maar weer gaan luisteren naar één van haar verhalen zonder einde."
"Liever u dan ik."
"Ik ben benieuwd waar ze het vandaag over gaat hebben."
Als Shieshie eenmaal met haar verhalen begint, dan weet ze van geen ophouden. Daar staat ze om bekend. Ze kent geen komma, geen punt, dus ook geen einde van de zin. Aan één stuk door ratelt ze haar verhaal van begin tot einde af. De kans om ertussen te komen bestaat absoluut niet.
"Hoe gaat het, Shieshie?" groet Dudu.
En ja hoor ... daar begint de langspeelplaat.
"Er is een poes bij mij aan komen lopen zij wil niet weg het is wel een schatje maar voor de buren is zij een last hoor zij kost me handenvol geld het geld je zal het niet geloven dat ik niet heb voor mij is het een kleine moeite om rond te zoeken naar de eigenaar weet je misschien van wie die poes is het ergste is dat die poes geen sardientjes lust hoe is dat mogelijk terwijl mijn poezen dat gewoon opeten de Portugese winkel is gesloten daardoor moet ik speciaal voor een vreemde poes iets verderop kattenvoer gaan halen als je hier of daar zal horen dat iemand een zwart-witte poes kwijt is kunnen ze die bij mij komen

ophalen heb je een glas water voor me de buurkinderen hebben weer in mijn tuin gesprongen alle bloemetjes hebben ze kapot getrapt mensen moeten hun kinderen manieren leren mijn man zegt dat hij Dennis de laatste tijden vaak hier ziet is er iets bijzonders weet je al dat de winkel op de hoek gaat sluiten ik ga nu naar huis ik ga het eten klaarmaken voor de poezen bedankt voor het water morgen kom ik weer langs als ik van de dokter afkom dag meisje ik vergeet altijd je naam, tot ziens Shon Soes."
Shieshie overhandigt Dudu het lege glas water, bindt haar hoofddoek om haar hoofd en vertrekt.
"Hè hè … vandaag is het een korte versie. Haar poezenverhaal blijft een eindeloos verhaal," zucht Dudu.

Roza kan zich de hele situatie niet voorstellen. Zeker omdat er rondom mij een grote familie was, neemt ze aan dat er altijd wel iemand was die een oogje in het zeil hield. Wij leefden in een soort gecontroleerde gemeenschap.
"Maar waarom heb je nooit iets tegen iemand gezegd? Ik kan niet begrijpen waarom je erover gezwegen hebt."
"Hij had me zo angstig gemaakt voor mijn moeder. Ik zag mijn moeder als een grote boevrouw. Vreselijk. Het leek erop alsof ik gehypnotiseerd was. Ik kon protesteren, maar daarna gaf ik hem toch nog zijn zin. Hij had me behoorlijk onder de duim. Op den duur, toen de lichamelijke klachten verergerden, gaf ik eerder toe. Daarnaast leek het alsof mijn hoofd steeds groter en groter werd. Op stressmomenten had ik een brok in mijn keel, het leek alsof mijn ademhaling dichtgeknepen werd. Heel veel slapeloze nachten heb ik gehad. En niet te vergeten de heftige nachtmerries. En zijn taalgebruik, dat me nooit duidelijk maakte waar hij naartoe wilde. Al deze dingen irriteerden me mateloos."
Roza gaat op het puntje van haar stoel zitten. "Ach,

bah, wat een viezerik. Wat een foute man. Toen
ik als kind bij jou kwam spelen, had ik hem nooit
aangezien voor zo iemand. In mijn ogen was hij een
keurige man, 'respectvol' zal ik maar zeggen. Altijd
netjes gekleed. En zijn parfumluchtjes, die altijd uren
in de lucht bleven hangen. Ik had dit soort vuiligheid
nooit achter hem gezocht."
"Ach Roza, niemand verwachtte zoiets van hem.
Hij wist het goed te verbergen. De hele familie
vertrouwde hem feilloos. Naar mijn mening is het
dáár mis gegaan. Anders weet ik het ook niet. Hij was
'het voorbeeld' van de familie. Hij was zo creatief in
het verzinnen van mogelijkheden om zijn momentjes
met mij te vergroten."

Dudu heeft yoghurt ingeschonken.
"Deze is voor jou, en het grote glas is voor Dennis. Hij is in
het voorhuis, de maten voor de nieuwe gordijnen aan het
opnemen."
Onbewust stapt Rachel twee passen achteruit. Ze weet
dat Dennis weer gebruik zal maken van de gelegenheid
om haar bepaalde dingen te zeggen die ze niet begrijpt.
Vorige week had hij haar beloofd: 'Je gaat ervan genieten,
ik beloof het je. Bereid jij je maar alvast voor.' Gisteren
vroeg hij of ze er ook zin in had.
Woedend antwoordde Rachel: "Ja, natuurlijk heb ik
zin om je naar de maan te sturen. Meer niet." Rachel
merkt dat Dennis haar steeds meer lastig valt. Naast de
onbegrijpelijke dingen die hij tegen haar zegt, begint hij
haar nu ook nog steeds meer aan te raken. Behalve dat
hij in haar billen knijpt, zit hij ook aan haar borsten. Dat
irritante gewrijf over haar borsten is allesbehalve fijn. Hoe
ze het ook bekijkt, ze kan met geen mogelijkheid snappen

waarom Dennis zomaar uit het niets zulke taal tegen haar gebruikt.

"Waarom moet ík die yoghurt brengen? Laat hem het zelf maar komen halen."

"Rachel! Niet zo onbeschoft zijn. Opschieten! Breng het snel en niet knoeien."

Geïrriteerd pakt Rachel het glas van het aanrecht. Met grote stappen rent ze van het achterhuis naar het voorhuis. Ze wil zo snel mogelijk van Dennis af zijn.

"Hier, ik heb yoghurt voor je!"

Onhandig duwt ze het glas in zijn handen, waardoor de yoghurt over de rand van het glas klotst. Bij het overnemen van het glas houdt Dennis tegelijkertijd haar hand samen met het glas yoghurt vast. "Kijk meisje … zo gaat het bij jou ook lopen."

Dennis wijst naar de yoghurt die over de rand van het glas loopt. Rachel vraagt zich weer af wat hij eigenlijk wil zeggen. Kon ze het maar begrijpen, ze voelt zich ongemakkelijk. Een ware tweestrijd borrelt in haar binnenste. Eigenlijk wil ze Dennis om uitleg vragen maar tegelijkertijd wil ze zo snel mogelijk weglopen. Onzeker richt ze haar ogen naar hem op om hem toch de vraag te stellen. Voordat ze de vraag kan stellen, maakt Dennis met zijn lippen een 'kus-beweging'. Hierdoor raakt Rachel overstuur. Haastig draait ze zich om. Ze wil heel snel naar het achterhuis teruglopen, maar Dennis houdt haar bij haar arm vast.

"En … hoe voel jij je, als je dicht bij mij staat?"

Het bekende gevoel knijpt haar keel weer dicht. Benauwdheid overweldigt haar. Ze baalt ontzettend, door dat knijpende gevoel kan ze niet zichzelf zijn. Bovendien is het onmogelijk voor haar om dat gevoel onder controle te krijgen.

"Als een prinses op haar troon, nou goed?" Na deze woorden rukt Rachel zich los.

Meteen pakt Dennis haar weer vast. Met zachte toon

drukt hij haar nog op het hart: "Héy, vergeet het niet hè ... het is ons geheim. En niet zo brutaal zijn, anders ga ik naar je moeder."
Hierna laat Dennis haar los. Verstijfd van angst keert ze terug in het achterhuis. Wat is ze bang om klappen te krijgen. De laatste keer dat ze van mams klappen heeft gekregen, omdat ze haar huiswerk vergeten was, is ze nog niet vergeten. Die kwamen hard aan. Al denkend laat ze zich op een stoel neervallen. Met haar halve bovenlichaam hangt ze over de tafel. Ze denkt: aan wie kan ik dit allemaal vertellen? Of wie kan ik tenminste vragen wat Dennis bedoelt met zijn woorden? Waar is de juiste persoon, tegen wie kan ik zeggen dat hij met de regelmaat van de klok in mijn billen knijpt en over mijn borsten wrijft? Oh, aan wie? Niet aan Dudu, zij zal mij toch niet geloven. Zeker niet aan mams, want dan vallen er klappen. Misschien aan Chika of toch Thomas? Nee, ik mag er van Dennis met niemand over praten. Het is een geheim tussen Dennis en mij. Een geheim dat ik liever niet wil hebben.

Paps heeft eindelijk de schommel gemaakt. Rustig is Rachel aan het schommelen. Ze bewondert de volière die ze samen met paps gemaakt heeft. De zebravinkjes vliegen op en neer achter het gaas. Ze probeert het getjilp van de vogels te plaatsen bij de juiste vogel. Het is bewolkt. Een zachte bries stijgt op. Daar geniet ze van. Josephine is binnen een boek aan het lezen. Julio is met zijn oom mee. Onverwacht nadert Dennis. Hij gaat op de schommel naast Rachel zitten. Heel bewust schenkt Rachel geen aandacht aan hem. Ze hoopt dat hij snel zal vertrekken als ze hem geen aandacht geeft. Integendeel, Dennis start een gesprek.
"Mooi he? Die zebravinkjes, zitten dicht bij elkaar op het stokje. Zou jij ook zo dicht bij mij willen zitten?"
Rachel steekt haar wijsvingers in beide oren.

"Geef eens antwoord. Ik doe je niks hoor. Het lijk mij een goed idee om samen even gezellig te kletsen."
Nog steeds antwoordt Rachel niet. Ze haalt haar vingers uit haar oren en blijft rustig heen en weer schommelen.
"Kijk eens Rachel, ik kan hoger schommelen dan jij. Kom maar op mijn schoot zitten. Dan kunnen we samen hoog schommelen."
"Dat jij Tamara altijd op je schoot neemt, wil niet zeggen dat jij mij ook op je schoot moet nemen."
"Zo, dametje is wild vandaag. Is er iets wat ik nog niet weet? Heb je iemand ons geheim verteld?"
"Ja, aan mijn bed."
"Kom op Rachel, houd het leuk."
Dennis zet zijn hand voor zijn ogen. "Ken je de mop van de twee vissen al?"
"Nee, alleen die van een man en een meisje op een schommel. En het meisje loopt nu weg."
Als Rachel bij oma aankomt, treft ze paps daar aan. Hij staat met een bord pannenkoeken verdwaasd te kijken. Rachel vraagt zich af waarom paps zo moeilijk kijkt. Het valt haar op dat hij aan het kauwen is. Hij houdt niet op, hij kauwt en kauwt.
"Mag ik ook een pannenkoek?"
"Wat mij betreft mag je het hele bord. Ze zijn niet te eten."
Om Rachel te laten zien dat de pannenkoeken niet te eten zijn, bijt paps in een pannenkoek. Hij trekt eraan. De pannenkoek is zo taai, hij is amper door te bijten. Rachel neemt een pannenkoek van het bord. Het lukt haar ook niet om snel door de pannenkoek te bijten. Het lijkt wel een stuk zeem. Ze spuugt het weer uit.
"Wie heeft ze gebakken?"
"Je oma ... ze zijn voor jullie."
"Voor ons ... ? Oneetbare pannenkoeken ... ? Wat moeten wij ermee ... ?"
Paps gaat in de keuken kijken wat oma eventueel in de

pannenkoeken gedaan zou kunnen hebben.

"Mijn moeder is al op leeftijd. Ze ziet niet meer zo goed. Het zal mij niet verbazen als ze er iets raars in gedaan heeft. Misschien heeft ze wel maïzena toegevoegd."

Na een tijdje rommelen komt paps lachend de keuken uit, alsof zijn dag niet meer stuk kan. In zijn hand heeft hij een blauw pak. "Kijk eens Rachel, oma heeft stijfsel in plaats van bloem gebruikt om de pannenkoeken te bakken."

Paps en Rachel liggen samen in een deuk.

"Ga maar even in opa's hangmat liggen. Ik ga snel echte pannenkoeken bakken voor jullie."

Roza heeft met Rachel afgesproken om in het weekend bij haar te komen spelen.

"Kom Rachel, we gaan kaatsenballen."

"Ach, alstublieft Roza, vandaag niet. Het is zo warm. Zo meteen moet ik ook nog naar tekenles."

Haastig rommelt Roza in haar rugtas.

"Kijk, nieuwe tennisballen, net gekregen van mijn pa."

Ze strekt haar armen uit naar Rachel om de tennisballen te laten zien. Rachels ogen vallen op de mooie lange nagels van Roza, die felrood zijn gelakt. Even kijkt ze naar haar eigen half afgebeten nagels.

"Hoe kun je in godsnaam met zulke lange nagels nog kaatsenballen?"

"Ach, al gewend, ik doe er alles mee. Behalve een jampot leeglikken."

Stiekem verlangt Rachel ook naar lange, gelakte nagels. Als paps erachter komt dat ze met zulke ideeën rondloopt, krijgt ze zeker straf. Lange, gelakte nagels is iets voor volwassenen, vindt paps. Daar vindt hij Rachel nog te jong voor.

Troosteloos gaapt Rachel naar de nagels van Roza.

"Kom op Rachel, vergeet die nagels, vang de bal."

Onverwacht gooit Roza de bal naar Rachel, zij bukt nog net

op tijd. De bal kaatste tegen de muur terug naar Roza. Dat verraste haar. Ze probeert de bal te vangen. De bal komt precies tegen een nagel aan.
"Oen … Waarom vang je de bal niet. Nu is mijn nagel gescheurd."
Roza is echt boos, ze zegt niets meer. Ze blijft alleen maar naar haar gescheurde nagel gapen.
"Kom op Roza, vergeet die nagel, die groeit zo wel weer aan," plaagt Rachel terug.
Haar humeur is goed verpest. Treurig gaat Roza op de grond zitten. Rachel neemt naast haar plaats. Daar zitten ze naast elkaar te treuren. Geen van beiden zegt iets. Dat vindt Rachel niet erg, ze heeft geen zin om te kaatsenballen. En zeker ook geen zin om ellenlange gesprekken met Roza te voeren. Innerlijk voelt ze zich raar. Ze heeft als het ware een soort kramp in haar maag. Ze kan er moeilijk een naam aan geven. Dat gevoel in haar maag, samen met het knijpende gevoel in haar keel, maakt dat ze zich innerlijk niet vrolijk voelt. Het is haar wel duidelijk dat ze dit gevoel in haar maag heeft als ze zich druk maakt over Dennis. Sinds het familiekerstfeest, toen ze Dennis niet gegroet had, heeft ze dat gevoel. Daar zitten ze nu … Roza verdrietig over haar nagel en Rachel bedenkelijk over het onprettige gevoel in haar maag. Onverwachts springt Roza op. "Kom, genoeg gerouwd, je hebt gelijk, het groeit wel weer aan."
Ze pakt haar ballen en begint te kaatsen tegen de muur.
"Eén, twee … kopje thee. Drie, vier … glaasje bier. Vijf, zes … dop op de fles. Zeven, acht … soldaat op wacht …"
In één keer stopt Roza. Ze gooit de ballen op de grond en vliegt Rachel om haar nek. Deze omhelzing verrast Rachel. Wat heeft dit te betekenen, denkt ze.
"Ik moet je wat vertellen, iets heel leuks."
Ogenblikkelijk wordt Rachel nieuwsgierig. Ze gaat rechtop zitten. Ze wil graag weten, wat Roza te vertellen heeft.

"Maar aan niemand doorvertellen," drukt Roza haar op
het hart. "Zeker niet aan mijn moeder."
"Wat, wat, vertel dan!"
"Ik heb een vriendje, mijn eerste vriendje, en … en … we
gaan trouwen. Kijk dit is onze vriendschapsring." Roza
haalt een zilveren ring uit haar broekzak.
Geschokt doet Rachel haar hand voor haar mond. Dit kan
ze zich niet voorstellen. Roza heeft haar altijd gezegd dat
ze nooit zou willen trouwen. Al haar tantes zijn getrouwd
en zijn ongelukkig. En al haar ooms zijn vrijgezel en
genieten van het leven. "Ik weet wel wat ik kies," zei ze
niet lang geleden nog.
"En weet je …? Hij kan lekker strelen. Ik krijg er kriebels in
mijn buik van. Echt een lekker gevoel joh … Jammer dat jij
geen vriendje hebt."
Rachel durft Roza niet te vertellen dat ze wel een bepaald
soort gevoel kent. En dat ze zich afvraagt of dat gevoel
wel normaal is. Julio heeft het ook over een kriebelig
gevoel. Ze vindt het raar dat Roza dat gevoel fijn vindt.
Zelf vindt ze het alleen maar irritant en ze voelt zich er
onpasselijk bij.
"Eh … ehm … Ja, jammer hè?"

Als de regenperiode achter de rug is, zijn de bossen mooi
groen. En vele bomen in het bos dragen weer vruchten.
Rachel staat buiten te wachten. Ze heeft met haar nicht
Magdalena afgesproken om vanmiddag tamarindes te
gaan plukken. In de verte ziet ze haar al aankomen, ze is
niet alleen. Naast haar loopt een meisje dat ze niet kent.
"Hay, Rachel dit is mijn nicht Carmen. Zij woont in
Venezuela. Samen met haar broer zijn ze een paar dagen
bij ons op vakantie. Zaterdag vliegen ze weer terug."
Rachel en Carmen schudden elkaar de hand.
"Ik ben Rachel."
"Yo soy Carmen."

Bedachtzaam fronst Rachel haar voorhoofd. "Oh, dus ze spreekt alleen maar Spaans, of niet?"
Magdalena knikt. "Maar met onze handen en voeten komen wij een heel eind."
Onopvallend werpt Rachel snel een blik op Carmen. Haar pikzwarte sluike haar valt tot over haar rug. Vergeleken bij Rachel heeft Carmen grote borsten en forse heupen. Magdalena heeft ook flinke billen en wat meer vlees op haar botten. Rachel is helemaal plat van voren en van achteren. Haar benen zijn net twee lange stelten recht naar beneden. Op school plagen enkele kinderen haar met strijkplank of dunne lat. Daar geeft ze niets om, want ze zijn lang niet zo lenig als zij is. Magdalena vraagt Carmen of ze mee naar het bos wil gaan om tamarindes te plukken. Carmen haalt haar schouders op. Ze begrijpt haar niet. Magdalena maakt gebaren van plukken en eten. Carmen schudt haar hoofd. Dan probeert Magdalena haar in gebroken Spaans uit te leggen wat een tamarinde is.
Rachel staat op afstand te kijken. Inmiddels is haar geduld op.
"Ja, ja … ik kan ook wel een beetje Spaans hoor, vamos[27]."
Met z'n drieën lopen ze het bos in. Magdalena zingt een lied:
"Mainta ora mi lanta
Mi ta tende paranan kanta
Chuchubi[28] ta kanta
Chuchubi ta fluit
Un melodia stranjo ku min por kompronde."[29]
Carmen kijkt alleen maar om zich heen, ze zegt niets. Ze loopt stijfjes, alsof ze bang is om te vallen. Met haar wijsvinger haalt ze voorzichtig het zweet weg zodat haar

---

[27] Laten we gaan.

[28] Een chuchubi is een soort vogel.

[29] In de ochtend als ik opsta, hoor ik vogels zingen, chuchubi zingt, chuchubi fluit een melodie die ik niet begrijp.

make-up niet uitloopt. Af en toe kijkt Rachel om naar Carmen. Ze denkt zeker dat ze een modeshow loopt. Zo te zien is ze niets gewend.

Eindelijk lopen ze tegen een tamarindeboom aan. Hij hangt vol met rijpe tamarindes. Zoals altijd klimt Rachel meteen in de boom. "Ik schud aan de takken en jij vangt ze op."

Ze schudt aan de takken en Magdalena raapt de tamarindes op. Carmen kijkt vies. Op een gegeven moment vraagt ze: "Para comer[30]?"

Vanuit de boom volgt Rachel alle acties van Carmen. Heel voorzichtig raapt ze met haar wijsvinger en duim één tamarinde van de grond op. Met haar pink in de lucht stopt ze hem in haar broekzak. Vervolgens kijkt ze naar haar hand of haar vingers vies zijn. Ze ruikt eraan en veegt ze af aan haar broek.

Terwijl Rachel uit de boom klimt, roept ze naar Magdalena: "Wat ben je met zo'n poppetje in het bos komen doen?"

Eenmaal op de grond raapt Rachel nog wat tamarindes op. Zonder dat ze het zelf in de gaten heeft, kijkt ze Carmen vies aan. Die trekt onnozel haar schouders op.

"Kom maar mee, poppetje," zegt ze tegen Carmen. Carmen begrijpt haar niet, maar aan het gebaar dat Rachel maakt begrijpt ze dat ze mee moet lopen.

Op het bospad loopt Rachel voorop en Carmen sluit de rij. Plotseling klinkt er geschreeuw. Zware, dominante en bedreigende mannenstemmen klinken vanuit een mangoboom[31].

"Kom niet dichterbij, ga terug, hier is geen plaats voor jullie!"

Magdalena blijft verstijfd stilstaan. Ze vraagt aan Rachel of zij die mannen kent.

Rachel krabt op haar hoofd en loert tussen de struiken,

---

[30] Om op te eten?
[31] Tropische fruitboom

zodat ze goed kan zien of ze de mannen kent. Maar de mannen zitten goed verstopt tussen de bladeren en de struiken.

"Ik kan hun gezichten niet eens zien, maar ik kan ze wel vragen wie ze zijn."

Magdalena's mond valt open. "Durf je dat?"

Vastberaden doet Rachel twee stappen naar de mannen toe. Ze zet haar handen in haar zij.

"Wie zijn jullie, waar komen jullie vandaan?"

De eerste man antwoordt fel: "Gaat je niets aan. Ik waarschuw jullie nogmaals, kom niet dichterbij."

Carmen steekt haar hand in haar broekzak en haalt de tamarinde eruit. Zij verstaat natuurlijk niet wat de mannen zeggen.

Angstig fluistert Magdalena tegen Rachel: "Maar dit is toch óns bos?"

Rachel haalt diep adem. "Ja, je hebt gelijk," zegt ze hardop, "dit moeten we niet pikken. Wij gaan gewoon door het bos. Wij laten ons niet afschrikken door een paar nietsnutten in een boom."

Waarop de tweede man weer tekeer gaat: "Als jullie dichterbij komen, hakken we jullie in stukken."

Op Magdalena's voorhoofd parelen zweetdruppeltjes. Angstig staart ze naar de vreemde mannen. Door de toon waarop er gesproken wordt, is het duidelijk voor Carmen dat er iets niet in orde is.

"Diga me, que pasa?[32]"

Ook al verstaat Rachel haar niet, antwoordt ze: "Si, si[33]."

Rachel neemt het woord "Dit is ons bos, of weten jullie dat niet?"

De eerste man zegt: "Dat kan wel zo zijn, maar vandaag zijn wij de baas!"

De andere man neemt het weer over "Jullie kunnen maar

---

[32] Vertel mij, wat is er aan de hand?

[33] Ja

beter naar huis gaan en de politie bellen. We hebben hier al een voorbijganger in deze jutezak." Hij heeft een jutezak op en maakt zijn verhaal af: "Hij wilde ook niet luisteren, wij hebben hem in stukjes gehakt. Kijk, zijn bloed druipt eruit."

Als de meiden de rode drab uit de jutezak zien druppelen, deinzen zij terug.

"Rennen, en snel," commandeert Rachel.

Ze zet het op een rennen, Magdalena volgt haar.

"Rennen, rennen! Het gaat nu om je leven," schreeuwt Magdalena naar Carmen, die achtergebleven is. Het lopen op hoge hakken ging haar al moeilijk af, laat staan rennen. De mannen schreeuwen hen na: "Wij hebben Rudy, de broer van Magdalena, hier in de zak, we hebben hem in stukken gehakt. Hij wilde ook niet naar ons luisteren."

"Wat verschrikkelijk! Kom op Ca … Ca … Carmen doe je hakken uit en r … re … ren," stottert Magdalena. "S … snel, n … nog sneller!"

De meiden zijn helemaal vergeten dat Carmen niets begrijpt. Zonder na te denken rent zij hen achterna. Rachel hoort dat Carmen achter hen struikelt. In een rap tempo keert ze terug om haar te helpen.

De tweede man schreeuwt: "Schiet eens een beetje op, wij hebben niet eeuwig de tijd!"

Niet veel later stormen de meiden hijgend het huis van tante Rita binnen. Van angst heeft Carmen in haar broek geplast. Bezorgd vraagt tante Rita wat er aan de hand is. Magdalena neemt het woord.

"Twee mannen, twee mannen in het bos," herhaalt ze enkele keren. Verder komt ze niet met haar verhaal.

Heel aandachtig luistert Tante Rita. "Ja, en …? Je moet wel verder vertellen."

Rachel neemt het woord en probeert het verhaal zo helder mogelijk op te vertellen. "Ze, ze, ze … hebben …
een … een … grote jutezak." Met haar armen wijst ze hoe

groot de jutezak is.

"En er komt bloed uit, ze hebben gezegd dat ze Rudy in stukjes gehakt hebben," maakt Magdalena bekent.

Als Carmen een beetje van de schrik bekomen is, zegt ze onophoudelijk: "Policia, policia[34]."

Tante Rita reageert heel terughoudend. Ze draait zich om en roert in de pan op het gasfornuis. Haar lach kan ze nog net inhouden. Rachel vangt haar glimlach op.

"Vindt u het leuk dat ze uw zoon Rudy in stukken gehakt hebben?"

Luidruchtig lacht tante Rita. "Eén april, kikker in je bil! De man met die jutezak is Rudy zelf!"

Het is de mangoperiode. Voor elk kind heeft paps een grote mango gekocht. De mango's zijn net zo groot als rugbyballen. Afgezien van hun grootte, hebben ze een mooie oranje kleur. De schil zit strak om het vruchtvlees heen. Ze zien er sappig uit. De vier mango's liggen op tafel. Paps is buiten bezig met zijn dagelijkse bezigheden op de kippenboerderij. Zulke grote mango's hebben Rachel en Josephine nog nooit gezien. Ze kijken hun ogen uit. Voorzichtig tilt Rachel met beide handen één mango op.

"Moet je eens kijken Josephine, die is echt groot, hè? En zwaar."

Josephine neemt de mango in haar handen. "Wauw ... die zien er werkelijk lekker uit. Zullen we er stiekem eentje aansnijden?"

Eigenlijk verlangt Rachel ook naar een stuk mango. Ze is benieuwd of haar zusje Indira ook een stuk lust. Haastig gaat ze naar de slaapkamer waar Indira is. Samen met Indira is ze teruggekeerd bij Josephine die inmiddels al een mes in haar handen heeft.

"We delen die van mij," stelt Josephine voor.

---

[34] Politie

Als Josephine met het mes door de schil gaat, druipt het sap eruit. Met z'n drieën smikkelen ze de eerste mango op. Josephine en Indira keren voldaan terug naar hun slaapkamer. Rachel draait nog rond de eettafel. De andere drie mango's zien er ook aantrekkelijk uit. Die éne mango was zo lekker. Zullen deze net zo lekker zijn? vraagt ze zich af. Het duurt niet lang of Rachel de tweede mango in haar handen neemt. In een reflex brengt ze hem naar haar neus. Ze streelt met haar neus over de mango. De geur verleidt haar tot meer. Toch kan ze zich nog net beheersen en legt de mango weer neer. Even later neemt ze hem weer in haar handen.

"Josephine, hoor jij dat ook? De mango zegt: 'Eet me'!"
Vanuit de slaapkamer antwoordt Josephine: "Dan moet je dat maar doen."
Rachel streelt over de zachte schil. De zoete geur daagt haar steeds meer uit. Voordat ze er erg in heeft, bijt ze door de mango. Na de eerste hap is ze niet meer te stoppen. In een mum van tijd eet ze de hele mango op.
Nadat ze hem op heeft, bewondert ze de pit. "Wauw … jij was lekker!"
Ze wrijft over haar buik. De twee resterende mango's liggen nog te blinken op tafel. Rachel kan haar ogen daar ook niet van afhouden. Op haar tenen sluipt ze naar de slaapkamer. Heel voorzichtig duwt ze de deur op een kiertje open alsof ze niet betrapt wil worden. Josephine en Indira hebben haar niet in de gaten. Eigenlijk durft ze hen niet te vertellen hoeveel trek ze nog in een mango heeft. Onopvallend stopt ze haar hoofd door de kier van de deur. Meteen trekt ze zich terug. Hoe moet ze dit toch zeggen? Ze neemt weer plaats in de huiskamer, maar niet voor lang. Kort daarna sluipt ze weer naar de slaapkamer. Dit keer klopt ze op de deur. Josephine laat haar weten dat ze binnen kan komen.
"Wat kom ik hier nou doen …? Oh ja … Wat was die ene

mango toch lekker, zeg!"

Ze wacht op antwoord. Noch Josephine noch Indira reageert. Rachel draait een beetje rond in de slaapkamer. "Jullie zullen mij niet geloven. De mango's kunnen spreken. Eén van die mango's vraagt mij of ik hem alsjeblieft wil opeten."

"Wat raar dat alleen jij de mango's hoort spreken. Indira, hoor jij de mango's spreken?" vraagt Josephine.

"Ik hoor niets."

"Als jullie toch niets horen, weet ik wat ik moet doen."

Als de bliksem vertrekt Rachel naar de huiskamer. Ze twijfelt geen moment. Als een bezetene eet ze de derde mango ook helemaal op. Zonder enige schaamte roept ze Josephine.

"Josephine, de laatste mango wil niet tegen mij spreken. Maar hij is nu zo alleen. Ik denk dat ik hem maar opeet."

Zonder enige moeite eet Rachel de laatste mango ook op. Daarna gaat ze languit op de bank liggen. Even nagenieten. Haar buik is dik, ze wrijft er zachtjes overheen.

"Zo … dat waren lekkere mango's, zulke lekkere mango's heb ik nog nooit op."

Niet lang daarna komt paps binnen. Hij loopt van de eettafel naar de keuken. Rachel hoort enkel wat gerommel in de keuken. Daarna staat hij weer stil bij de eettafel. Hij roept Josephine en Indira.

"Heb ik die mango's niet hier op tafel gelegd?"

Josephine en Indira kijken elkaar aan. Ze zwijgen.

Paps merkt dat er iets aan de hand is. "Waar hebben jullie de mango's verstopt?"

"Ik heb de mijne opgegeten," zegt Josephine.

"En de andere drie?" vraagt paps.

Even is het stil. Ze blijven elkaar aankijken. Rachel weet niet wat ze moet zeggen.

"Waar zijn de andere drie, die zijn toch niet weggelopen?"

"Ja pap, misschien konden ze niet lopen, maar ze konden

wel spreken," zegt Josephine.
"Hoe bedoel je?"
Rachel ziet nu in dat ze alles moet opbiechten. "Die zeiden tegen mij, dat ze graag door mij opgegeten wilden worden."
"Is dat waar, Rachel? Heb jij al die mango's op? Dat kan toch niet?"
Rachel knikt.
"Jij krijgt boezoelanga[35] !"
Alle drie liggen ze spontaan in een deuk. Wat is dat nou voor een woord?
Paps lacht ook hartelijk mee. Hoofdschuddend loopt hij daarna weg.
"Wat een opluchting hè, Josephine? Paps is niet boos."
"Zolang je niet met korte broekjes en minirokjes rondloopt, krijg je paps niet boos."

Elk jaar als tante Ruthi jarig is, viert ze haar verjaardag. Tante Ruthi maakt zelf verschillende hapjes. Dat vindt Rachel heerlijk. Daarom gaat ze elk jaar met plezier naar het verjaardagsfeest van tante Ruthi. Omdat thuis niet zo gauw iets met kinderen gedeeld wordt, weet Rachel niet hoe oud zij is geworden. Ze denkt dat tante Ruthi rond de vijftig is. Vragen durft ze niet. Maar al te vaak hoort ze dat kinderen zich niet met zaken van volwassenen moeten bemoeien. Vaak weet Rachel niet wat ze wel en niet vragen mag.
Rachel hangt bij het raam en kijkt naar buiten. De lucht is donker, het lijkt alsof het gaat regenen. Vanuit het achterhuis komen voetstappen richting haar slaapkamer. Het zijn meerdere personen. Haar slaapkamerdeur vliegt open en haar drie zusjes stormen haar slaapkamer binnen. "Heb je naar buiten gekeken?" roepen ze tegelijkertijd.

---

[35] Vraatziekte

"Kom, bereid je erop voor, het gaat regenen," zegt Indira.
Als Rachel ergens geen animo in heeft, is het wel om met haar zusjes door de regen te lopen. Haar droge blik verraadt haar.
Maar Josephine breekt er doorheen. "Ach, kom toch mee, wij willen door de regen lopen."
Tamara kruipt bij Rachel op schoot.
"Je wordt te groot voor mijn schoot, ga er maar eens gauw af. Mijn schoot is geen kinderstoel."
"Wij mogen van mams niet alleen gaan. Komt toch mee," smeekt Tamara.
Josephine klimt bij Rachel op haar rug. Zij glijdt er weer vanaf. Indira doet haar na. Ze dollen even. Na het korte moment van plezier maken, wil Josephine nog steeds door de regen lopen.
"Kom dan, kom gauw, het spettert al."
"Oké ... vooruit dan, maar ik ga niet naar het bos. Ik blijf hier in de straat. Hooguit op de berg. Verder ga ik absoluut niet."
De kans is groot dat ze Julio in het bos tegenkomt. Voorlopig wil ze uit zijn buurt blijven, ze hebben weer ruzie. Dit keer gaat het over zonnebloempitten. Enkele dagen geleden had Opa aan Rachel zonnebloempitten gegeven om met Julio delen. Zoals altijd speelde Julio een vies spel. Hij rukte het zakje uit Rachels handen en rende ermee weg. De volgende dag bracht hij maar vijf zonnebloempitjes voor Rachel mee. Ze kibbelden en gingen uit elkaar. Sindsdien praten ze niet meer met elkaar. Als Julio in zijn slaapkamer staat, heeft hij volledig uitzicht op het bos. Dit weet Rachel al te goed, daarom blijft ze liever aan de andere kant van het bos.
Het regent hard, de drie zussen rennen door de regenplassen. Ze zijn doorweekt.
Ze lopen door tot achter het huis van tante Swinda waar een dam is. De grond wordt daar kleiig als het regent.

Josephine stelt voor om Chika op te halen. Nadat ze Chika opgehaald hebben, rennen ze naar de dam. Ze aarzelen niet om modder naar elkaar te gooien. Hun haar zit vol blubber. Het wordt van dollen en rollen tot een modderpartij. Ze gieren het uit van de pret. Rachel had niet verwacht dat het zo leuk zou worden. Enkele minuten later zijn ze weer schoon geregend. Chika stelt voor om door te lopen tot het hoffie van de Portugese buren. Dat ligt iets verderop. Ze rennen ernaartoe. Na een regenbui ruikt het daar altijd fris. Josephine beweert dat de frisse geur door de tomatenplantjes komt.
"Nietes ... het komt door de schoongespoelde grond," zegt Indira.
"Niet waar, het komt echt door de tomatenplantjes," houdt Josephine vol.
"Je bent een oen, hoor! Zie je zelf niet hoe schoon de grond is?"
"Dat kan wel zo zijn, maar toch, ík ben de oudste. Ík weet het beter. Tomatenplantjes verspreiden hun geur."
"De Portugese mevrouw heeft me zelf verteld dat het door de grond komt."
Na het gekibbel een poosje aan te horen, probeert Rachel er een einde aan te maken. "Ik ben de oudste, ik weet het."
Indira en Josephine houden meteen op met het gekibbel. Ze willen horen wie van de twee gelijk heeft. Maar Rachel komt met een uitstekend argument. "Het komt niet van de tomatenplantjes en ook niet door de grond, maar door de mangoboom."
"Dat kan niet, het komt door de grond," stribbelt Indira tegen.
Nu is Rachel er helemaal klaar mee. Ze stelt voor om naar huis te gaan.
"Spelbreekster!" schreeuwt Indira.
"En jij dan? Wat ben jij dan, begin je nu tegen mij?" barst

Rachel uit.
Josephine fluistert iets in Indira's oor.
Indira glimlacht en knikt. "Ja ... dat doen we, hè?"
Rachel vraagt zich af wat die twee nu weer van plan zijn.
Eigenlijk kan het haar weinig schelen. Zij krijgt toch straf,
omdat ze de oudste is.

Als ze thuis aankomen staat Dudu al bij de deur met het
cadeautje voor tante Ruthi in haar handen.
"Snel, snel, jullie mam komt er zo aan. Jullie weten hoe ze
is. Als jullie niet klaar zijn, is het weer herrie in de tent."
Josephine en Indira krijgen geen kans om over de ruzie te
vertellen. Daar is Rachel blij om. Er is een abrupt einde aan
hun plan gekomen.
Dudu duwt alle drie tegelijk de badkamer in. "Was jullie
voeten en vergeet jullie oksels niet. De schone kleren
liggen hier op tafel."
Rachel hoopt dat het spook nu komt, dan zullen ze zien dat
hij echt bestaat. Tot haar teleurstelling is er geen spook te
bekennen.

Mams parkeert de auto achter op de plaats bij tante Ruthi.
Compleet bezweet komt tante Ruthi met een stok in haar
hand aangerend. Haar zware lijf schudt aan alle kanten,
haar grote billen gaan op en neer. "Hebben jullie haar
gezien, waar is ze naartoe?"
Iedereen zwijgt, hun ogen volgen tante Ruthi. Haastig
loopt ze weer weg. Niemand weet waar ze het over heeft.
Iedereen weet dat tante Ruthi best knorrig kan zijn. Maar
wat zich nu afspeelt is voor hen vreemd.
"Rachel, blijf jij maar even met je zusjes in de auto wachten.
Ik zal even poolshoogte nemen."
Op haar dooie gemak wandelt mams bij tante Ruthi binnen.
Ze heeft Tamara bij zich. Zowel Rachel als Josephine vinden
het knap dat mams zomaar naar binnen durft te gaan,

aangezien tante Ruthi's gezicht op onweer staat. Enkele minuten later wenkt mams naar Rachel. Ze kunnen naar binnen gaan.
"Stap jij maar eerst uit, Josephine. Tante Ruthi's gezicht is niet bepaald vrolijk."
Josephine durft ook niet als eerste uit te stappen. "Wacht maar, misschien komt mams ons wel halen."
Na een poosje keert mams inderdaad terug. "Komen jullie maar mee. Tante Ruthi is een poesje aan het zoeken."

Opgelucht stappen Rachel, Josephine en Indira vrolijk de auto uit. Precies op het moment dat ze door de keukendeur naar binnen willen lopen, horen ze tante Ruthi schreeuwen. "Ik heb haar, ik heb haar eindelijk te pakken!"
Tante Ruthi haast zich naar buiten en botst bijna tegen Josephine op, ze heeft het poesje vastgegrepen in haar nekvel. "De hele week bid ik God voor regen. Nu is de regenton vol, vandaag is het jullie dag."
Tante Ruthi haalt een jutezak vanachter de regenton vandaan. Daar zitten nog meer poesjes in. Rachel kan ze horen miauwen. Ze durft niet te vragen wat tante Ruthi gaat doen.
Tante Ruthi stopt het laatste poesje erbij en bindt de jutezak dicht. Josephine komt dicht bij Rachel staan. "Wat gaat ze doen?" fluistert ze.
Juist op dat moment gooit tante Ruthi de jutezak met de poesjes in de volle regenton.
"Zo, opgeruimd staat netjes! Hoe minder poesjes, hoe minder ik te voeren heb."
Verstijfd staat Rachel te kijken. Het gemiauw van de verdrinkende poesjes dringt door in haar oren. Ze stopt haar vingers in beide oren en durft geen woord te zeggen.

Josephine rent naar binnen.

Indira, de jongste, begrijpt er niets van. Heel onschuldig vraagt ze: "Tante Ruthi, kunnen poesjes zwemmen?"

Tante Ruthi laat haar welbekende antwoord over haar lippen glijden: "Bemoei je niet met grotemensenzaken!" Ze veegt haar handen aan haar schort af. "Zo, dames, lusten jullie een pasteitje?"

Indira laat het zich geen tweede keer vragen. "Ja, lekker, ik lust er wel twee."

Josephine en Rachel zijn nog steeds ontdaan van wat ze gezien hebben.

"Krijg ik geen antwoord van jullie twee? Volgens mij zijn jullie wel anders opgevoed."

Josephine kijkt sip. "Ja tante, ik lust een halve."

Tante Ruthi brengt een hele pastei voor Josephine. Zonder enig commentaar neemt ze hem aan.

"En jij Rachel, lust je wel of geen pasteitje? Het is graag of niet."

Eigenlijk lust Rachel ook wel een pasteitje, maar ze voelt een brok in haar keel. Ze weet niet of ze het pasteitje door haar keel kan krijgen.

"Ja … oh, nee … ja, ik lust geen pasteitje."

Tante Ruthi duldt Rachel niet meer. "Wat is het nou, ja of nee? Ik begrijp de jeugd van tegenwoordig niet. Ze willen alles tegelijk." Ze wacht niet meer op een antwoord.

"Of je wilt of niet, hier is je pasteitje. Kijk maar wat je er mee doet."

Zonder medeleven duwt tante Ruthi een pasteitje gewikkeld in een servet in haar handen.

Verdrietig staat Rachel rond te kijken. Het pasteitje ruikt wel lekker. Maar toch lukt het haar niet om een hap te nemen. In haar hoofd hoort ze nog steeds het gemiauw van de verdrinkende poesjes. Hoe is het mogelijk dat tante Ruthi tot God bidt voor regen, zodat ze de poesjes in de regenton kan laten verdrinken? En, hoe kan God de regen toelaten zodat tante Ruthi haar zin krijgt? De hele gebeurtenis kan Rachel niet bevatten. Ze heeft zoveel vragen zonder antwoorden.

Het valt mams op dat Rachel zich vreemd gedraagt. Nadat ze haar even in de gaten gehouden heeft, vraagt ze haar: "Is er iets aan de hand met jou?"

Rachels stem trilt, ze zoekt veiligheid. "Ik wil naar huis, ik wil naar Dudu toe."

Mams kent geen genade. "Jij bent altijd de spelbreekster. Je moet je niet zo aanstellen. Neem een voorbeeld aan Josephine, ze doet altijd normaal."

Rachel weet zich geen raad. In haar ogen voelt ze tranen opkomen, maar ze durft mams niet te zeggen dat ze verdrietig is. "Ik wil naar huis, ik wil naar Dudu toe," houdt ze vol.

Maar mams houdt ook vol. "Verwend kind, je wacht totdat ík wil gaan."

Rachel probeert het pasteitje uit het servet te krijgen. Het lukt haar niet. Het servet plakt eraan vast. Alleen aan het puntje van de pastei zit geen papier. Ze neemt dat puntje in haar mond. Een pasteitje waar ze normaal gesproken haar vingers bij opeet, smaakt nu naar rotte vis. Rachel kauwt erop. Het is net kauwgom in haar mond, ze krijgt het niet door haar keel. Ze kijkt maar een beetje rond. Het lijkt alsof de klok stilstaat. Ze wil huilen, maar ze wil niet horen dat ze zich aanstelt. Nee Rachel, niet huilen, houd je sterk, houd je sterk, bemoedigt ze zichzelf.

In de deuropening blijft ze staan. Kon ik maar naar Dudu gaan, zij zal me wel troosten. Hoe kan mams zeggen dat ik me aanstel? Ik ben gewoon heel verdrietig. Het is toch niet normaal om jonge poesjes te laten verdrinken?

Mams blijft op haar gemak praten met tante Ruthi. Josephine en Indira zijn samen buiten aan het spelen. Die twee vermaken zichzelf wel. Waarom kan ik niet blij zijn? Waarom? Rachel kan haar tranen niet meer inhouden.

Onopvallend droogt ze haar gezicht af. Ze wil niet dat mams het ziet. Mams kijkt op haar horloge. Ze maakt aanstalten om te gaan en pakt haar handtas.
"Nou tante, ik ga, ik breng Rachel naar Dudu. Ik kom morgen maar weer terug voor de recepten."
In de auto is het muisstil. Als mams de auto bij Dudu voor de deur stopt, stapt Rachel snel uit en rent naar binnen. Ze vergeet zelfs gedag te zeggen tegen mams. In haar hoofd heeft ze maar één ding. Praten met Dudu over tante Ruthi en de verdronken poesjes. Zodra Rachel binnenstapt laat ze haar tranen de vrije loop gaan. "Wat is er aan de hand, mijn kind?"
Aan één stuk door, snikkend, zonder pauze te nemen, vertelt Rachel de hele gebeurtenis aan Dudu. Aandachtig luistert Dudu, totdat Rachel klaar is met haar verhaal.
Dudu heeft er geen woorden voor. "Typisch mijn zus."
Verbijsterd kijkt Dudu naar buiten. Ze tuurt in de verte. Rachel begrijpt dat Dudu als dierenliefhebster het er ook moeilijk mee heeft. Na een poosje draait ze zich om en neemt Rachel in haar armen. "Hoe kan Ruthi zoiets doen. Had ze niet even kunnen wachten totdat jullie weg waren? Typisch mijn zus, die is altijd zo ruw en rauw."

"Ik vraag me dagelijks af waarom ik als negenjarig kind zijn slachtoffer geworden ben. Ik zou hem absoluut niet uitgedaagd kunnen hebben. Op mijn veertiende speelde ik nog met poppen, dat was toen bij ons thuis heel normaal. Nooit heeft iemand mij iets over menstruatie verteld. Laat staan dat ik seksuele voorlichting heb gekregen. Alles was taboe. Op seksueel gebied was ik echt een groentje. Waar ik nu achter gekomen ben, is dat die vuiligheid mijn hele leven zwaar beïnvloed heeft. Mijn hele toekomst is verknald, al mijn dromen kan ik vergeten. Nog steeds ben ik aan het overleven. Ik ga psychiatrische inrichtingen in en uit, is dat leven?"
De woorden zijn bij Roza zoek. Ze krabt achter haar oor. "Gelukkig had je ook leuke momenten als kind, konijnenjacht met je opa. En de zondagse loterijen bij Dudu waren altijd gezellig. En Julio ... ohhh ... die Julio met de ezel."

Vroeg in de ochtend wordt er op de deur geklopt.
"Ik kom eraan ... even geduld alstublieft."
Weer wordt er ongeduldig op de deur gebonkt.
"Wacht ... wacht ... ik kom al!"

Rachel wrijft haar ogen open. Ze schuift het deurgordijn aan de kant en is verrast als ze opa, de vader van haar vader, door het ruitje van de deur ziet. Rachel weet al wat er aan de hand is ... haar konijnen.
"Hè, wat vervelend ... zo vroeg in de ochtend op konijnenjacht. En ik moet nog naar school," moppert ze. Ze maakt de voordeur open.
Opa stormt met zijn bolle lijf naar binnen. Zijn zilvergrijze haar en baard hebben vanmorgen nog geen kam gezien. Door zijn blanke huidskleur kleuren zijn wangen rood van boosheid. "Rachel, de volgende keer laat je me niet zo lang buiten wachten. Ik heb meer te doen dan alleen maar achter je konijnen aan te lopen!" Deze woorden dreunen door de huiskamer.
Opa heeft waarschijnlijk niet gehoord dat Rachel hem had geantwoord. Ook deze opa is doof. Oma heeft ooit verteld dat er een tor in zijn oor is gekropen, waardoor hij doof geworden is. Rachel weet niet of dat waar is. Ze weet wel zeker dat opa echt doof is. Als hij 's morgens zijn auto start, geeft hij zó veel gas, dat je kilometers ver zijn motor kan horen loeien. Maar opa hoort het zelf niet. Rachel vindt het vervelend dat ze twee dove opa's heeft.
"Jouw beesten hebben de hele nacht gefeest van mijn zoete aardappelen."
"Maar opa ..."
"Niets te maren ... jouw konijnen uit mijn hoffie. Ik zal vanmiddag dit voorval met je vader bespreken."
"Is goed, opa. Ik zal paps vragen om het gat weer te dichten."
"Jouw vader moet echt een nieuwe kooi maken."
De konijnen hebben weer een kuil onder de kooi door gegraven. Het is al de zoveelste keer. Paps heeft al enkele keren geprobeerd om de kooi te repareren. Dat lukt nog steeds niet. De konijnen weten telkens een nieuwe uitweg te vinden. Opa kan gemakkelijk praten, paps heeft geen

tijd voor een nieuw konijnenhok. Hij heeft het veel te druk met zijn kippen, en al het bijkomende werk op zijn kippenboerderij.

Opa en Rachel rennen samen achter de konijnen aan. Rachel jaagt de konijnen richting opa en opa vangt ze op. Rachel is verbaasd dat opa nog zo lenig is. Geen konijn laat hij voorbijgaan.

"Hier, houd deze goed aan zijn oren vast, hij is een beetje wild."

Rachel vindt het zielig om Tommy aan zijn oren vast te houden. Ze denkt dat ze hem pijn doet. Daardoor treuzelt ze een beetje.

"Kom op Rachel, sta niet zo te treuzelen, pak dat beest bij zijn oren vast."

Schoorvoetend pakt Rachel de oren van Tommy vast.

Als ze naar de kooi toe wil lopen roept opa haar terug.

"Enne … nog iets, wil je aan Dudu doorgeven dat oma vánávond televisie bij haar komt kijken? Onze televisie is kapot. En schiet nou op, zodat je niet te laat op school komt!"

Vanavond…! Vanavond…! Dennis-avond…! Rampenavond! Ach opa, waarom laat je mij aan vanavond denken? Vorig week heeft Dennis haar te kennen gegeven dat hij er echt naar uitkijkt om met haar alléén te zijn in het achterhuis. Hij dwingt het bij haar af, alsof het de normaalste zaak van de wereld is. Zij hoort het Dennis nog zeggen.

"Mijn plan is dat je voortaan elke vrijdagavond alléén in het achterhuis blijft, terwijl Dudu in het voorhuis televisie aan het kijken is. Sluip ik later stiekem bij jou binnen. Wees opgelet, want de kans zit er dik in dat Dudu je gaat vragen waarom je helemaal alleen in het achterhuis wil blijven. Voorzichtig laat je dan vallen dat je liever in het achterhuis wilt tekenen. Meer zeg je niet. Je weet dat ik ga komen, dus schreeuw niet als ik er ben. Zodra je mijn voetstappen hoort, haal je de achterdeur van het slot af. Afgesproken?

Zorg dat je er bent, anders ga ik naar je moeder!"
Rachel zucht, ze schudt haar hoofd.
Terwijl ze Tommy in het hok doet zegt ze tegen hem: "Nee, dit plan van Dennis vind ik doodeng. Zeker omdat ik niet weet wát hij in zijn hoofd heeft."
Het is het meest voor de hand liggend om Dennis niet te gehoorzamen. Maar als ze niet alleen in het achterhuis blijft, gaat Dennis naar haar moeder toe. Daar zit ze ook niet op te wachten. Intussen heeft Dennis zich ontwikkeld tot de meest opdringerige en veeleisende persoon. Rachel had geen mogelijkheid om hem haar eigen keus bekend te maken. Hij draait haar keus altijd om in zijn wensen. Nog nooit is hij akkoord gegaan met haar wensen. Op een gegeven moment heeft Rachel hem toch nog durven vragen waarom zij alléén in het achterhuis moet blijven. Zijn korte, gemene, nietszeggende antwoord was: 'Op die bewuste vrijdagavond zal ik het je bekendmaken,' wat bij Rachel alleen maar meer spanning heeft gebracht. 'Denk erom, het is ons geheim,' voegde hij er nog aan toe. En vanavond … is het zover. Vanavond lijkt zo ver weg, maar vanavond is zo dichtbij.
Rachel voelt haar maag draaien, haar handen beginnen te trillen. Het benauwde gevoel overrompelt haar weer. Vanavond … Vanavond!

Als Rachel aan de ontbijttafel zit, denkt ze steeds aan 'vanavond.' Als kind lustte Rachel geen ontbijt. Paps en Dudu hebben samen bedacht om Rachel te verplichten om ten minste één kopje thee te drinken voordat ze naar school gaat. Ze staart naar het kopje hete thee. Ondertussen drinkt Dudu rustig haar koffie op.
"Je thee staat te wachten en het is bijna tijd. Ik zal er wat ijsklontjes in doen, dan koelt het wat sneller af."
Op het voorstel van Dudu komt geen reactie. In haar gedachten is Rachel met Dennis én met 'vanavond' bezig.

Het is de meest onmogelijke opdracht die ze tot nu toe heeft gekregen van Dennis. De hele familie weet dat Rachel bang is om alleen in het achterhuis te zijn. Het spook kan evengoed in het achterhuis komen, heeft ze hun vaak laten weten.
"Rachel schiet toch eens op, je thee wordt ijsthee. Elk mens moet 's morgens iets warms op de maag hebben."
Dudu kijkt Rachel aan alsof ze weet dat er iets bij haar speelt. "Is er iets, Rachel?"
"Nee, nee, Dennis … uh … ik bedoel, oma komt vanavond televisiekijken. Dat moet ik van Opa doorgeven."

Die ochtend zit Rachel in de klas naar buiten te staren. Haar zitplaats is vlak bij het raam. Ze staart naar de zee. Aan de overkant van de zee ziet ze bergen. Haar klasgenoten beweren dat dat de bergen van Venezuela zijn. Rachel droomt weg. Kon ze maar naar die bergen zwemmen.
Weg … ver weg van Dennis. De juf vraagt iets, maar het dringt niet tot haar door.
"Rachel!" buldert de stem van de juf ineens door de klas, "zit niet zo te dagdromen, wat is het antwoord?"
Met een schok gaat ze rechtop zitten. Haar naam klinkt alsof ze die nog nooit eerder gehoord heeft. Hoe is het mogelijk dat ze alleen haar naam verstond, en de vraag niet?
Er valt een stilte, de hele klas zwijgt. Onopvallend werpt ze een blik op het schrijfbord. Daar staan alleen maar wat namen van enkele klasgenoten.
"Ik wacht op je antwoord, Rachel!" De juf raakt lichtelijk geïrriteerd.
Ivy geeft Rachel een duwtje. "Zeg nou maar gewoon iets."
Voordat Rachel er erg in heeft, komen enkele woorden uit haar mond. "Aan de andere kant van de zee ligt Venezuela."
De hele klas ligt in een deuk.
De juf is woedend. "Ik maak geen grapjes Rachel, hoeveel

is zes keer zes?"
Uit schaamte buigt ze haar hoofd. "Weet ik niet, juf."
Als een wild paard stuift de juf op Rachel af. "Handen op tafel!" commandeert ze.
Terwijl ze Rachel strak in haar gezicht aankijkt, geeft ze haar enkele flinke tikken met de liniaal op haar vingers. Haar knokkels doen zeer. Tegelijkertijd bekruipt haar een gevoel van onrecht; het is allemaal de schuld van Dennis. Verdrietig kijkt ze naar haar pijnlijke vingers. Wat een onvoorstelbare belevenis. Hoe dan ook, ze durft niets terug te zeggen. Ze vindt de juf de stomste juf van de hele school. Ze schaamt zich, want de hele klas heeft gezien hoe ze tikken krijgt.
"Zo, de volgende keer geen grapjes!"
Nu is de hele klas muisstil. Ook Rachel zwijgt. De tikken hebben haar probleem niet opgelost. 'Vanavond' is nog steeds door haar hoofd aan het dolen.

Die bewuste vrijdagavond zit Rachel alléén in het achterhuis te tekenen. Buiten ritselt er wat. De angst grijpt haar naar de keel, ze is zo bang voor wat er nu gaat gebeuren. Voor de zekerheid raapt ze in een rap tempo haar spullen bij elkaar. Vervolgens kijkt ze door de sierblokken naar buiten of ze Dennis ziet. Buiten is het echt donker. Het is onmogelijk buiten iets te zien. Toch is ze er zeker van dat Dennis ergens buiten staat. Met trillende benen loopt ze naar de sierblokkenmuur.
"Moet je eens goed luisteren Dennis, vandaag niet, volgende week niet en nóóit niet!" schreeuwt ze door de sierblokken naar buiten.
"Niet zo hard schreeuwen, Dudu hoort je, maak de deur maar open. Ik verlang ernaar om over je mooie bobbeltjes te strelen."
"Ben je nou helemaal gek geworden? Maak dat je weggaat en snel. Gisteren was het de laatste dag dat je nog aan

mijn borsten gezeten hebt. Nooit meer krijg jij de kans."
Nadat ze dit aan Dennis te kennen heeft gegeven, vertrekt
ze haastig naar haar slaapkamer. Ze hoopt dat Dennis niet
naar mams gaat. Uren ligt ze een smoes te bedenken hoe
ze er bij mams onderuit kan komen. Haar woorden 'nooit
meer' moet ze ook nog waar zien te maken. Daar ziet ze
maar één oplossing voor: uit zijn buurt blijven, maar hoe?

13

"Maar Rachel, één ding begrijp ik niet: je had niet eens borsten. Jij was zo plat van voren. Wat bezielde hem?"

Rachel kijkt naar haar borsten. "Ik heb nog steeds weinig," antwoordt ze met een flauwe glimlach. "Ik kon niet begrijpen waarom hij constant naar mijn borsten greep. En ik liet het maar gebeuren. Misschien omdat hij me telkens waarschuwde: 'Als je me niet aan jouw borsten laat zitten, ga ik naar jouw moeder, dan zullen er klappen vallen.' Dat was zeker één van de redenen waarom ik hem zijn gang maar liet gaan."

Roza grijpt naar haar eigen borsten. "Nou, als ik dat was, kan ik me het nog voorstellen. Moet je eens kijken hier, die tankers van mij."

Rachel giechelt. "Tankers ...? Mammoettankers."

"Héy héy, beledig mijn borsten niet."

Samen liggen ze in een deuk, totdat Rachel de draad van het verhaal weer oppakt.

"Eens zei hij: 'Hoe vaker ik aan je bobbeltjes zit, hoe sneller ze bergen worden.' Maar ik had geen flauw idee waar hij het over had. Omdat ik het gevoel niet prettig vond, deed ik ontzettend mijn best om uit zijn

Het is de zondagse gewoonte van Dennis om na de kerkdienst bij de kerkpoort te staan. Als de kerk afgelopen is en de kerkgangers zich naar buiten dringen, houdt hij ze tegen om zijn lootjes te verkopen. Zodra Rachel hem in de smiezen heeft, neemt ze de benen. Ze wil niet dat hij haar weer een lift aanbiedt. De andere reden waarom ze zo snel mogelijk thuis wil komen, is omdat de speciale Santo Domingoloterij vandaag speelt. Op zo'n dag is het thuis altijd gezellig. Zeker omdat alle lootjesverkoopsters, en Dennis als enige man, bij Dudu thuis hun reünie houden. Met zijn stunten trekt Dennis veel aandacht. Hij geniet dan van zijn positie als enige man tussen al die vrouwen. Als de speciale loterij speelt, en de vrouwen komen bij elkaar, maakt Dudu het lekkerste eten klaar. Op de achtergrond staat de transistorradio aan. Het ruikt naar heerlijke sopi mondongo[36], dat is een van Dudu's specialiteiten. Dudu heeft veel geld ingezet, als ze de hoofdprijs wint, gaat de hele familie op vakantie.

In het achterhuis zitten alle lootjesverkoopsters rond de tafel. Het lijkt wel een kippenhok. Rachel kent de meeste vrouwen bij naam, anderen van gezicht. Sommigen kent ze totaal niet. Tante Swinda en tante Louisa zijn ook lootjesverkoopsters. Aan de hoek van de tafel zit een mevrouw die Rachel nog nooit eerder gezien heeft. Het zal iedereen wel opgevallen zijn, dat haar uiterlijk uit de toon valt. Door haar gedrag trekt ze tevens de nodige aandacht. Haar pruik zit dwars op haar hoofd. Het lijkt wel alsof ze hem achterstevoren op heeft. Haar ogen zijn

---

[36] Ingewandensoep

dik gepoederd met blauwe oogschaduw. Haar wangen geplamuurd met donkerroze rouge. Ze is erg dun, maar heeft wel grote borsten. In Rachels beleving ziet ze eruit als een misvormde Barbiepop. De onbekende mevrouw praat veel. Volgens Rachel denkt ze dat ze de huiseigenares is. Iedereen rond de tafel volgt haar. Zelfs een slecht afgestemde viool klinkt nog beter dan haar piepstem. Nadat ze de nodige informatie genoteerd heeft, stopt ze haar pen achter haar oor.

"En Louisa, hoeveel lootjes heb jij verkocht?" vraagt ze.

"Ik heb dertig stuks verkocht, waarvan er één niet betaald is."

"Is er misschien iemand die dat lootje alsnog wil?"

De ogen van de mislukte Barbiepop gaan de groep een voor een langs. "Als niemand hem wil, houd ik hem."

Tante Louisa graait in haar tas. "Ik houd hem zelf. Hier is mijn tientje."

Voordat tante Louisa uitgepraat is, steekt de mislukte Barbie haar hand uit om het geld in ontvangst te nemen. Dudu heeft het in de gaten, ze maakt een grapje: "Het geld vliegt niet weg, Señora Baliarina[37]."

Oh, dus ze heet Señora Baliarina, wat een naam zeg, denkt Rachel.

De vrouwen kwebbelen maar door en als er een nummer omgeroepen wordt, zitten ze allemaal muisstil te luisteren. Rachel begrijpt totaal niets van wat de omroeper zegt. Het gaat allemaal in het Spaans. Ze vindt het ook niet belangrijk om de omroeper te verstaan, maar wel dat Dudu de loterij wint.

Señora Baliarina kijkt naar buiten. "Maar waar blijft Dennis? Dit is niet de afspraak. Al het geld had voor twaalf uur binnen moeten zijn."

Alle vrouwen kijken elkaar aan. Niemand weet iets

---

[37] Mevrouw de danseres.

van Dennis. Maar Rachel wel, ze zag hem bij de kerk staan, waar hij nog loten aan het verkopen was. Door zich onopvallend tussen de menigte te mengen, kon ze ongezien wegkomen. Ze kan hem de laatste tijd echt niet meer luchten of zien. Zorgvuldig wringt ze zich in allerlei bochten om hem te ontlopen, wat haar niet altijd lukt. Ook dat gewrijf over haar platte borsten hangt haar steeds meer de keel uit. Dennis wordt steeds creatiever in het bedenken van mogelijkheden om ergens alléén samen met haar te zijn.

"Daar komt een auto aan, dat zal wel eens Dennis kunnen zijn," zegt tante Louisa.

Met een vaart vliegt Señora Baliarina van tafel af, ze rekt haar lange nek om te kijken of het werkelijk Dennis is. "Ja, daar heb je hem ... gelukkig."

Señora Baliarina geeft Dennis nog niet eens de kans om te groeten. Hij wordt gelijk aangevallen.

"Hoeveel heb je verkocht? En hoeveel geld heb je binnen?"

Dennis neemt rustig plaats aan tafel, hij glimlacht naar Rachel. Ze negeert hem.

"Ik heb alles verkocht en ik heb al het geld binnen. Ik ben te laat omdat ik nog naar Otra Banda[38] ben gereden om het geld van de laatste twee loten te innen."

Hij legt zijn geld op tafel. Señora Baliarina laat er geen gras over groeien. Ze telt meteen het geld na.

"Honderd, tweehonderd, driehonderd, vierhonderd, vierhonderd negenennegentig. Je komt een gulden te kort."

Dennis keert zijn portemonnee ondersteboven en kijkt in zijn broekzak, maar hij heeft geen cent meer.

"Een echte man, die zich van één gulden laat bestelen!"

Door de chagrijnige toon van Señora Baliarina liggen alle vrouwen in een deuk. Tijdens het opscheppen van de sopi

---

[38] De andere kant van de stad Punda.

mondongo vraagt Dudu aan Dennis of hij ook wat lust. Dit is voor hem een mooie kans om Rachels aandacht te trekken. "Alleen als jij het opschept, Rachel."

Rachel negeert hem volkomen. Vanaf het moment dat Dennis binnen is gekomen, is de gezellige sfeer meteen veranderd. De vrouwen hebben wel lol met Dennis. Hij vermaakt hen uitstekend met zijn grapjes. Maar Rachel krijgt rillingen over haar rug. Het benauwde gevoel dreigt haar weer te overrompelen.

"Ik ga buiten spelen, hier is het net een kippenhok. Zoek jij maar een ander slaafje om soep voor je op te scheppen." De blik waarmee Dudu haar aankijkt, laat haar al weten dat ze buiten haar boekje is gegaan.

Pas als ze buiten is, realiseert ze zich dat Julio niet thuis is. Vandaag is er verder niemand anders om mee te spelen. Rachel trekt zich terug onder het garageafdak. Ze verveelt zich, droevig kijkt ze om zich heen. Haar ogen ontdekken op de grond kleine kuiltjes met een hoopje zand. Chika zegt dat er een spinnetje in zo'n kuiltje zit en dat hij Compa Nanzi[39] genoemd wordt. Volgens Chika moet je een miertje in het kuiltje gooien. Dan komt de Compa Nanzi vanzelf uit het kuiltje.

Dit is een mooi moment om het uit te proberen. Rachel zoekt een mier en gooit hem in het zandkuiltje. En ja hoor, Chika heeft gelijk. Hoe weet Chika dit toch, zeg? Daar komt inderdaad een raar beestje uit het holletje gekropen. Net een spinnetje, grijs met kleine pootjes.

Heel snel zoekt Rachel in de garage naar een glazen pot om de Compa Nanzi in te stoppen. In de verte hoort ze luid gepraat. Het is Ivy met haar vriendinnen Dorien en Gita. Het hele gezelschap komt op Rachel af. Het is altijd hetzelfde liedje. Ivy wil altijd alles tot in details weten. Rachel heeft genoeg redenen om niet met Ivy te spelen.

---

[39] Een soort spin die in het zand leeft.

Behalve dat ze nieuwsgierig is, heeft ze haar ook nog verraden toen ze de brief voor Dennis aan het schrijven was. En dat is niet alles; ze geeft die viezedingenboeken aan Julio. En Julio komt op zijn beurt uitleg halen bij haar. Hierdoor krijgt zij telkens ruzie met Julio. Buiten dit alles om, wil paps niet dat ze met Ivy speelt.

Ivy start natuurlijk weer het gesprek. "Wat ben je aan het doen?"

"Ik zit lekker te rusten. Binnen is het net een kippenhok met al die kakelende vrouwen."

"Ja, ik heb die vrouwen zien zitten. En Dennis is de enige haan in het hok," beweert Dorien.

Gita is net in de wijk komen wonen, zij zegt niets. Zeker omdat ze Dennis nog niet kent... ze kan moeilijk een oordeel vellen.

"Wat kan mij het schelen wat Dennis is, van mij mag hij ontploffen met zijn ... " Rachel kan nog net de woorden 'vieze glibberige handtastelijke handen' inslikken.

Dorien vindt dat Rachel grof praat over haar oom. "Iets meer respect voor je oom, hè."

"Zeg je respect? Hoor ik het goed ... Respect? Zorg maar dat jíj respect toont."

Gita mengt zich nu toch in de woordenwisseling. "Waar gaat dit nou over? Ik kan het niet meer volgen."

"Oh, niks bijzonders, Señora Baliarina doet alsof zij de huisbazin is," antwoordt Rachel.

"Nee, nee, niet eromheen draaien," valt Ivy haar in de rede. "We hebben het over Dennis, je oom, voor wie je geen respect toont."

Nu is Rachel haar meer dan spuugzat. Ze kan haar wel wat aandoen. "Waar bemoei jij je eigenlijk mee. Het zijn niet jouw zaken. Hier woon ik en ik vind het fijn om even alleen te zijn, nou basta!"

Ivy heeft geen pasklaar antwoord voor Rachel. Ze kijkt haar heel vies aan, van top tot teen.

Door haar gelaatsuitdrukking raakt Rachel helemaal buiten zinnen. Rachel zet haar armen in haar zij. "Maak dat je wegkomt en laat me met rust, kabes di kipashi[40]!"
Ook al zijn de anderen met z'n drieën, Rachel deinst niet terug. Integendeel, ze bijt heftig van zich af.
Ivy heeft een lang gezicht en wordt daardoor weleens geplaagd met 'kabes di kipashi'. Met deze woorden heeft Rachel haar zwakke snaar geraakt.
"En jij dan, wat ben jij? Gepi sin mondongo[41]!"
"Daar heb je gelijk in. Dat kan ik wel zijn, alsof ik dat erg vind. Maar jij … ? Jij vindt het wel heel vervelend om kabes di kipashi genoemd te worden, of niet?"
Uit protest blijft Ivy gewoon staan. Ze zet niet eens een stap naar achteren.
"Hoor je me niet? Kabes di kipashi, vertrek …! Maak dat je wegkomt, anders maak ik jouw kabes di kipashi nog langer voor je."
Ivy gaat die uitdaging aan. "Kom maar op dan, als je durft."
Zonder omkijken vliegt Rachel op haar af, om haar een mep te verkopen.
Dapper springt Dorien ertussen. "Ho, ho, meiden, vandaag is het zondag, de dag van de vrede. Kom, laten we maar gaan voordat Kale Asociale deze ruzie bespeurt. Anders hebben jullie straks thuis een veel groter probleem. Laat die 'Gepi sin mondongo' maar alleen."

---

[40] Scheldwoord (hoofd van een heel brood).
[41] Scheldwoord Geep zonder ingewanden. (Een Geep is een platte, dunne vis.)

"Vlak nadat de ruziemakende meiden vertrokken zijn, kwam Julio langs. Ik kon mijn ogen niet geloven. Nog nooit had ik Julio zo netjes gekleed gezien. Ik zal je het drama van begin tot eind vertellen."

Roza wil niets missen, ze gaat rechtop zitten. "Kom maar op met Julio's drama, hij maakte het altijd te bont. Geef mij maar eerst wat te drinken. Ik heb zo'n dorst."

Terwijl Rachel het drinken inschenkt, loopt Roza een rondje om de tafel. "Ik krijg stijve billen van het lange zitten."

"Kom, drink je water op, dan gaan we even door het parkje lopen."

Ze wandelen rustig langs de kinderspeeltuin naar het park. Vervolgens nemen ze plaats op een bankje.

"Die Julio toch, je moet van 'goeden huize' komen om hem de baas te zijn. Wie kon die ondeugende praktijken van hem nadoen?" vraagt Roza.

"Ja dat klopt. En daarna mocht ik de gevolgen ervan opknappen. Vaak nam ik hem in bescherming. Een ongelooflijk medelijden had ik met hem, wat hij nooit waardeerde. Constant was ik zijn pispaal."

"Ik ben benieuwd wat hij nou weer had uitgespookt."

"Julio, jíj in een pak!" Rachels mond valt open. "Het staat je wel goed, joh, hoe kom je eraan?"

"Ik mag het pak passen, het is mijn communiepak. Toen ik het eenmaal aanhad, ben ik maar stiekem weggelopen."

Alsof hij een echte dansartiest is, maakt Julio een pirouette en sluit af met een diepe buiging. Charmant tilt hij zijn broekspijp op om Rachel zijn mooie zwarte sokken met zilveren randje te laten zien. Zelfverzekerd neemt hij een pose aan, terwijl hij de knopen van het colbert losmaakt. Met zijn beide handen spreidt hij zijn colbert open, zodat Rachel zijn overhemd kan bewonderen.

"Zo, ik krijg een hele show. Maar waar ga je nu naartoe?"

"Overal en nergens ... Ik wil de buren laten zien dat ik een mooi pak heb."

Stomverbaasd schudt Rachel haar hoofd. Dit gaat niet goed aflopen, dat weet ze nu al. Ze kent Julio veel te goed. "Ach Julio ... kom op ... Ga maar gauw naar huis terug. Straks is je pak helemaal vies. En dan kun je hem op je communiedag niet aan."

"Nee, ik ga eerst naar de moeder van Humphrey, de buurjongen. Daarna ga ik bij Josephine langs en ..."

Vastberaden valt Rachel hem in de rede. "En ik ga nu naar tante Rita. Ik zal haar vertellen dat jij in je communiepak rondloopt."

Met een lolly die Julio uit zijn zak haalt, probeert hij Rachel om te kopen. Hij houdt de lolly onder haar neus, maar Rachel duwt zijn hand weg. "Je durft toch niet naar ma te gaan, bangeschijter."

En weg is hij.

Meteen haast Rachel zich naar het huis van tante Rita. Daar krijgt ze van Freddy te horen dat tante Rita niet thuis is. Ze is al weg om Julio te zoeken.

Uren zijn verstreken en Julio is nog steeds niet thuisgekomen. Ook Opa is hem aan het zoeken. Normaal gesproken maakt oma zich geen zorgen om Julio. Maar vandaag is ze zeer ongerust, omdat hij al uren weg is. Al een tijdje is mams met de auto door de wijk aan het rondrijden.

Totaal uitgeput is tante Rita teruggekeerd. Ze weet echt niet meer waar ze nog zoeken moet. Julio is nergens te vinden.

De tranen in tante Rita's ogen verraden haar onrust. Rachel krijgt medelijden met haar. "Zal ik anders nog een rondje lopen?"

"Doe je best maar, jij kent jullie speelplekken beter dan ik."

Eerst kijkt Rachel bij de boomhut, dat is hun vaste speelplek. Die plek kent tante Rita vast en zeker niet. Daarna gaat ze langs bij Humphrey. Ze weet nog dat Julio naar Humphrey zou gaan. Daar is hij ook niet. Zowel Humphrey als zijn broer Dario is niet thuis.

Via het bospad wil Rachel terug naar Josephine lopen, daar wilde Julio ook nog naartoe gaan. Onverwachts hoort ze geschreeuw van verschillende stemmen. Rachel herkent de stem van Humphrey.

"Stop, stop, deze kant op."

Meteen rent Rachel het bospad af in de richting van de stemmen. Vlak bij de bosrand ziet ze Humphrey en Dario.

"Deze kant op, deze kant op," schreeuwt Humphrey tegen Pluto.

Pluto is de ezel van Humphrey. Soms kan hij heel erg koppig doen. Hij heeft Pluto vast aan een stuk touw. Humphrey trekt Pluto, maar Pluto trekt terug.

Compleet buiten adem hijgt Humphrey: "Julio, hou hem vast, laat hem niet los."

Met al hun kracht proberen Humphrey en Dario Pluto vanachter de struiken vandaan te trekken. Op de rug van Pluto zit Julio, met zijn communiepak aan.

Uitgeput schreeuwt Humphrey nogmaals: "Houd hem vast Juul, laat hem niet los. Ik help je wel."

Er komt bijna geen geluid uit zijn mond.

Wild springt Pluto van de ene naar de andere kant om Julio van zijn rug af te gooien. Maar Julio heeft hem stevig vast. Hij raakt ook uitgeput. "Humphrey, ik trek het niet, ik trek het niet meer. Hij gooit me eraf!"
En ja hoor ... Daar gaat Julio, hij komt hard op de grond neer. Zijn arm blijft vastgekneld tussen het touw, waardoor Pluto hem over de grond meesleept. "Help ...! Help ...! Humphrey, houd hem ... help me toch!"
Pluto is zo wild dat Humphrey hem niet meer kan tegenhouden. Alsof hij Hercules zelf is, doet Dario een poging om Humphrey te helpen, totdat hij ook meegesleept wordt. Zowel Humphrey als Dario kunnen Pluto neer meer vasthouden en laten hem los. Maar Julio zit nog steeds vastgekneld aan het touw. De ezel rent het bospad in. Als hij Rachel ziet, blijft hij van schrik stilstaan. Treurig kijkt hij haar aan.
Angstig rent Humphrey naar Julio toe om hem los te maken. Zijn stem trilt. "Heb jij je bezeerd?"
Julio heeft Rachel nog niet gezien. Uitgeput blijft hij op de grond liggen.
Alsof er niets aan de hand is, loopt Dario naar Rachel toe. "Héy Rachel, wat doe jíj hier?"
Met grote ogen kijkt Julio op. "Hier is geen plaats voor meisjes!" schreeuwt hij.
"Oh nee? Wel voor jongens in hun communiepak op de rug van een ezel, terwijl iedereen je zoekt. Niemand weet waar je bent."
"Boeien!" hijgt Julio.
"Kijk naar je communiepak, heb je het gezien? Het was grijs, maar nu is het zwart. En dat is niet alles. Er zit een scheur in je broek."
Eindelijk ziet Julio de ernst van de situatie in. "Is dat waar?" vraagt hij bloedserieus.
Nadat Julio vanuit het touw is losgemaakt, wil hij opstaan, maar dit lukt hem niet. "Au ... au ... ik heb pijn, mijn enkel

doet zeer."

Alsof hij geen botten in zijn lijf heeft, zakt hij door de hevige pijn weer in elkaar. Hoe goed Humphrey en Dario hun best ook doen om Julio op de been te krijgen, het lukt ze niet. Als Rachel even aan zijn enkel voelt, schreeuwt Julio het uit van de pijn. "Blijf af, sukkeltrien."

Inmiddels is Pluto weggelopen.

"Kom, we dragen Julio naar huis," stelt Humphrey voor.

Hij pakt hem vast bij een arm en Rachel bij de andere. Dario pakt Julio bij zijn benen vast. Ze hadden niet verwacht dat Julio zo zwaar is, hij glijdt uit Dario's handen. Zijn vinger haakt in de scheur, die nu nog verder uitscheurt. Plotseling begint Julio te huilen.

"Eigen schuld, dikke bult, je had naar mij moeten luisteren!" foetert Rachel Julio uit.

"Draag me naar huis, alstublieft, breng me naar mijn moeder, ik heb zo'n pijn."

"Laat mij maar die benen sjouwen. Dario, pak jij zijn arm en Humphrey, neem jij z'n andere arm?"

Zo sjouwen ze Julio mee naar huis. Als tante Rita Julio in zijn communiepak ziet, wordt ze woedend.

"Fre... Fre... Freddie pak mijn riem, die hangt achter mijn slaapkamerdeur. En jij, jij gaat in je gescheurde pak je communie doen!"

"Onbewust heeft mijn moeder mij aan de vijand overgeleverd. Nooit wilde ik bij mijn moeder blijven slapen. Weet jij dat nog?"

"Ja, natuurlijk weet ik dat nog. Je brulde alles bij elkaar, alsof de wereld verging."

Enkele tranen nemen hun vrije loop. Roza biedt mij een papieren zakdoekje aan. "Maar waarom stel je dat op z'n manier vast?"

"Omdat mijn moeder er geen flauw idee van had waar Dennis mee bezig was. Ze handelde vanuit haar ... haar ... ik weet niet wat!"

Roza houdt me aan beide schouders vast en kijkt me recht in mijn ogen aan. "Ik denk niet dat je moeder je overgeleverd had. Welke moeder doet nou zoiets?"

"Mijn moeder had op z'n minst naar mij kunnen luisteren. Ze had me ook kunnen vragen waarom ik niet met Dennis mee wilde rijden. Zij trok alleen maar haar conclusies en dwong me om zo snel mogelijk zijn auto in te stappen. Al was ze onwetend, ze had wel een beetje begrip kunnen tonen voor mijn verdriet."

"Maar dat wil toch niet zeggen dat ze jou 'aan de vijand overgeleverd had', je zegt zelf dat ze niet op de hoogte was van wat zich afspeelde."

Op een avond gaat Dudu naar een gebedsavond. Ze brengt Rachel bij mams. De afspraak is dat mams tot negen uur 's avonds zal oppassen. Rond de afgesproken tijd zal Dudu haar ophalen. Tot Rachels verbazing krijgt de afspraak onverwacht een andere wending. Het is mams die plotseling roet in het eten gooit.
"Opschieten Rachel, doe je schoenen aan. Snel, Dennis zet je bij Dudu af."
De lift valt bij Rachel absoluut niet in goede aarde. "Wat ...! Ik ga absoluut niet met Dennis meerijden."
Het nare gevoel grijpt haar weer naar de keel. Dit keer straalt het vanaf haar keel tot diep in haar buik. Aan een stuk door mompelt Rachel:. "Mooi niet! Nu dat de avond ten einde loopt, krijg ik dit op mijn pad. Hij moet maar opzouten! Moet ik zo laat nog met die 'schijnheilige komediant' alleen in de auto zitten?"
Mams verstaat haar niet, en trekt haar conclusie. "Verwend kind! Moet Dudu je weer ophalen?"
"Nee! Dat hoeft ook niet, ik blijf vanavond hier slapen."
Ofschoon Dudu en mams maar vijf minuten van elkaar wonen, wil Rachel normaal gesproken nooit bij mams overnachten. Elke keer als ze om een of andere reden bij mams moet blijven slapen, eindigt het in een huilpartij. Overhaast moet Dudu dan toch nog in de late avonduren naar mams' huis lopen om Rachel alsnog op te halen.
Na enkele logeerpogingen hebben mams en Dudu zich er maar bij neergelegd. Ze hebben besloten om Rachel

niet meer bij mams te laten slapen. Zonder enige moeite verheft Rachel haar stem die zeker tot bij oma en opa te horen is. Ze herhaalt: "Ik meen het, Dudu hoeft me niet op te halen, ik blijf hier bij Josephine slapen. Ik meen het echt. Ik zal vanavond absoluut niet huilen, alsjeblieft."
Als Dennis in de gaten krijgt dat Rachel echt niet met hem mee wil rijden, doet hij zijn uiterste best om de boel te paaien. Hij haalt zijn zakdoek uit zijn broekzak, deze wil hij aan Rachel overhandigen. Met forse kracht duwt Rachel zijn hand weg.
"Ach ... kom op, Rachel ... Je laat Dudu toch niet zo laat nog hiernaartoe lopen? Of ... rijd je toch met me mee? Het is voor mij een kleine moeite om jou af te zetten."
Zelfs daar reageert Rachel niet op. Ze stampt met haar voeten. Wanhopig rent ze naar de slaapkamer. Van daaruit schreeuwt ze naar de woonkamer: "Nee, nee, ik zei nee! Ik blijf liever toch hier slapen. Dudu hoeft me echt niet op te halen. Ik spreek toch dezelfde taal als jullie?"
Mams staat er geen moment bij stil wat de reden zou kunnen zijn waarom Rachel niet met Dennis mee wil rijden. Zonder pardon blijft zij bij haar standpunt. Ondoordacht dwingt ze Rachel om bij Dennis in te stappen. Brullend neemt Rachel plaats in de auto. Al snikkend brengt ze Dennis op de hoogte dat hij absoluut niet de kans krijgt om weer aan haar borsten te zitten.
"Maak jij je niet druk, vandaag zal ik niet aan je borsten zitten, maar wel ergens anders."
"Mensenbeulen zijn jullie, mensenbeulen."
Ongecontroleerd stromen haar tranen.
"Jij moet je niet zo aanstellen. Door dit gedrag te vertonen, valt het zeker op dat er iets is tussen ons. Dan is het geen geheim meer."
"Ik wil geen geheim meer met jou delen. Jouw geheimen geven mij pijn in mijn keel."
Zonder enig medelijden te tonen, rijdt Dennis regelrecht

naar de bossen. Ergens diep in het bos, waar geen leven te bekennen is, parkeert hij zijn auto. Het is pikkedonker, er is geen lichtstraal te aanschouwen. Het is muisstil, in de verte kun je de kikkers horen kwaken. Er is niemand anders in het bos, alleen zij.
Rachel huivert. "Breng me naar huis, ik wil naar Dudu toe." Dennis zet de leuning van zijn stoel in de ligpositie en doet alsof hij haar niet hoort.
"Hoor je me niet? Ben je doof of zo. Breng me naar Dudu."
"Je moet niet zo hysterisch doen. Dit is niet de manier om jou te laten genieten. Op deze manier kan ik niets met jou beginnen."
"Ik hoef niet van een donker bos en kwakende kikkers te genieten."
"Ach … kom toch hier, meid. Kom maar genieten. Laat me over je buik strelen."
"Blijf van me af! En breng me naar huis, ik wil naar Dudu toe."
"Waarom heb je zo'n haast om naar Dudu te gaan? Ze gelooft je toch niet. Niemand luistert naar jou. Niemand zal je geloven. Je moet gewoon doen wat ik zeg, dan zullen wij de mooiste momenten beleven. Zolang jij het geheim bewaart, komt alles goed. Beloof je me dat?"
Rachel knikt. Haar tranen nemen weer hun vrije loop. Ze krijgt het benauwd en draait het raam open.
"Niet huilen schat, veeg je tranen maar af. Ik doe je niets, geef me even je hand."
Trillend overhandigt Rachel haar hand aan Dennis.
"Zie je wel? Ik doe je niets, geef me je andere hand maar ook."
"Nee!"
"Doe nou niet zo flauw. Wij zijn toch vriendjes? En we delen samen een geheim."
"Nee … nog eens nee! Breng me naar huis." Met haar vrije hand veegt ze haar tranen af.

Intussen streelt Dennis rustig over haar hand. "Wat heb je een zachte hand, zeg! En mooie vingers."

Snikkend trekt Rachel haar hand terug. Het is voor haar zo duidelijk dat het geen zin heeft om tegen Dennis in te gaan, daarom zegt ze geen woord meer.

Uiteindelijk als het Dennis opvalt dat Rachel echt niet meewerkt, neemt hij een beslissing.

"Oké, jij je zin, ik breng je naar Dudu, geen probleem. Als Dudu vraagt waarom je gehuild hebt, vertel je dat je niet bij mams wilt slapen. Niets meer en niets minder." Uit het handschoenenkasje haalt Dennis een toiletrol. "Hier, veeg je tranen maar af."

Rachel laat hem links liggen. Ze veegt haar tranen aan haar T-shirt af. Intussen zet Dennis de leuning van zijn stoel weer recht op, en start de auto. Nooit meer ... nooit meer, zal ik alleen bij Dennis in de auto zitten, spreekt Rachel met zichzelf af.

Net voordat Dennis de auto bij Dudu voor de deur stopt, wrijft hij zijn boodschap nog één keer in. "Ons geheimpje, hè? Vergeet de klappen niet."

Alsof zich niets heeft afgespeeld, loopt Dennis met zijn vrolijke gezicht het achterhuis binnen. Hij zorgt dat hij Rachel voorgaat. "Tante, ik heb Rachel gebracht."

"Heel fijn, ik sta op het punt om haar op te halen."

"Moet u eens kijken, ik heb u een loopje bespaard. Wel goed, hè? Zo laat in de avond nog over straat lopen is tegenwoordig heel gevaarlijk. En ... stelt u zich voor dat Rachels spook achter u aan komt."

Zowel Dudu en Dennis hebben lol over het spookgrapje.

Plotseling trekt Rachels betraande gezicht Dudu's aandacht. "Och ... meisje toch, heb je weer zo'n verdriet?" Als de bliksem is Dennis Rachel voor: "U kent haar toch? Huilen om niks, ze wilde naar Dudu."

Zoals gewoonlijk zoekt Dudu geen kwaad achter Dennis'

woorden. "Wat vervelend, zeg. Je weet toch dat ik je kom ophalen? Dat hebben we toch afgesproken? Kom, snel douchen en naar bed. Je moet morgen vroeg naar school.

16

"Vanaf de avond dat hij me naar het bos had meegenomen, leek het wel alsof ik een loopse hond was. Geen dag ging voorbij zonder dat hij aan mijn lijf zat. Elke kans die hij kreeg, greep hij. Er was geen plek in huis waar ik me niet heb verstopt. Ik voelde me onveilig in mijn eigen huis."

"Dat is erg, zeg! Je onveilig voelen in je eigen huis. Dan heb je toch geen leven meer?"

"Dat was ook zo. Ik leefde alleen maar om op te letten. Buitenshuis voelde ik me heel wat veiliger. Daar had ik leuke momenten. Met jou bijvoorbeeld of soms met Julio, al zul je dat niet geloven. Zonder dat Julio het in de gaten had, heeft hij me vaak genoeg van heel wat ellendige momenten bespaard."

"Hoezo"?

"Enkel alleen door aanwezig te zijn. Wanneer Dennis kwam en Julio en ik waren samen aan het spelen, ging hij snel weer weg."

"Oh zo ... Jij en Julio samenspelen? Dat klinkt voor mij zo ongeloofwaardig."

"Ach ... het gebeurde wel vaak dat we samen achter het huis gingen vliegeren of met zelfgemaakte skelters rondrijden. Er waren best wel momenten dat

Onverwacht knielt Dennis voor Rachel neer.
"Je mag gerust wat dichter bij me komen zitten. Ik bijt je niet hoor," zegt Dennis.
"Wat denk je zelf? Dat ik graag naast jou wil zitten?" antwoordt Rachel.
Demonstratief schuift ze haar stoel nog verder van Dennis af. Ze kijkt bewust ongeïnteresseerd. Om Dennis goed duidelijk te maken dat ze hem niet meer duldt, maakt ze een harde tjoerie[42].
"Meisje met je mooie lijf en je mooie bobbeltjes … Kom op, kom naast me zitten."
Rachel kijkt naar beneden, naar haar lichaam. Ze vraagt zich af wat daar mooi aan is. Op school wordt ze geplaagd

---

[42] Een geluid met je tong en lippen. Dat wordt in Caribisch gebied gebruikt als men ontevreden is.

met 'dunne lat' of 'strijkplank'. Alhoewel Dennis haar met zijn mooie woorden ophemelt, geeft ze hem geen aandacht.

"Ik weet dat je vandaag alleen thuis bent, schatje. Daarom ben ik speciaal gekomen, om jou gezelschap te houden. Goed van mij, hè?"

"Gezelschap houden hoort gezellig te zijn. Het gezelschap loopt niet stiekem het huis binnen."

"Ach, doe nou niet zo moeilijk, ik ben hier kind aan huis."

"Je kunt het geloven of niet, ik ben liever alleen. Ik zit absoluut niet op jóuw gezelschap te wachten. En zeker niet nadat je me naar een donker bos gebracht hebt."

Om toch zijn doel te bereiken, blijft hij Rachel ophemelen. De laatste tijd doet hij dit steeds vaker. Hij windt geen doekjes meer om zijn tactieken. Zijn woorden zijn bewust gekozen. Hij houdt ook vandaag totaal geen rekening met Rachels beleving. Rustig legt hij zijn handen op haar benen, maar ze schuift zijn hand weg.

"Och ... laat me toch jouw warme benen voelen."

"Blijf af!"

"Sta maar even op, we gaan het gezellig maken. Deze broek staat je goed. Maar die rok van vorige week stond je veel beter. Ga die eens aandoen."

Puur om van Dennis af te komen, staat Rachel op om zogenaamd de rok aan te trekken. Er verschijnt een tevreden grijns op Dennis' gezicht.

Vanuit het voorhuis roept Rachel: "Wat heeft een rok met gezelligheid te maken?"

Vandaag heeft ze geen zin om weer het huis uit te moeten vluchten. Daarom blijft ze in het voorhuis zitten. De rust in haar is ver te zoeken.

Na een tijdje komt Dennis zelf naar het voorhuis. "Ach, meisje toch, waarom ga je hier helemaal alleen zitten, sta eens even op."

Rachel staat op en doet alsnog een poging om te vluchten.

Ze heeft niet in de gaten dat Dennis haar doorheeft. Snel pakt hij Rachel in zijn armen vast en drukt haar hoofd tegen zijn borst aan. Dennis ademt zwaar, zijn borst gaat snel op en neer. Zijn sterke parfumlucht dringt door in haar neus. Het lijkt wel alsof hij zich met parfum gedoucht heeft.

Ze voelt zijn warme armen naar haar rug zakken. Hij drukt haar nog steviger tegen zijn lichaam aan. Dit benauwt haar. Ze moet hierdoor steeds dieper gaan ademhalen. Ook al doet Dennis nog zo lief tegen haar, ze voelt zich niet op haar gemak. Haar gevoel zegt haar dat Dennis iets van plan is.

"Ik vind je lief, maar wil je me één ding beloven? Niemand anders mag met je doen, wat ik met je doe."

Rachel wil alleen maar één ding. En dat éne ding is ervoor te zorgen dat ze zo snel mogelijk van Dennis af is. Vandaar dat ze vluchtig antwoordt. "Oké ... prima ... is goed ... ik beloof het je. Laat me nu maar los."

Dennis houdt haar nog steviger tussen zijn armen vast. Met al haar kracht probeert ze zich los te rukken, ze kan geen kant meer op.

"Rustig, rustig, niet zo wild doen, ik wil je nog één ding zeggen, dan laat ik je los. Dit is óns geheim. Als jij óns geheim verklapt, krijg jíj grote problemen. Luister goed! Jij bent een kind, jíj krijgt problemen. Ik krijg geen problemen, ik ben een volwassen man, begrijp je me?"

"Ja, ja ik begrijp je, laat me nu maar los!" Rachel heeft er niets van begrepen. Ze wil alleen maar dat hij haar loslaat. Gelukkig verslapt zijn greep. Opgelucht wil ze zich lostrekken, maar hij draait haar om en trekt haar achterstevoren weer tegen zijn borst aan. Zonder zich te kunnen verroeren staat Rachel nu met haar rug tegen zijn borst aan. Hoe kom ik hiervan af? Wanneer laat hij mij gaan? denkt ze.

"Oh, ja ... dit óók nog ... Ik zal tijd maken voor een avontuurlijke gelegenheid. Een gelegenheid om samen

iets onvergetelijks met elkaar te beleven. Het moet op een rustig moment gebeuren, waarop we in alle rust de tijd voor elkaar hebben. Beloof je me dat je dan niet zo hysterisch doet als gisteravond?"
Geforceerd knikt Rachel.
"Denk erom hé, het blijft allemaal tussen ons, het is ons geheim. Geloof me maar ... als je moeder hier achter komt, krijg jíj echt klappen. Begrepen?"
Zonder te wachten op haar antwoord doet hij een poging om haar te kussen. Met kracht duwt Rachel zijn gezicht weg, ze draait haar gezicht de andere kant op.
Hij fluistert in haar oor: "Ik weet dat je ook niet zonder mij kunt."
Rachel kan zich daar niets bij voorstellen.
Om meer druk op haar uit te oefenen, verzint Dennis iets nieuws. "Misschien weet je niet dat ik toestemming van je moeder heb om dit alles met jou te doen. Het is dat ze jou nog net iets te jong vindt. Daarom moet ik even wachten. Maar ik vind je zo lief, dat ik niet langer kan wachten."
Rachel voelt zich overgeleverd aan hem. Weer probeert ze zich los te rukken.
"Rustig, rustig, het komt allemaal goed. Niet zo paniekerig doen. Vandaag houd ik je alleen maar even vast. De rest komt wel op een andere dag, als je rustig bent."
"Rest van wat ... wat bedoel je nou? Dit is al erg genoeg!"
Opnieuw drukt hij haar tegen zijn borst aan. Zo hard als ze kan stampt ze met haar voeten. Hiermee maakt ze echter geen indruk op Dennis. Het lukt haar nog steeds niet om los te komen, waardoor ze het steeds benauwder krijgt.
"Je belooft me dat je me loslaat, laat me dan los, laat me los."
"Geef me eerst een kus, op mijn mond."
"Doe niet zo vies joh, laat me toch los ... Ik wil dit niet ... ik ben je nu spuugzat ... Ik vertel dit verder door als je me nú niet loslaat!"

Geschrokken laat hij haar meteen los. Ontdaan kijkt Rachel om zich heen, ze vraagt zich af welke vluchtroute ze zal nemen.

Zijn ogen kijken haar doordringend aan. "Denk erom, het is ons geheim. Ga nou maar ... Een andere keer, als je rustiger bent, maken we dit af."

Als Rachel weg wil lopen, pakt Dennis haar toch weer stevig bij haar arm vast. Met een bazige stem vraagt hij haar: "En, wie was die jongen met wie je gistermiddag aan het praten was?"

Rachel geeft geen antwoord, ze rukt haar arm los en rent naar het huis van tante Swinda. Ze rent zo snel als ze kan. Op het bospad struikelt ze en valt. Ze staat snel op en rent verder. Haar hart bonkt in haar keel. Omkijken durft ze niet.

Hijgend komt ze bij Chika aan. Heel haar lichaam trilt, haar ogen puilen uit van schrik.

Op dat moment is Chika net buiten, de was aan het ophangen. "Rachel, wat is er met jou aan de hand? Wat zie je eruit?"

Een passend antwoord op deze vraag heeft ze niet. Door de spanning heeft ze geen tijd gehad om een smoes te verzinnen.

Gelukkig legt Chika haar de juiste woorden in haar mond. "Het lijkt wel alsof je een spook gezien hebt."

Meteen borduurt Rachel daarop door: "Ja ... ja ... Een spook, achter ... achter ... achter ..."

Chika valt haar in de rede. "Achter jou aan? Doe niet zo gek, ik zie niets."

Beteuterd draait Rachel haar gezicht de andere kant op. Zonder pardon lacht Chika haar vierkant uit.

"Op klaarlichte dag een spook achter je aan, kom op Rachel!"

Die spookverhalen van Rachel zijn niets nieuws voor Chika. Zelfs haar hele familie kent ze.

Boosheid overmeestert Rachel. Ze wil heel graag de waarheid vertellen. Tegelijkertijd krijgt ze het niet over haar lippen. Het lijkt wel alsof ze er niet meer over kan praten. Het is niet meer een kwestie van 'niet willen' maar van 'niet kunnen' geworden.
"Heb ik jou gezegd 'achter me aan'? Je laat me niet eens uitpraten. Achter mijn slaapkamerdeur!"
"Ach, kom op. Rachel je vergist je, spoken bestaan niet. En … áls ze komen, komen ze in het donker. Niet op klaarlichte dag."
Tante Swinda komt er ook bij. "Kind, wat is er met jóu aan de hand, waarom huil je?"
Huilend kijkt Rachel naar de grond. Een pasklaar antwoord heeft ze nog steeds niet. Daarom overweegt ze of ze zal liegen of de waarheid vertellen. Tot haar opluchting komt Chika er op het juiste moment tussen.
"Nou Rachel, vertel je drama."
Geërgerd stampt ze met haar voet. "Hou op, Chika! Het is geen drama. Het is een serieuze zaak hoor, en 'zijn' hart bonkt."
Weer schiet Chika in de lach. "Een spook met een bonkend hart, je was zeker aan het slapen? Volgens mij droomde je."
"Je hebt een scheur in je broek, en je knie bloedt," constateert tante Swinda.
Dat had Rachel nog niet eens opgemerkt. Langzaam schudt ze haar hoofd en zegt zachtjes: "Laat maar, jullie snappen me toch niet, het is ons geheim."
Door dit ongeloofwaardige verhaal krijgt Chika steeds meer plezier in Rachels leed. "Wat een lol zeg, een geheim tussen jou en een niet bestaand spook."
Tante Swinda neemt Rachel bij de hand, "Kom kind, laat me je knie verzorgen."
Ze neemt Rachel mee naar haar slaapkamer. Tijdens het verzorgen van haar knie drukt tante Swinda haar op het

hart. "Luister eens goed meid, spoken bestaan niet. Het zal een of ander schaduw zijn geweest. Jullie kijken te veel tekenfilms. Kom, ga gauw naar huis en doe een andere broek aan."

Op haar dooie gemak slentert Rachel over het bospad terug naar huis. Eigenlijk durft ze niet naar binnen. Stel je voor dat Dennis zich in het huis verstopt heeft. Het is ook mogelijk dat hij nog terugkomt. Daarom klimt ze hoog in de kenepaboom[43] en blijft daar op Dudu wachten. Niemand kan haar zien. Tussen de takken en de bladeren zit ze goed verstopt.
De minuten lijken wel uren. Ze ziet de buurman thuiskomen. Zijn kinderen rennen hem tegemoet. Even later loopt Freddie met zijn vriend onder de boom door. Rachel gooit twee kenepa's naar hen. Ze merken er niets van en lopen verder.
Eindelijk komt Dudu eraan. Als een aap haast Rachel zich uit de boom en rent Dudu tegemoet.
"Oh, lieve Dudu, wat ben ik blij dat u er bent."
"Waar kom jij zo laat nog vandaan, kind?"
"Ik verveelde me. Daarom ben ik in de kenepaboom gaan zitten wachten, totdat u terug bent."
De laatste tijd doet Rachel niets anders dan smoesjes verzinnen. Ook nu is het voor haar niet moeilijk om een smoes uit haar mouw te schudden.
Zonder enig benul te hebben van wat zich heeft afgespeeld heeft, haalt Dudu uit haar tas een papieren zakje en maakt het open. Ze geeft Rachel twee letterkoekjes[44] . "Dit moet ik speciaal aan jou geven, van de buurman."
"Wat lief van hem. Gaat u morgen weer naar de buurman? Ik ga ook graag mee. Alleen thuis zijn is zo saai."

---

[43] Boom van tropische vrucht kenepa.
[44] Koek in de vorm van de letter S.

"Julio en ik, wij waren twee handen op één buik, maar tegelijkertijd ook aartsvijanden. Het bijzondere is dat we elkaar na elke ruzie wel weer misten. Dus zochten we elkaar na een tijdje weer op. Zolang het goed ging, was het goed. Ik had altijd een groot verantwoordelijkheidsgevoel richting hem en iedereen en alles om me heen. Vaak nam ik Julio in bescherming. Ik kwam altijd op voor mijn zusjes. Als paps dronken was, hield ik mede de kippenboerderij draaiende. Gevoelsmatig was ik altijd de dupe. Ik liep rond met het gevoel dat ik het nooit goed deed. Naar mijn mening was het een soort gewetenswroeging, omdat ik niet goed wist wat wel of niet mocht. Van Dennis leerde ik liegen, terwijl ik dat van Dudu niet mocht. Als ik mezelf met Josephine vergeleek, vond ik Josephine, qua karakter, een stuk stabieler."

Voordat ik uitgesproken ben, valt Roza me in de rede. "Ik heb Josephine leren kennen als een dappere meid. Soms overtrof ze je, maar jij liet je ook kennen. Jij was best pittig, daarom snap ik niet dat jij niet aan de bel hebt getrokken. Niet verkeerd bedoeld, hoor."

"Manipulatie is eenbeestenstreek. Nooit geweten? Een beest dat jou krijgt waar het je hebben wil.

Paps heeft zijn kippenboerderij uitgebreid. Grote hokken heeft hij bijgebouwd. Rachel heeft bijna elke dag geholpen met het timmerwerk. Door de uitbreiding kunnen er tweeduizend kippen meer bij.

"Reychelois, vandaag komt de nieuwe zending kuikentjes vanuit Amerika. Kom mee naar luchthaven Hato, wij gaan de kuikentjes ophalen."

Het is paps' gewoonte om Rachel Reychelois te noemen. Deze naam laat hij alleen vallen als hij nuchter is en een goede bui heeft. Voor elk kind heeft paps een liefkozende naam bedacht.

Werken op de kippenboerderij is voor Rachel een uitdaging. Samen met paps maakt ze de hokken schoon. De kippen kan ze al zelfstandig voeren en water geven. Samen met Josephine raapt ze de eieren op. Door de week, na school, is dit haar vaste werkzaamheid. Zodra er nieuwe kuikentjes opgehaald moeten worden, is Rachel er graag bij. Tijdens de slachtingsperiode maakt Rachel vaak overuren. Twee weken geleden was de laatste slachting. Zonder pardon had Julio toen de kop van een kip afgehakt. Hierna zette hij de kip op de grond. De kip liep precies zoals men dat zegt: 'Lopen als een kip zonder kop.' Rachel vond het erg zielig, maar Julio had er plezier in. Om te voorkomen dat Julio niet meer bij het slachten mocht helpen, heeft Rachel niets aan paps verteld. Hij is best een goed hulpje. Samen hebben ze honderddrieënvijftig kippen met de hand geplukt. De plukmachine was kapot, dus alles moest met de hand. Tot laat in de avond hadden ze gewerkt. De volgende dag was Rachel met paps meegegaan om de bestelling bij het hotel af te leveren. Nu begint weer een nieuwe cyclus. Tweeduizend kuikentjes zo donzig, gele en zwarte, komen straks aan.

Vrolijk stapt Rachel in de pick-up. "We hebben weer veel werk paps, u kunt op mij rekenen."

Voordat paps de auto instapt, steekt hij een sigaret op. "Even langs tante Rita, Julio ophalen," mompelt hij, terwijl hij een hijs neemt.

Wat zegt paps nou? Julio ophalen ... heb ik het goed gehoord? Als Julio mij maar niet lastigvalt met zijn viezedingenboeken en zijn mond maar houdt over 'het gevoel'. Ach kom op paps, moet dat nou? Het is onmogelijk om paps te vertellen dat ze al drie dagen ruzie hebben. En dat deze keer de ruzie over viezedingenboeken, knikkers en bonken gaat. De gedachten van Rachel dwalen even af.

Er valt een stilte in de pick-up, die door paps doorbroken wordt. "Wij gaan grof geld maken, Reychelois."

Op zijn dooie gemak stapt Julio even later de pick-up in. "Schuif jij een beetje op tante ... ik heb amper zitplaats."

"Héy, je zit wel in de pick-up van míjn vader. Dus een beetje meer respect tonen voor mij, meneer Julio Kwidama."

Feitelijk is er voldoende plek om te zitten. Rachel heeft gewoon zin om haar kont tegen de krib te gooien. De ruzie tussen haar en Julio is nog steeds niet uitgepraat. Daarom is Rachel nog steeds boos en blijft ze rustig zitten. Ze doet alsof ze Julio niet begrepen heeft.

"Kom op, Rachel, gedraag je!" commandeert paps.

Rachel schuift een klein beetje op.

"Dank u wel oom, Rachel wil zeker niet dat ik meega."

In de avonduren, nadat alle kuikentjes in hun hok geplaatst zijn, vraagt paps aan Rachel: "Hebben jullie alwéér ruzie?"

Rachel houdt zich van den domme.

"Josephine wil me mijn pop niet teruggeven." Ze weet drommels goed dat paps het niet over Josephine heeft, maar ze wil niet over Julio praten. Hoe moet ze paps vertellen dat ze al drie dagen ruzie hebben. Ze kan paps moeilijk over de viezedingenboeken vertellen.

"Dus jij hebt ook al ruzie met Josephine?"

Nerveus bijt Rachel op haar nagels, en kijkt de andere kant op. Ze vraagt zichzelf af wat paps met 'ook al' bedoelt. Is paps nu wel of niet op de hoogte van wat er allemaal gebeurd is tussen Julio en haar? Zou Julio gepraat hebben? Ze buigt haar hoofd. Op de grond loopt een lange rij mieren. Ijverig sjouwen ze hun consumptie naar hun hol.

"Kijk pap, knap hè, hoe ze dat doen?"

Hoofdschuddend loopt paps weg. "Ik zal Julio van de week wel aanspreken."

Het heeft dit keer drie weken geduurd voordat Rachel en Julio de ruzie uitgepraat hadden. Maar nu het suikerriet rijp is, zoeken ze elkaar toch weer op. Ze hebben elkaar echt gemist.

"Wij moeten niet zo vaak ruziemaken, het is niet prettig," stelt Julio vast.

"Daar heb je wel gelijk in, maar het is ook niet prettig dat je zo vaak over de viezedingenboeken praat," verdedigt Rachel zich.

"Ik heb met Ivy al afgesproken dat zij mij geen viezedingenboeken meer moet geven. Ik vind dat gevoel niet meer prettig, wat heb ik aan dat gevoel? Bovendien zijn de boekjes in het Engels geschreven. Ik begrijp geen Engels."

"Fantastisch, goede beslissing! Zo wil ik het horen, Julio. Zullen we wat suikerriet gaan snijden?"

Gezellig zitten ze tegenover elkaar, hun suikerriet te schillen. Ze hebben elkaar veel te vertellen.

"Heb je inmiddels gevraagd aan tante Rita of je mee mag gaan kamperen op Santa Cruz[45]?" vraagt Rachel.
"Ja, heb ik gevraagd," antwoordt Julio heel onverschillig.
"En?"
Zoals gewoonlijk haalt Julio nonchalant zijn schouders op. "Ik mag niet mee en ik wil ook niet mee!"
"Oh ... en waarom wil jij dan niet mee?"
Julio haalt het suikerriet uit zijn mond. De achtergebleven kruimels spuugt hij op de grond. "Wie is er zo gek om op het strand te gaan overnachten? Gaan jullie maar alleen, bij die sappige duizendpoten, zwarte schorpioenen, kakkerlakken, en niet te vergeten ... vlíegende kakkerlakken, muggen, vliegen en wiempirie[46] ie ... ie ... ie ... hahaha ... ieuwww ... mij niet gezien."
Om meer indruk op Rachel te maken komt Julio met zijn vingers in een kronkelende beweging naar Rachels ogen toe. Snel duwt ze zijn hand weg.
"Ik ben niet meer bang voor kakkerlakken, hoor," verdedigt Rachel zich snel.
"Daar komen wij nog weleens achter. En nog een tip, Rachel, neem een schijnwerper mee ... haha ... dan kun je ze van ver zien komen aanvliegen."
Rachel vindt dat Julio heel dom bezig is. Die onzin van hem is geen antwoord waard. Rustig blijft ze haar suikerriet schillen. "Zo, ik heb genoeg voor vandaag, morgen ga ik weer verder."
"Kom je morgen weer suikerriet snijden?" vraagt Julio.
"Ja hoor, kom je ook mee?"

Het is weer eens zover, paps is niet op tijd thuisgekomen. Rachel heeft haar taak op de kippenboerderij al achter de rug. Gisteren zou paps de warmtelampen weghalen, dat

---

[45] Plaatsnaam van een plaats met strand (letterlijk: heilig kruis).
[46] fruitvlieg

heeft hij nog niet gedaan. Omdat ze die warmtelampen zo snel mogelijk weg wil halen, gaat ze naar hem op zoek. Het zou zomaar kunnen dat hij in de sjap[47] zit, tussen al die zogenaamde vrienden van hem. In de sjap komen verschillende mannen uit de omgeving bij elkaar. Ze spelen domino terwijl ze liters alcohol naar binnen werken. Zuiplappen zoals Tonchi Lomba di baul, Samiel Diës miel, Bochi Maribomba, Johan Kora en Aluiso Rieng tien tien[48], zijn elke dag in de sjap te vinden.

Zorgeloos stapt Rachel er binnen. Een muffe alcoholgeur verwelkomt haar. De tegels zijn versleten, waardoor de motieven niet meer zichtbaar zijn. Dapper kijkt ze langs de bezoekers, geen paps te zien. Wel verschillende vreemde figuren, die van een andere planeet lijken te komen. Rachel volgt ze een voor een. De ene heeft lang haar, de ander een scheef geknipt kapsel. De snor van een korte dikke man groeit over zijn lippen heen. Hij zit geleund tegen een ander met schele ogen. Samiel Diës miel staat halfdronken tegen de muur geleund te kletsen met Kale Asociale. Die lijkt niet dronken te zijn. Vanuit de jukebox vult de harde muziek van Celia Cruz de ruimte. Ze zingt iets over 'Amor'[49]. Meer verstaat Rachel niet, want ze zingt in het Spaans. Een onbekende man staat uit volle borst, totaal uit het ritme mee te zingen.

Kale Asociale roept naar de eigenaar van de sjap. "Geeft deze amor hier een zakje chips." Hij wijst naar Rachel. "Ik

---

[47] Stamcafé
[48] Bijnamen (letterlijk vertaald):

Tonchi Lomba di baul	Tonchi met kofferbak rug
Samiel Diës miel	Samiel tienduizend
Bochi Maribomba	Bochi de wesp
Johan Kora	Johan de rooie
Aluiso Rieng tien tien	Aluiso ring ting ting

Het is op het eiland heel normaal om elkaar een bijnaam te geven. De persoon heeft zijn bijnaam te danken aan zijn persoonlijkheid of aan een of ander voorval.
[49] Geliefde

betaal het wel, zet het bij mij op de rekening."
Het verwondert Rachel dat Kale Asociale haar chips
aanbiedt. Als hij boodschappen bij Dudu komt doen,
heeft hij nooit voldoende geld.
Rachel kijkt om zich heen en loopt naar de bar om het
zakje chips te halen. Nog voor ze daar aankomt, spreekt
de eigenaar haar aan. Hij weet dat Rachel haar vader
vaker in de sjap komt zoeken.
"Je vader is vandaag nog niet hier geweest. Het zal me niet
verbazen als hij zo meteen nog aankomt. Kom straks maar
weer kijken. Ik geef hem wel door dat jij geweest bent.
Kijk, neem je chips en loop snel regelrecht terug naar huis.
Hier is geen plaats voor rondhangende meisjes."

"Weet je hoe afgewezen een kind zich kan voelen?
Ik kan erover meepraten. Het leek alsof ik in mijn
eigen wereldje leefde, het voelde alsof ik als mens
alléén op de wereld was. Een wereld waar alles
kon en mocht, maar tegelijkertijd ook niets kon en
mocht. Niemand die naar mijn verhalen luisterde.
Aan niemand kon ik mijn pijn en frustratie kwijt.
Dus ik had schimmen in mijn hoofd gecreëerd. Op
momenten van pijn en verdriet waren zij mijn enige
gezelschap. Ze waren zelf ook gefrustreerd door hun
communicatiestoornis. Alleen ik kon die schimmen
ervaren, en met hen praten. Zelfs die schimmen
waren niet op de hoogte van mijn bestaan."
"Maar hoe kon je ze ervaren?"
"Gewoon, het leek alsof ze naast mij in bed lagen of
met mij aan tafel zaten."
Ik zie Roza haar voorhoofd fronzen. Hierdoor weet ik
dat ze me niet kan volgen. Ze slaat haar armen over
elkaar. "Wauw ... hoe is zoiets mogelijk?"
"Moet ik dat nou echt uitleggen?"
"Graag."
"Nou ... als ik pijn en verdriet had, fantaseerde ik
in mijn hoofd een of meerdere schimmen. Ik gaf

Als Rachel van de sjap thuis komt, zitten Dudu en Margaret en Marjorie, de nichten van Rachel, in het achterhuis aan tafel te praten. Rachel is zich ervan bewust dat ze niet mag storen en zeker niet naar binnen mag gaan. Ze weet al wat ze te horen zal krijgen. De familiespreuk hoort ze nú al: 'Als volwassenen in gesprek zijn, moeten de kinderen buiten gaan spelen.'
Onopgemerkt blijft ze achter de sierblokkenmuur zitten om hun gesprek af te luisteren. Aan de binnenkant, vlak achter Marjories rug, hangt een grote hangplant. Zo kan ze zich aan de buitenkant goed achter de plant verstoppen. Van tijd tot tijd gluurt Rachel door de sierblokken en de hangplant naar binnen.
"Ik weet zeker dat het Dennis is die door de badkamerjaloezie naar binnen gluurt," hoort ze Marjorie zeggen.
"Hoe weet je het zo zeker? Zou het niet iemand anders

kunnen zijn?" vraagt Dudu.

"Nee Dudu, ik weet het heel zeker, omdat hij ook door de badkamerjaloezie naar Margaret gluurt."

"Nee, dat kan niet … dit is een verzinsel … van wie hebben jullie die onzin gehoord?" vraagt Dudu stomverbaasd. Ze blijft een paar tellen stil, waarna ze het gesprek voortzet.

"Zou het niet de buren kunnen zijn? Of een vreemde van ver weg? Nee, Dennis doet zoiets niet."

Door het meningsverschil tussen Dudu en Marjorie wordt Margaret onrustig. Ze staat van haar stoel op. Even later gaat ze weer zitten. Vervolgens pakt ze haar glas water en zet het weer terug zonder een slok te nemen.

"Blijf nou rustig Margaret, je weet net als ik dat wij ons niet vergissen."

Marjorie is net zo onrustig als haar zus, toch laat ze dit niet merken. Voor Dudu is het nog steeds een onmogelijk verhaal, ze wrijft met haar hand over haar voorhoofd.

Eindelijk durft Margaret ook tegen Dudu in te gaan. "Wat Marjorie vertelt klopt helemaal. Wij vergissen ons niet. Soms steekt hij takjes door de jaloezie om onze aandacht te trekken."

Margaret neemt een slok water, zucht diep en pakt de draad van haar verhaal weer op: "Zie je wel Marjorie, ik heb je gewaarschuwd. Niemand zal ons geloven. Zie je wel?"

"Nou, ik blijf bij mijn standpunt. Niet dat ik jullie niet geloof, maar dat Dennis dit doet! Nee, dit verhaal klinkt mij heel vreemd in de oren. Jullie moeten het toch met jullie moeder bespreken!"

Marjorie en Margaret kijken elkaar aan. De rust is nog niet teruggekeerd bij Margaret. Ze wiebelt met haar voeten, onrustig tikt ze met haar wijsvinger op de tafel. Geïrriteerd neemt ze weer een slok water. Daarna legt ze het probleem bij Marjorie neer. "Durf jij het aan om met mammie hierover te beginnen?"

"Eerlijk gezegd, nee! Hij is de man van onze zus. Niet alleen dat, stel je voor als Dennis het ontkent. Geloof me maar! Dan zullen wij als leugenaars overkomen."
Sip kijkt Dudu Marjorie aan. "Hoe dan ook, jullie moeten de situatie met jullie moeder bespreken. Dit is een serieuze kwestie." Marjorie heeft ingezien hoe Dudu over Dennis denkt.
"Uw raad is mij duidelijk, Dudu. Ik zou niet weten hoe, maar we gaan het toch bespreken. En ... Margaret, maak jij je geen zorgen ik zal het zelf aan mammie vertellen."
Even is het muisstil. Margaret is aan het bedenken of ze haar verhaal ook aan Dudu zal vertellen. Op datzelfde moment geeft Marjorie haar een duwtje. "Vertel jouw verhaal!"
Margaret haalt diep adem ... ze kijkt naar buiten.
Heel zachtjes komen er wat woorden uit haar mond. "Hij loert ook door mijn slaapkamerraam, ik moet altijd mijn raam dichthouden."
"Wáaat?" Verschrikt zet Dudu haar hand voor haar mond, ze schudt haar hoofd.
Nee ... echt niet ... Dennis ... ? Nee ... Dennis is een respectvolle man.
Rachel, die alles afgeluisterd heeft, kan haar oren niet geloven. Ze heeft nu begrepen dat Dennis haar nichten ook lastig valt. Dit is mijn kans. Ik kan nu ook mijn verhaal doen.
Mijn Gód ... Ik dacht dat hij alleen míj lastig viel. Marjorie zal me zeker steunen, denkt Rachel. Als ze eenmaal in de deuropening verschijnt, voelt ze zich zelfverzekerd. Ze kijkt Dudu recht in haar ogen aan. Zonder enige twijfel begint ze haar gal te spugen.
"Ik wil ook mijn ..."
Dudu laat haar niet uitpraten.
"Rachel! Hoe vaak moet ik jou nog waarschuwen? Als volwassenen in gesprek zijn, mag je er niet tussenkomen."

Ze gehoorzaamt bedeesd, hoe graag Rachel ook van dit moment gebruik had willen maken om over haar geheim te vertellen. Ze is weer diep teleurgesteld. Terneergeslagen ziet ze de mogelijkheid om haar verhaal te doen aan haar neus voorbijgaan.
"Nou, dan ben ik bij Julio!" Haar woorden klinken droog en bot.

"Josephine en jij hebben gespijbeld van de kerk. Hoe kregen jullie dat verzonnen? Kerkspijbelen, dat hoor je niet vaak."
"Ach, je kent Josephine toch? Ze had altijd iets creatiefs. Ik denk dat haar ideeën vorm kregen door het lezen van boeken."
"Maar jij las ook veel, ik weet nog dat je een hele collectie Pinkeltje had."
"Nou dan weet ik niet waar Josephine haar ideeën vandaan haalde. Het grappigste is dat wij elkaars ideeën altijd bewonderden. Geen van ons beiden ging tegen elkaar in. Wat dat betreft waren we een goed stel. Wij konden af en toe wel kibbelen, maar kort daarna stonden wij altijd weer voor elkaar klaar."
"Ik had zulke zusjes niet. Mijn zusjes verklapten altijd alles," zegt Roza droogjes.
"O ja, maar dat deed Josephine af en toe ook, hoor."

Nadat Rachel de wekker uitgezet heeft, kruipt ze weer in bed. Een paar keer draait ze zich nog om.
"Ik ga vandaag niet naar de kerk. Ik heb er geen zin in," mompelt ze.
Ze wil een smoes bedenken. Maar gek genoeg lukt dat

haar niet. Zonder zich ergens druk over te maken, blijft ze gewoon in bed liggen. Ze doet alsof de wekker niet afgegaan is en draait zich nog een keer om. Stil volgt ze de secondewijzer die rustig zijn werk doet. Het duurt niet lang voordat Rachel de voetstappen van Dudu hoort aankomen. Bij het horen van de voetstappen duikt ze snel onder het laken en verstopt haar hoofd onder het kussen. Zachtjes loopt Dudu naar haar toe om haar wakker te schudden. Voorzichtig trekt ze het laken van haar af.
"Rachel, Rachel, wakker worden, je komt te laat."
Ze geeft toch geen antwoord, ook al vindt ze het zielig om Dudu in de maling te nemen. Zonder één kick te geven, blijft Rachel stokstijf liggen.
"Rachel, wakker worden. Jullie slapen net zo vast als jullie moeder. Ik snap niet waarom je het kussen over je hoofd moet doen. Echt, net je moeder. De appel valt niet ver van de boom."
Heel voorzichtig schuift Dudu het kussen van haar hoofd weg. Ze wil niet dat Rachel wakker schrikt. Ze fluistert: "Kom eruit, je komt te laat voor de kerk."
Als er geen beweging komt, pakt Dudu Rachel bij haar benen vast om die uit bed te tillen.
"Ik moet je van je moeder deze boodschap doorgeven. Je mag vandaag blijven liggen. Maar dan mag je volgend weekend ook niet gaan kamperen."
De boodschap dringt goed door, ze wordt erdoor verrast. Het kampeerweekend wil ze voor geen goud missen. "Oké, oké ... Ik kom al."
Nauwelijks is Rachel het bed uit of Dudu heeft het bed al opgemaakt.
"Je kleren liggen klaar. De gestreepte broek met het bijpassende roze T-shirt. Opschieten, want je moet ook nog het brood bij Shon Tie afgeven. Denk erom; bij het hek blijven, zorg dat je niet naar binnen gaat."
Heel rustig, alsof ze alle tijd van de wereld heeft, kleedt ze

zich aan. Intussen houdt ze Dudu in de gaten. Vanaf vandaag wil ze voortaan zelf haar haren kammen. Geen seconde wil ze Dudu uit het oog verliezen. Dat plan om voortaan zelf haar kapsel te doen, moet ze goed aanpakken. Anders loopt ze vandaag haar kans mis.

"Gaat Josephine ook naar de kerk, moet ik haar bij mams ophalen?"

Dudu klaagt over Rachels slome gedrag, en hoort haar vraag niet. Ze verlaat de slaapkamer; maar even later komt ze terug. "Hier heb je een gulden voor de collecte en twee kwartjes voor snoep. Zorg dat je het niet kwijtraakt."

Om te voorkomen dat Rachel het geld kwijtraakt, bindt Dudu het geld in de punt van haar zakdoek. Dudu had niet verwacht dat ze Rachel voor de spiegel zou aantreffen.

Sprakeloos observeert ze Rachel, die haar kapsel in model probeert te krijgen. Al haar tijd is ze kwijt aan het geklungel. Intussen legt Dudu de strikjes voor Rachel klaar.

"Kom maar snel hier, laat mij dat haar maar borstelen en je strikjes knopen."

Vastbesloten om haar plan uit te voeren, overrompelt ze Dudu. "Strikjes? Hoor ik het goed, strikjes? Geen haar op mijn hoofd wil strikjes!"

Op school is Rachel de enige die nog strikjes in haar haar heeft. De laatste tijd wordt ze uitgelachen. Bijna alle andere kinderen hebben het haar ontkroesd. Ze schaamt zich dat ze als enige, op twaalfjarige leeftijd, nog met vlechten en strikjes rondloopt.

Ze smijt de haarborstel door de slaapkamer.

"Ik wíl geen strikjes, strikjes zijn kinderachtig!"

"Je kunt absoluut niet naar de kerk zonder strikjes. Geloof me, je ziet eruit als een geit zonder horens."

Met harde hand pakt Dudu Rachel aan haar vlecht vast. Ze borstelt het haar bij elkaar.

Als Dudu de strikjes erin wil doen trekt Rachel haar hoofd terug.

"Dan zie ik er maar uit als een geit zonder horens, strikjes zijn ouderwets."

"Nou kom hier, ik bind ze nieuwerwets voor je vast. De nieuwste mode, ken je die al?"

"Nee, die ken ik niet en wil het ook niet kennen. Ik wil geen nieuwerwetse en ook geen ouderwetse strikjes. En zeker niet die roze."

Om er zeker van te zijn of ze het haar zonder strikjes goed vindt, kijkt ze nog een keer in de spiegel. Met haar dunne vingers strijkt ze over haar vlechten.

"Ík ben tevreden met mijn haar zónder strikjes."

Dit hele strikjestafereel gaat Dudu's pet te boven. "Doe maar pompoentjes in. Deze roze met paarse, die ik vorige week voor jou gemaakt hebt."

"Nee, nee en nog eens nee. Ik wil geen tierelantijntjes in mijn haar. Ik wil ook geen vlechten meer. Ik wil steil haar, ik wil mijn haar laten ontkroezen!"

Rachel pakt een elastiek en bindt de twee vlechten aan elkaar vast. Heel snel, voordat Dudu de slaapkamer verlaat, haalt ze uit haar schooltas een blad met tips en foto's om het haar te ontkroezen. Ze wil Dudu enkele 'kapselideeën' laten zien.

Oppervlakkig bladert Dudu door het kappersblad.

"Zeker mooie foto's, maar zeker niet voor jou. Je moet ophouden met deze onzin. Je moeder laat dat niet toe en je vader geheid niet. Kom hier, ik doe deze balletjes bij je in en hupsakee, vertrekken jij!"

Dudu drukt het brood in haar hand en duwt haar de deur uit. Onderweg plukt Rachel wat bloemetjes voor het Mariabeeldje in de kerk. Rustig huppelt ze verder om Josephine te ontmoeten.

Als Josephine haar vanuit de verte ziet aankomen, begint ze te zwaaien en te roepen. "Opschieten, ik sta allang te wachten, we komen te laat."

De kans om verder te mopperen krijgt Josephine niet. Rachel praat er snel overheen. "Ik heb veel geld bij me, voor snoep en voor de collecte."

Samen lopen ze eerst langs Shon Tie om het brood af te geven. Van daaruit lopen ze verder naar de kerk.
Nieuwsgierig begint Josephine een gesprek over het spook. "Ik heb van Chika gehoord dat je een echt spook gezien had."
Ik geef geen antwoord, dan houdt ze vanzelf wel op, denkt Rachel.
Maar Josephine is een taaie en vraagt maar door.
"Wanneer was het dat? Hoe zag het eruit?"
Het wordt met de dag ingewikkelder voor Rachel om zich telkens onder alles uit te praten. Het lukt haar tot nu toe toch nog aardig, al moet ze zich regelmatig in allerlei bochten zien te wringen.
"Ach, vorige week een keer. Maar tante Swinda zei dat spoken niet bestaan. Dus laat maar, ik weet het ook niet meer."
Even later lopen ze voorbij het huis van Dennis. Zijn auto staat niet voor de deur.
Josephine gluurt naar binnen. "Ik vind Dennis irritant."
Deze onverwachte opmerking verrast Rachel. Verstijfd blijft ze staan.
"Je moet nou niet stil blijven staan ... doorlopen," dringt Josephine aan.
Vele denkbeelden komen in Rachel op. Waarom vindt Josephine Dennis irritant? Zegt hij ook onzinnige dingen tegen haar? Rachel overweegt of ze iets van het geheim aan Josephine zal vertellen. Zal het nu het juiste moment zijn? Tegelijkertijd vreest ze dat Josephine alles verder zal verklappen. De benauwdheid die haar weer overrompelt zorgt ervoor dat ze er toch liever over zwijgt.
Het is Rachel al een tijdje opgevallen dat Josephine Dennis niet meer groet. Maar of er iets gebeurd is, weet Rachel niet. Mams heeft Josephine hier al een waarschuwing over gegeven. Zonder een woord over Dennis te delen, wandelen ze rustig door naar de kerk.

Als ze bijna bij de kerk aangekomen zijn, komt Josephine met een idee. "Laten we spijbelen van de kerk."
"Spijbelen? Je bedoelt gewoon doen alsof wij naar de kerk zijn geweest?"
"Ja ... precies dat bedoel ik, waarom niet?"
"Durf jij dat?"
"Wij gaan vandaag niet naar de kerk, wij spijbelen," herhaalt Josephine.
"Waar gaan we dan naartoe?" wil Rachel meteen weten. Josephine krabt op haar hoofd. Dat doet ze altijd als ze nadenkt. "Wij gaan naar Punda, daar verkopen ze lekkere ice cream di pinda[50]."
Ice cream di pinda kopen is geen gek idee. Maar Rachel moet nog even aan het idee 'spijbelen van de kerk' wennen.
"Niet zo twijfelen. Ga je nou mee of niet, want ik ga."
Al veel te vaak wordt Rachel spelbreekster genoemd. Dat wil ze nu niet weer horen. "Vooruit dan maar, ik ga ook wel mee. Hoe komen wij aan geld?"
"Ach domme meid, denk eens na. We hebben toch het collectegeld en ons zakgeld. Daarbij heb ik vanmorgen mijn spaarpot leeggehaald."
Vluchtig graait Josephine in haar broekzak. Kwartjes, dubbeltjes en stuivers rollen eruit. "Wat goed van mij hè, om mijn spaarpot leeg te schudden? Ik dacht er vanmorgen in alle vroegte aan."
Ze telt de munten en tot haar verbazing heeft ze meer geld dan ze dacht. Samen met haar collectegeld heeft ze acht gulden en tachtig centen. Hiervan geeft ze Rachel een gulden voor de busreis.
"En, wat zullen wij aan Dudu vertellen als ze ons straks vraagt waar de preek over ging?" vraagt Rachel aarzelend.
"Doe nou niet zo moeilijk, Rachel! Versta jij de pastoor als

---

[50] Pinda-ijs

hij preekt? Nee toch? Meneer pastoor spreekt alsof hij hete aardappelen in zijn mond heeft. Dat zegt Dudu zelf ook. Dus wij spreken haar na. Logisch dat ze zal aannemen dat wij niets van de preek hebben begrepen."

Ze nemen de bus en stappen bij het postkantoor in Punda uit. Nadat ze hun ice cream di pinda hebben gekocht, gaan ze op een bankje onder een boom zitten genieten.
"Wat is het toch stil in Punda," merkt Rachel op.
"Dat is juist fijn. Er is niemand die ons kan verraden," antwoordt Josephine.
Josephine neemt rustig de tijd om haar geld nog eens na te tellen.
"Zo ... wat heb je nog veel geld over."
"Ja, en ik heb trek in snoep, kom, we gaan Mary Jane[51] kopen."
Verbaasd kijkt Rachel haar aan. "Het is zondag, waar wil jij op zondag Mary Jane kopen?"
"In Otra Banda, daar zit een mevrouw vlak bij het ziekenhuis. Zij verkoopt Mary Jane."
"Is er niets dichterbij?" wil Rachel weten.
Het lijkt erop dat Josephine haar niet gehoord heeft. Ze maakt aanstalten om te gaan, Rachel blijft rustig zitten. Liever zou ze nu terug naar huis gaan. Ze zijn al best lang weg.
"Kom op, ga mee, schijtluis," bromt Josephine.
"Ik ben geen schijtluis. Ik durf het wel, hoor. Ik heb alleen geen zin om nog zo ver te lopen." Rachel blijft zitten. Ze gooit haar benen over elkaar en wiebelt rustig met een been.
"Jij ...? Jij wel? Jij durft niets! Jij loopt alleen maar te pronken met je paardenstaart. Och, ik zie het nu pas. Geen tierelantijntjes in het haar? Was madam vanmorgen weer

---

[51] Snoep met pindavulling.

te lui of te laat?”
“Jaloers, madam Josephine? Dat jij geen staarten hebt? Maar horentjes?”
Josephine verheft haar stem. “Wat …! Horentjes, weet je wat horentjes zijn?”
“Natuurlijk weet ik wat horentjes zijn; dát wat jij op je hoofd hebt!”
“Zoek het maar uit, kijk maar hoe je thuiskomt. Ik ga Mary Jane kopen, madam schijtluis.”
Voordat Rachel een weerwoord kan geven, verdwijnt Josephine door een van de smalle steegjes.
Na een poosje rent Rachel haar achterna, maar haar zus is al weg. Het lef om in haar eentje door de smalle steegjes te gaan, heeft ze niet. De steegjes zijn smal en ruiken een beetje muffig. Er liggen overal waterplassen. Daarom keert ze terug en gaat op een bankje dicht bij de bushalte zitten. Een uur gaat voorbij, maar er is geen Josephine te bekennen. Twee uren gaan voorbij, nog steeds geen Josephine in zicht. Rachel wordt onrustig. Zonder Josephine kan ze niet naar huis. Wat zal ze thuis moeten vertellen? Ze zal absoluut niet kunnen zeggen dat ze samen van de kerk gespijbeld hebben.
Een oude man met een versleten strohoed op komt op de bank naast Rachel zitten. Hij draagt een fles gewikkeld in krantenpapier met zich mee. Zijn lippen zijn droog en schilferig. In zijn mondhoeken klontert een dikke witte korst. Ook zijn dikke zwarte wenkbrauwen wijken af van het normale. Die groeien boven zijn neus bijna tegen elkaar aan. Zijn neus is zo groot als een vulkaan. Aan zijn ingevallen wangen kan ze zien dat hij geen tanden meer heeft. Onopvallend houdt Rachel hem in de gaten, ze vertrouwt hem niet. Hij mompelt iets, Rachel verstaat het niet. Enkele minuten later draait hij zich om. Hij bestudeert Rachel van top tot teen. Daarna kijkt hij haar recht in haar gezicht aan.

"Ik snap de ouders van tegenwoordig niet. Hoe durven ze zo'n jong meisje zo alleen op straat te laten rondhangen?" Rachel vraagt zich af of de man het werkelijk over haar heeft. Hij moest eens weten in wat voor drama ik ben beland, denkt ze. Vanuit haar ooghoek volgt Rachel al zijn handelingen. De man wikkelt het papier van de fles af. Een fles alcohol verschijnt uit het krantenpapier. Met bibberende vingers draait hij de dop van de fles en neemt een slok. Nadat hij de slok genomen heeft, wikkelt hij de fles opnieuw in het krantenpapier.

Hij moppert weer: "Mama kalakoena[52]." Dit heeft Rachel wel gehoord, nu weet ze zeker dat de man het tegen haar heeft. Brutaal kijkt ze de man aan. De man kijkt haar ook aan en wijst met zijn wijsvinger naar haar. Intussen stopt hij met zijn andere hand zijn fles in zijn broekzak. "Hangend meisje, wie zullen haar ouders zijn?" fluistert hij.

Eindelijk komt Josephine net op tijd aan. Ze ziet Rachel niet zitten en wandelt vrolijk voorbij, richting bushalte.

"Héy, Josephine, hier ben ik!" roept Rachel, waarop de oude man reageert: "Nog een kind zonder moeder. Het is toch niet te geloven! Wat zijn dit tegenwoordig voor ouders."

Alsof er niets aan de hand is, gaat Josephine naast Rachel op de bank zitten. De oude man staat op en kijkt ze aan. "Zorg dat jullie tweeën nu onmiddellijk naar huis gaan voordat ik naar de politie ga."

Josephine en Rachel kijken elkaar aan. Zonder een woord met elkaar te delen rennen ze naar de bushalte. De bus laat ook nog op zich wachten.

Bij de kerk aangekomen zien ze mams' auto staan. Mams zit er niet in. Nu pas dringt het tot hen door dat ze veel te laat zijn.

"Zie je nou wel, door jouw stoere gedoe zijn we nu

---

[52] Moeder kalkoen, wat surrogaatmoeder betekent.

betrapt," barst Rachel uit.

"Het is jouw schuld, jij wou van de kerk spijbelen," snauwt Josephine.

Rachel is verbijsterd. Ze had niet verwacht dat Josephine haar handen in onschuld zou wassen. Toch had ze het kunnen weten, want het is vaker voorgekomen dat Josephine haar verraadt.

"Wat zeg je me nou! Het was jouw idee om ice cream di pinda te gaan kopen!"

Rachels ogen gaan over de hele parkeerplaats, zoekend naar mams. Ondertussen maakt Josephine zich daar absoluut niet druk over. Ze kibbelt maar door. "Ja, ja, Rachel, ik weet niet eens waar dat verkocht wordt."

Met geen mogelijkheid kan Rachel zich nog verdedigen, want mams komt aangelopen. Snel rent Josephine naar haar toe.

Mams loopt haar straal voorbij. "Thuis regel ik het met jou."

Met een afwachtende houding blijft Rachel bij de auto staan. Mams loopt op haar af en pakt Rachel vast bij haar vlecht. Zonder één woord tegen haar te zeggen sleurt mams haar de auto in. Stiekem begint Josephine te giechelen. Rachel kan haar tranen niet meer in bedwang houden. Van woede barst ze uit: "Het is niet eerlijk, ik krijg altijd de schuld. Alleen omdat ik de oudste ben."

Als ze eenmaal in de auto zit, draait ze haar ogen weg van Josephine, ze kijkt naar buiten. Mams zet Rachel bij Dudu thuis af.

Voordat ze uitstapt, laat mams de straf vallen. "Komende vier weken is er geen feest voor jullie, bereiden jullie je daar maar alvast op voor."

Rachel rent naar haar slaapkamer en stopt haar hoofd onder haar kussen. Snikkend valt ze in slaap.

> *Roza kan zich mijn vader herinneren als een man die zijn kinderen beschermt tegen alles wat in zijn ogen buitensporig was. Een bikini, korte rokjes, blote buik, een versierde agenda en in de buurt van mannen en jongens zijn, waren allemaal taboe.*
> *"Intussen houdt de tiran goed huis in mijn eigen omgeving. Een plek waar ik me beschermd had moet voelen. In mijn huis, waar ik in alle rust en vertrouwen had moeten opgroeien."*
> *"Maar wat ik heel vreemd vind, is dat je vader zich nooit afgevraagd heeft wat Dennis elke dag bij Dudu thuis deed."*
> *"Nou, hij had zijn slechte plannen verstopt achter zijn zogenaamde goede bedoeling om Dudu elke dag met klusjes te komen helpen. En dáár trapte iedereen in. Niemand zocht iets achter deze 'goede man'."*

De vier weken straf zijn voorbij, Rachel en Josephine zijn erg blij. Eindelijk hebben ze hun vrijheid terug. De veelbelovende vrijheid om weer leuke dingen te doen. Rachel verheugt zich al om bij Roza te gaan spelen. Maar het pakt voor haar heel wat anders uit. Op de laatste dag van de vier weken komt ze na school vermoeid thuis.

De hele middag heeft ze op school hard gewerkt, de speelplaats moest opgeruimd worden. Binnenkort is er op school feest. Uitgehongerd gooit ze haar zware rugtas op de eettafel.

"Hallo … is er iemand thuis? Ik ben thuis!"

"Ja ik ben er, ik ben even aan het rusten," klinkt Dudu's stem vanuit haar slaapkamer.

"Goedemiddag Rachel, ik ben er ook," antwoordt paps vanuit de keuken.

"Wat ruikt het hier lekker, wat bent u aan het koken, pap?"

Smakkend met haar lippen stapt ze de keuken binnen.

"Niets zeggen. Ik weet het al, bekende geur… kabes cu higra[53]… jippie, mijn lievelingseten."

Nieuwsgierig schuift ze de deksel van de pan. "Mag ik proeven?"

"Eerst vertellen hoeveel je van me houdt."

"Ach paps… dat weet u toch? Van hie… ie… ier tot de hemel."

"Alleen tot de hemel? En niet meer terug?"

"Tuurlijk, de wereld driemaal rond en terug."

"Zo wil ik het horen. Doe jij even snel het beetje afwas, dan gaan we samen een bordje eten."

In de keuken is het heet. Door de warmte van het gasfornuis stijgt de temperatuur nog verder. Uitgeput van de warmte neemt paps alvast plaats aan de eettafel waar het frisser is. Hij wacht op Rachel. In een mum van tijd is Rachel klaar met de afwas. Haar schooltas ligt nog op de eettafel.

"Ruim eerst je schooltas op, zodat ik de tafel kan dekken."

In haar haast om te eten, pakt Rachel de schooltas onhandig vast. De tas glijdt uit haar hand. Al haar boeken en schriften kieperen op de grond, haar agenda valt open op tafel. Precies voor paps' ogen. Paps pakt de agenda

---

[53] Soep van geitenkop en geitenlever.

en bladert erin. Hij kan wel van zijn stoel vallen. Zijn blijmoedige gezicht verandert in een grimas.

"Ik kan mijn ogen niet geloven, hoe is het mogelijk dat míjn dochter met zo'n agenda rondloopt! Van wie heb je dit allemaal geleerd? Zijn hier jongens bij betrokken geweest? Oh, mijn God, wat een schaamte! Hebben je meesters deze vuiligheid gezien? Wat zullen ze van mijn opvoeding denken? Mijn Jezus!"

Rachel is in shock, ze durft geen antwoord te geven. Overal in de agenda heeft Rachel rode hartjes getekend. Met rode lippenstift heeft ze op verschillende bladzijden lippenstempels gezet. Op de laatste bladzijde heeft ze Cupido getekend. Met heel grote letters heeft ze met kleurstiften haar agenda opgevrolijkt. Woorden zoals: love [54], peace[55], kiss[56] en tu y yo[57] komen voorbij.

"Wat moet dit voorstellen? I love you[58] . Tegen wie heb jij het nou? Geen wonder dat het zo slecht met jou gaat op school. In plaats dat jij je lessen in je hoofd hebt, heb je dit soort onzin in je hoofd."

Wat de woorden betekenen, weet Rachel zelf niet.

Die woorden staan bij Roza in haar agenda. Zonder de betekenis te weten heeft Rachel ze klakkeloos overgeschreven. Elke keer als Roza een nieuw woordje opgeschreven heeft, schrijft Rachel het snel weer over.

Ze raapt snel haar boeken van de grond.

Paps bladert verder. 'Great[59] ,' leest hij hardop. "Great … en shaft[60] , weet jij wel wat dat betekent?"

Rachel kijkt sip en schudt haar hoofd.

"Dat dacht ik al. Deze situatie moet ik echt met je moeder

---

[54]Liefde

[55] Vrede

[56] Kussen

[57] Jij en ik

[58] Ik hou van jou

[59] Geweldig

[60] neuken

bespreken. Niet te geloven … Dit wordt huisarrest."
Inmiddels heeft Rachel al haar schoolboeken weer in de tas. Onbenullig blijft ze staan wachten.
"Waar wacht jij op?"
"Op mijn agenda."
"Vergeet het maar, die krijg je niet meer terug."
Eén dag gaat voorbij, twee dagen gaan voorbij, mams zegt niets over de agenda. Rachel denkt dat paps misschien vergeten is om het met mams over haar agenda te hebben. Maar op de derde dag komt mams met een spiksplinternieuwe agenda aan. "Hier, ik heb een nieuwe agenda voor je gekocht, waag het niet om er weer onzin in te schrijven. Ik heb medelijden met je. Je maand huisarrest zit er net op, anders had je van mij een maand in je kamer gekregen."
Aarzelend neemt Rachel de agenda aan. "Ik zal hem wel met bloemen versieren."

21

"Kun jij je dit voorstellen, Roza? Jarenlang, om precies te zijn, vier jaar lang geloofden Julio en ik er heilig in dat spoken echt bestonden. In mijn beleving hoorde ik ze, zag ik ze, wij waren zo overtuigd van hun bestaan. Het spook kwam met de regelmaat van de klok door het badkamerluikje gluren. Niet dat ik hem ooit duidelijk gezien heb, maar ik zag het luikje bewegen of hoorde een of ander geluid bij het luikje. Heel af en toe zag ik een vluchtige beweging of iets als een schim. Doordat het donker was, kon ik niet alles goed waarnemen. Eén ding was voor mij wel duidelijk; hij kwam altijd als het donker was. Niemand kon Julio en mij wijsmaken dat spoken niet bestonden. Tot de dag dat Dennis mij met mijn huiswerk kwam helpen."

Hoe gek kan het lopen. Het is voor Roza een heel mysterie, dat van al mijn nichten en neven, het uitgerekend Dennis was die mij met mijn huiswerk moest helpen. Voor mij was dit vanzelfsprekend, want elke mogelijkheid die zich voordeed om aan mijn lijf te zitten, greep hij aan als kans. Hij was zeer gehaaid; achterbaks, een beter woord heb ik er niet voor. Hij walste over iedereen heen. Over

De hele dag heeft Rachel in de blubber gespeeld. Het heeft
behoorlijk geregend. Haar benen zijn kurkdroog. Als Dudu
langs haar loopt, haalt ze haar neus op. "Bah, bah … Je
stinkt naar een bejaarde uil."
Deze hint heeft Rachel heel goed begrepen. "Ik ga zo
meteen douchen, hoor. Het water zal zeker wel weer
koud zijn."
Rustig sloft Dudu weer naar het voorhuis. Ze neemt
plaats in haar schommelstoel voor de televisie. De
soapserie die ze volgt gaat zo van start. In het achterhuis
dwarrelt Rachel nog rond. Eigenlijk durft ze weer niet te
gaan douchen. Stel je voor dat het luikje weer beweegt.
Voordat ze de douche ingaat, kijkt ze van een afstand of
het badkamerluikje dicht is.
Kort daarop keert Dudu terug in het achterhuis. "Ik zal snel
een pannetje water voor jou opwarmen. Wel opschieten,
ik wil geen minuut missen van mijn serie."
"Prima, ik doe intussen het luikje dicht … Brrr, het lijkt wel
een koelkast. Nog even en ik bevries hierbinnen."
Nadat Rachel het luikje dichtgemaakt heeft, duwt ze er
voor de zekerheid nog een keer stevig tegenaan.
Fijn dat Dudu een pannetje water wil opwarmen. Daar is
Rachel allang blij mee. Anders zou ze zich met koud water
moeten douchen. Meestal kijkt Dudu niet eens naar haar
om tijdens haar soapserie.
Dudu brengt het pannetje lauw water naar de badkamer.
"Goed alles wassen, hier heb je twee handdoeken. Denk
erom de nieuwe handdoek voor de bovenkant en de oude

voor de onderkant."

"Ja … ja … dat verhaal ken ik al, hoelang wonen wij hier samen in dit huis?"

Zonder een reactie te geven sloft Dudu weer naar het voorhuis. Met de handdoeken onder haar oksel, gaat Rachel vol vertrouwen de badkamer in. Nietsvermoedend.

Zie ik het goed …? Maar, maar … ik … ik heb het luikje toch dichtgemaakt? Hoe kan het zijn dat het openstaat? Vergis ik me? Nee, ik vergis me niet … Het kan toch niet vanzelf opengaan? Zie ik iets? Hoor ik iets? Is daar iemand …? Vraagt ze zich af.

De koude rillingen lopen over haar lijf. Ze krijgt het Spaans benauwd. Haar huid voelt aan als een kaalgeplukte kip, haar hart bonkt.

"Ik word toch niet gek?"

IJzig kruipt ze in de hoek van de badkamer. Ze durft geen stap meer te verzetten. En dan … dan hoort ze voetstappen. Voordat ze het zelf in de gaten heeft schreeuwt ze, zo hard als ze kan. "Dudu, help … help! Kom snel!"

Dudu haast zich naar de badkamer. Haar gezicht is bleek weggetrokken, alsof zij zelf een spook gezien heeft. "Wat is er aan de hand, je laat me schrikken?"

Zou Dudu haar geloven? Ze aarzelt eventjes. Daarom durft ze in eerste instantie niets te zeggen. Ze is bang om weer niet geloofd te worden, of zelfs dat Dudu haar voor gek zal verklaren, terwijl ze zeker weet dat ze iets heeft gehoord.

"Kom op, Rachel … Zeg eens wat, ik mis op deze manier mijn hele serie … Praat!"

"Ik … ik … heb het luikje dichtgemaakt en … en …"

"En nu is het luikje open …" vult Dudu haar lachend aan. "Meid, dat kan toch niet, denk zelf goed na. Wanneer houden deze spookverhalen van jou eens een keer op!"

Nog steeds staat Rachel te trillen op haar benen. Ze kan zich niet voorstellen dat niemand haar gelooft. Niemand schenkt haar enige aandacht wat betreft het spook.

Iedereen grapt wel mee.
"Ik durf echt niet alleen hier in het achterhuis achter te blijven. Wacht alsjeblieft even op mij, ik ga snel douchen. Dan gaan we samen televisiekijken."

Die avond als Rachel in haar bed ligt, kan ze niet slapen. Haar gedachten gaan steeds naar het luikje. Ze beeldt zich verschillende scenario's in. Stel je voor, een lange, enge hand met kromme vingers en zwartgelakte nagels die zich door het luikje wringt. Het kan ook een monster zijn met lange spitse tanden, of groen geverfd haar, en met grote oren.
"Zie ik een schaduw? Hoor ik wat? Oh, de buren komen thuis."
Rachel begint weer te rillen en kruipt diep onder haar laken. Ze doet het kussen over haar hoofd.
"Ik wil niets zien en ook niets horen. Dudu denkt dat ik me vergis, maar ik ben er zeker van. Ik vergis me niet. Wat is Dudu toch een goedhartig mens, ze ziet nergens kwaad in. Een lieve vrouw, dat is ze ongetwijfeld. Eigenlijk te lief voor deze wereld," fluistert ze.

Het gaat steeds slechter met Rachel op school. Dennis heeft Dudu aangeboden om Rachel te helpen met haar huiswerk.
"Ik wil niet dat meester Bemoeial zich met mijn schoolwerk komt bemoeien."
"Rachel, Rachel! Spreek niet zo lelijk. In plaats van waardering te tonen aan Dennis, spreek jij zo grof over een aardig persoon."
Tierend stamt Rachel door het achterhuis. "Ja, ja, aardig? Meester Bemoeial met de achternaam Afschuwelijk. Ik heb ook nog een bijnaam voor hem: Engerd."
"Hoe dan ook, ik heb de kennis niet om jou de lessen bij te brengen. In mijn tijd kreeg ik met een ander systeem

les, maar tegenwoordig is alles moderner. Ik heb het volste vertrouwen in Dennis, hij kan je zeker goed vooruit helpen."

"Maar ik wil niet door hem geholpen worden, ik moet hem gewoon niet."

Zoals Dennis met Dudu afgesproken heeft, komt hij de volgende dag om Rachel te helpen met haar huiswerk.

"Hoe is het afgelopen met de rekensommen? Die moet je morgen inleveren, toch?" vraagt Dennis heel liefelijk.

Ontdaan draait Rachel haar rug naar Dennis toe. Zijn liefelijke aanpak maakt geen indruk op haar.

"Maak je maar niet druk over die rekensommen. Als ik ze voor morgen niet af heb, krijg ik ze voor overmorgen wel af."

"Je hoeft je rug niet naar mij toe te keren. Pak je schrift maar en kom naast me zitten, we gaan er snel doorheen."

"Nee, nee, versta jij geen nee?"

Vanuit de keuken volgt Dudu het gekibbel. Het duurt niet lang voordat ze een kijkje komt nemen.

"Dennis, vergeef me voor dat onbeschofte gedrag van Rachel," zegt Dudu ongeduldig. "En Rachel! Ga nu onmiddellijk naast Dennis zitten en je draait hem de rug niet toe!"

Rachel aarzelt, ze laat zichzelf vallen op de stoel naast Dennis. Zodra Dudu naar de keuken is teruggekeerd, legt Dennis zijn hand op haar dijbeen.

"Als je maar met je tengels van me afblijft."

Dit vangt Dudu op, ze komt meteen weer de keuken uit.

"Rachel …! Zo praten we hier niet."

Direct heeft Dennis een weerwoord. "Ga maar gerust uw eten klaarmaken, ik kan Rachel wel aan. Ze heeft een tik op haar vingers verdiend, omdat ze met haar pen aan het spelen is in plaats van zich op haar sommen concentreert. Concentratie is bij haar ver te zoeken."

"Niet waar, liegbeest … je zat aan mijn …"

"Klopt, jij trok je hand terug, vandaar dat mijn hand op je dijbeen terechtkwam. Het was per ongeluk. Kom op Rachel, laten we die sommen maar afmaken. Of wil je liever met je Nederlandse taal beginnen?"

Dudu sloft terug naar de keuken. Achter Dudu's rug schopt Dennis onder de tafel tegen Rachels voet en fronst zijn voorhoofd. Hierdoor houdt Rachel haar mond. Ze heeft meteen begrepen dat ze te veel heeft gezegd.

Onverwacht verandert Dudu van gedachten en keert terug. "Oh, Dennis, ik ben het bijna vergeten, ik zag gisteren wat rijpe schubappels[61] aan de boom hangen. Het lijkt me een beter idee om ze nu meteen te plukken voor je. Anders heb je kans dat ik het later op de dag vergeet."

Zodra Dudu het achterhuis verlaat, kruipt Dennis dicht bij Rachel. Hij fluistert: "Je bent een echte dramamaakster. Het had niet veel gescheeld of Dudu had een verkeerd beeld van mij gekregen. Het is toch fijn als ik over je dijbeen aai? Of niet?"

"Het doet er niet toe of ik het fijn vind of niet. Ik wil het gewoon niet, punt … uit!"

"Ja, oké, is goed. Nu iets anders. Luister nu even héél goed naar mij. De volgende keer als ik bij het luikje ben moet je niet zo'n drama maken, net als de afgelopen keer."

Van schrik laat Rachel haar pen uit haar hand vallen. Haar mond valt open en haar ogen puilen uit.

"Bij het luikje …? Bedoel je bij het luikje? Luikje … ? Oooh, dus ik heb het luikje wél dichtgemaakt. Komt jij altijd bij het luikje? Dus jíj bent het spook. Tante Swinda heeft gelijk. Spoken bestaan niet. Jíj komt altijd bij het luikje. Al jaren doe je dit. Het is toch niet te geloven! Zie je wel … ik ben niet gek."

"Voortaan kun je rustig blijven. Vanaf heden weet jij dat

---

[61] Tropische vrucht.

ik bij het luikje kom. Maak in het vervolg niet meer zo'n drama als ik bij het luikje ben, hè, anders gaat Dudu iets vermoeden."

Rachels lichaam voelt koud aan. Ze zakt achterover in haar stoel. Het lijkt alsof de wereldbol stilstaat, en haar eigen bol rondtolt.

Intussen streelt Dennis zachtjes haar dijbeen, met de bedoeling om Rachel te troosten. Hij heeft gezien hoe geschrokken Rachel is en toont 'in zijn voordeel' medelijden. Met kracht duwt Rachel zijn hand weg en buigt haar hoofd. De gedachte dat Dennis haar in haar blootje heeft gezien, verstomt haar. Ze schaamt zich. Even later hervat ze haar moed. "Hoe kan ik zo dom zijn, ik had dit kunnen weten," zegt ze zelfverzekerd.

"Beloof jij me dat je Dudu niets laat vermoeden? Praat er met niemand over. De klappen van je moeder zijn niet te genieten. Zie dit als een waarschuwing."

Door een intens gevoel van onmacht verheft Rachel haar stem. "Maar wat bedoel je eigenlijk met 'vermoeden'? Dus het is allemaal niet goed wat je met mij doet? Volgens mij heb je helemaal geen toestemming van mams."

"Ssst ... niet zo hard praten."

Dennis gluurt door de sierblokkenmuur naar buiten, naar waar Dudu is.

Dan buigt hij zich tot dicht bij Rachels oor. Hij fluistert: "Jawel hoor, het is zelfs heel goed, geloof me nou maar. Ik heb je toch al eerder verteld dat ik toestemming heb van je moeder. Maar ze vindt je nog net ietsjes te jong. Ik lieg echt niet. Dus praat er maar niet over, want je krijgt klappen. Ik verzeker het je. Geloof mij nou maar. Denk er nogmaals goed over na. Wij praten morgen tijdens het huiswerkuurtje verder. Nu moet ik eigenlijk naar huis."

Wat is Rachel opgelucht. Ze heeft de zekerheid dat er geen spook bij het luikje komt. Niemand zou haar meer voor gek kunnen verklaren. Maar daarmee is het probleem niet opgelost. Een diep verdriet kwelt haar ziel. Zelfs in de badkamer laat Dennis haar niet met rust.

"Ineens kreeg ik twee klappen achter elkaar te verwerken: Paps verkocht de kippenboerderij en Dudu ging naar het ziekenhuis. Vanaf de periode dat Dudu in het ziekenhuis lag, ben ik me gaan afvragen of Dennis ook met mijn nicht Chika afspraakjes had."
Roza krabt achter haar oor, daarna leunt ze met haar handen in bidhouding over de tafel. "Waarom dacht je dat? Had je er aanwijzingen voor?"
"Niet echt, maar als ik nu terugkijk, herken ik bepaalde momenten die ik nu wel kan verklaren. Bijvoorbeeld hoe hij eerst rondkeek voordat hij iets tegen Chika smiespelde. Maar ook zijn taalgebruik, waar geen touw aan vast te knopen was. En de dubbelzinnige grapjes die hij naar Chika toe maakte."
"Het is me nu duidelijk."
"Weet je hoe bang ik was dat hij Josephine iets zou aandoen? Slapeloze nachten heb ik daarvan gehad. Nog steeds kan ik niet begrijpen waarom ik in eerste instantie, dus de allereerste keer, niet van mij afgebeten heb. Ik denk dat ik toen te jong was. Negen jaar, makkelijke prooi. Ik ben er gewoon in meegegroeid, zou je kunnen zeggen. Naar mijn mening heeft hij ook misbruik gemaakt van het

Na school zit Rachel in het achterhuis aan haar
tekenopdracht te werken. Ineens hoort ze de kippen
van paps behoorlijk kakelen. Dudu heeft het gekakel ook
gehoord.
"Waarom kakelen de kippen zo? Er is vast en zeker iets
aan de hand. Kom Rachel, doe je schoenen aan. Wij gaan
kijken."
Samen rennen ze naar de kippenboerderij. Als ze daar
eenmaal aangekomen zijn, zien ze enkele onbekende
mannen. De mannen laden de kippen op in hun pick-up.
Een forse donkere man heeft de leiding.
"Niet te veel kippen in één jutezak," roept hij naar een
korte man.
"Hoeveel wil je er dan in één zak hebben?"
"Niet meer dan vijf."
"Ik hoor je niet, hoeveel zeg je?"
Door het gekakel van de kippen kunnen ze elkaar slecht
verstaan. Een kleine, dunne man, die zich met een snel
loopje voortbeweegt en ook nog X-benen heeft, raapt alle
eieren op.
Dudu haast zich naar de man die de leiding heeft.
"Goedemiddag meneer, wat heeft dit te betekenen?"
"U ziet het toch? Wij nemen ons eigendom mee."
"Hoe bedoelt u, uw eigendom? Deze kippen zijn van

188

Benny!”
“Ze waren van hem. Ik heb ze gisteravond gekocht.”
De man haalt het aankoopbewijs uit zijn zak. Dudu zegt niets meer.
Rachel voelt de grond onder haar voeten wegzakken.
“Dan kan niet, dat bestaat niet … laat mij het aankoopbewijs zien, waar zijn handtekening op staat.”
Ze hoopt dat die vervalst is. Tot haar verbazing is het wel de handtekening van paps. Al die kringen rond zijn achternaam zijn typisch voor paps. Niemand is in staat om de handtekening van paps na te maken. Tranen rollen over haar wangen.
De nieuwe eigenaren nemen alle kippen mee. Voordat ze wegrijden komt de forse man naar Rachel toe. “Ja meisje, verkocht is verkocht.”
“Mijn vader was zeker dronken, kan niet anders.”
“Klopt … maar hij gaat met het ontvangen geld een snackbar beginnen, zei hij.”
De kippenhokken blijven troosteloos leegstaan.

Na veel aandringen van Rachel heeft Dudu toegestaan dat ze na school bij Roza mag gaan spelen. Ze wil na school niet alleen thuis zijn. De kans dat Dennis langs komt, is groot. Vanmiddag moet Dudu naar de huisarts, ze heeft al enige tijd pijn in haar zij.
“Ik laat je moeder je om vijf uur bij Roza ophalen.”
Klokslag vijf uur staat mams voor de deur. Ze springt uit de auto. Ze haast zich naar binnen. Normaal gesproken doet mams altijd rustig aan. Dan lijkt het alsof ze alle tijd van de wereld heeft.
“Goedemiddag mevrouw, moeder van Roza, ik heb vandaag geen tijd om bij te kletsen. Er is nog zo veel te doen.”
Het valt Rachel op dat zelfs de motor van de auto nog draait. Er is iets niet pluis!

"Geen probleem, Vilma. Volgende keer als Rachel komt spelen, verwacht ik je op bezoek."

Helemaal van slag draait Rachel rond met haar schoenen in de hand.

Mams verliest haar geduld. "Opschieten Rachel, schoenen aan en de auto in, ik heb nog veel te doen."

Razendsnel rent Rachel achter mams aan. Onderweg is mams stil, het is nu overduidelijk dat er iets aan de hand is. Anders zou mams al een hele waslijst hebben van wat Rachel wel of juist niet moet doen. Ze durft niet te vragen wat er aan de hand is. Mams zet haar thuis bij Dudu af.

"Dudu heeft je iets te vertellen," zegt mams kortaf.

Met de deur halfopen blijft Rachel een paar tellen zitten.

"Kom op, gauw naar binnen en doe de autodeur dicht, Rachel!"

Gespannen loopt Rachel naar het achterhuis. Hoe dichter ze bij de huisdeur komt, hoe zwaarder haar benen worden. In het achterhuis treft ze Dudu zittend aan de eettafel. Naast de stoel waar ze op zit, staat een koffer.

Vragend kijkt Rachel Dudu aan. Haar bezorgde blik valt Dudu meteen op. "Er is niets ernstig aan de hand. Ik moet voor enkele dagen naar het ziekenhuis."

Heel rustig laat Rachel haar schooltas op de grond zakken. Haar gedachten gaan alleen maar over haarzelf. Wie komt er dan voor mij zorgen? Of ga ik bij mams slapen? Wie brengt Dudu weg? Zwijgend staart ze naar de koffer die naast de stoel staat. Om niet over te komen alsof ze geen begrip heeft voor de situatie, wil ze niets vragen. Terwijl ze veel vragen heeft, maar die houdt ze liever voor zichzelf.

"Ga maar met een gerust hart naar het ziekenhuis. Ik zal zeker voor u bidden." Rachel raapt haar schooltas weer van de grond op. "Wie brengt u naar het ziekenhuis? Ik wil graag mee."

"Dennis gaat me brengen. Wat is hij toch een fantastische man. Ik kan altijd op hem rekenen. Waar zou ik zijn zonder hem."

Het is niet de eerste keer dat Dudu Dennis de hemel in prijst.

Verschrikt laat Rachel weer haar schooltas vallen. Het antwoord komt als een slag bij heldere hemel.

"Wat ... niet te geloven! Moet hij niet werken?"

"Jawel, hij heeft vrij genomen."

Het antwoord van Dudu dringt niet tot haar door. De gedachten die door haar hoofd gaan, laten haar niet los. Ze herinnert zich de avond dat Dennis haar naar het bos heeft meegenomen. Nooit meer wil ze alleen met hem in een auto zitten.

"Och, ik kan niet meegaan, ik heb veel te veel huiswerk, bijijijna ... vergeten! En daarbij, het wordt steeds gekker met die Dennis. Die steekt zijn neus altijd in andermans zaken. Het lijkt wel alsof hij hier in huis woont. Gaan jullie maar alleen."

Zeer ontevreden raapt Rachel haar schooltas weer op. Stampvoetend wil ze naar haar slaapkamer lopen, maar Dudu roept haar terug. Haar uitlatingen zijn niet in goede aarde gevallen.

"Ik wil nog drie punten met jou bespreken. Ten eerste, toon respect voor Dennis. De laatste tijd ben je zo respectloos naar hem toe. Ze kunnen het wel de puberteit noemen, maar ik noem dat respectloos. Ten tweede, Chika komt hier in huis bij jou logeren. Ik ben maar voor twee weken weg. Ten derde, denk erom dat je Chika gehoorzaamt en lief bent."

Rachel knikt, ze belooft Dudu dat ze zich aan de afspraken zal houden. Diep in haar ziel weet ze dat ze een belofte maakt waar ze zich toch niet aan zal houden. Respect tonen aan Dennis is een beetje te veel gevraagd. Daarnaast houdt Chika zich altijd strikt aan de huisregels. Daar komt geen speld tussen. Rachel vindt haar een lieve nicht, maar zit er niet op te wachten om twee weken met haar onder één dak te zijn.

Vlak nadat Chika aangekomen is, arriveert Dennis ook.
Dudu stapt in zijn pick-up, Dennis draagt haar koffertje.
Rachel voelt boosheid opkomen. Eigenlijk had zíj het
koffertje willen dragen.
Onbewust wordt ze door Chika uit haar boze gedachten
gehaald. "Kom op, zwaaien Rachel, met twee handen."
Samen zwaaien ze Dudu na, totdat de pick-up de bocht
om is.
Eenmaal binnen laat Chika geen gras over haar huisregels
groeien. "Ik wil dat jij weet dat ik voor deze twee weken je
moeder ben. Je luistert naar mij en je doet wat ik je zeg.
Knoop dat maar goed in je oren. Ik ben Dudu niet, mijn
naam is Chika, dus ... verwacht van mij geen verwennerij.
En nog iets ... geen spookverhalen of schaduwen bij het
doucheluikje. Zorg dat je vroeg gaat douchen en 's avonds
kijken wij samen televisie."
Alhoewel Rachel geen liefhebster is van televisie kijken,
vindt ze het in dit geval niet erg om in de avonduren dicht
bij Chika in de buurt te zijn. Bij haar voelt ze zich in ieder
geval veilig en misschien doet zich een mogelijkheid voor
dat ze Chika kan vertellen dat Dennis bij het luikje komt
kijken.
De dagen gaan voorbij. Elke avond daagt Dennis op.
Zogenaamd komt hij de soapserie volgen. Van het
geheim tussen Dennis en Rachel is Chika niet op de
hoogte. Daarom verblijdt Chika zich met zijn bezoeken.
Daarentegen ergert Rachel zich aan zijn aanwezigheid.
Want hij maakt misbruik van elke kans die zich voordoet.
Heel geniepig fluistert hij dan iets tegen Rachel. En als de
mogelijkheid zich voordoet, zit hij weer aan haar lichaam.
Vandaag is Dennis een beetje aan de late kant. Hij rent
snel het voorhuis binnen. "Wat heb ik me moeten
haasten zeg, is de soapserie al begonnen?"

Ongeïnteresseerd heft Rachel haar hoofd op, kijkt hem
aan en gaat weer verder met haar tekening.
Chika maakt een grap: "Nee, de acteurs wachten op jou.
Neem maar snel plaats zodat ze kunnen beginnen."
Dennis gaat op de bank naast Rachel zitten. Zijn bekende
parfumluchtje dringt de hele huiskamer binnen.
"Hoeveel parfumflesjes heb jij vandaag opgespoten?"
vraagt Chika.
"Ik had eerder verwacht dat je me zal gaan vragen wat ik
te drinken wil."
"Geen probleem, meneer de eigenaar van de
parfumfabriek. Ik haal wel een glas juice[62] voor je."
Als Chika naar het achterhuis gaat om het glas juice te
halen, maakt Dennis gelijk gebruik van het moment. Eerst
gluurt hij of Chika echt in het achterhuis is.
"Nadat ik bij jou het lekkere ding gedaan heb, zal ik het
ook bij Josephine doen."
Rachel verstijft. De kans om Dennis te vragen wat hij
met 'het lekkere ding' bedoelt, krijgt ze niet, want Chika
is heel snel teruggekeerd. Dennis zwijgt. Eén ding weet
Rachel: wat ze met Dennis meemaakt is allesbehalve
'het lekkere ding'. Ze wil niet dat haar zusje deze ellende
meemaakt. Daarom neemt ze haar zusje in bescherming
als Dennis op bezoek komt. Zolang Dennis aanwezig
is, blijft ze dicht bij Josephine in de buurt. Ze gunt hem
de kans niet om aan Josephines lichaam te zitten. Dat
akelige gevoel mag Josephine niet meemaken. Nu Dudu
in het ziekenhuis ligt, komt Dennis vaker op bezoek. Bij
elk bezoek blijft Dennis haar eraan herinneren dat het
hun geheim is. Ook herinnert hij haar aan de klappen
die zullen vallen als ze erover zal praten. Hierdoor wordt
Rachel zich steeds bewuster van de ernst van de situatie.
Als ze echt geen klappen wil, moet ze er zeker voor

---

[62] Sap

zorgen dat niemand achter het geheim komt. Ze weet dat mams rap is in het geven van klappen. Vandaar dat ze 'het geheim' ook goed verbergt. De spanning in huis loopt langzaam maar zeker op. Doordat Rachel constant rekening moet houden met Dennis, ervaart ze de situatie alsof ze geen eigen keus heeft. Het komt op haar over alsof Dennis over haar doen en laten beslist. Rachel heeft er steeds meer mee moeite om smoesjes te bedenken of uit het huis te moeten vluchten.

Op een avond serveert Chika tijdens de soapserie zoute pinda's.
"Jemineetje, ik krijg wel dorst van jouw zoute pinda's. Heb je ook ijskoud water?" vraagt Dennis.
"Ik heb water uit de koelkast, het is niet ijskoud," antwoordt Chika.
"Geen probleem, doe voor mij een paar ijsklontjes erbij."
"Heeft meneer nog meer wensen?"
"Ja, nog maar eentje."
"En ...?" Chika kijkt Dennis vragend aan.
"Spring maar zelf ook in het glas."
Chika lacht uitbundig. Dennis knipoogt naar Rachel. Zo opvallend mogelijk draait ze haar gezicht de andere kant op.
"Ik kijk wel uit, zo meteen drink je me erbij op," giechelt Chika.
Dennis moet zelf om zijn grapje lachen.
Zodra Chika naar het achterhuis is vertrokken, maakt Dennis weer gebruik van de gelegenheid. Hij weet dat het maar kort duurt voordat Chika in het voorhuis terugkeert.
"Het gaat nu echt niet lang meer duren, ik maak spoedig tijd voor je."
"Enkele dagen geleden had je het over 'het lekkere ding'. Vandaag wil je tijd voor me maken. Weet je wat ík wil?"
"Tuurlijk, jij wil wat ik ook wil."

Rachel geeft het op. Met de smoes dat ze ook dorst heeft,
loopt ze naar het achterhuis. Samen met Chika komt ze
terug. De druk die Dennis op haar schouders legt, wordt
steeds zwaarder. Hierdoor voelt Rachel zich onzeker naar
Chika toe. Ze kan zich niet voorstellen dat Chika zo'n
plezier aan Dennis' aanwezigheid beleeft. Terwijl zij zijn
aanwezigheid alleen maar als ergernis ervaart. Hierdoor
weet ze zich geen houding te geven. De spanning tussen
haar en Chika loopt steeds hoger op. Al haar frustraties
reageert ze af op Chika. Ondertussen speelt Dennis de
voorbeeldige grappige oom.
'Rachel, jij moet je wel gedragen, hoor!' geeft hij haar vaak
te kennen.

> *"Met de tijd kon ik Dennis steeds minder uitstaan. Telkens als ik hem grapjes zag maken met anderen walgde ik. Alles wat hij bij anderen deed, gaf mij het gevoel alsof hij dat ook bij mij deed. Op datzelfde moment kreeg ik spontaan kippenvel. Om dit gevoel voor te zijn, draaide ik tijdens zijn grapjes opzettelijk mijn gezicht van hem weg. Ook beeldde hij zijn grapjes vaak uit. Ik had met mezelf afgesproken dat ik zijn uitbeeldingen ook niet wilde zien. Ik kon wel kotsen bij die grapjes die hij met Chika uithaalde."*
>
> *"Ik kan me wel herinneren dat Dennis vroeger ook grapjes met mij uithaalde,"* vertelt Roza. *"Maar die waren niet buitensporig."*
>
> *"Misschien liep hij zijn slachtoffers wel een voor een af."*
>
> *"Wie weet,"* zegt Roza, misschien had hij een hele harem, terwijl niemand iets van elkaar wist. Je weet het maar nooit."*
>
> Rachel haalt diep adem, en trekt haar schouders op. *"Van zulke monsters kun je van alles verwachten."*

Onverwacht heeft Chika een verrassing voor Rachel. "Vanmiddag, ná school, gaan wij bij Dudu op bezoek."

"Dit is een echte verrassing, ik ben ongelooflijk blij dat ik Dudu weer ga zien."
Na school heeft Rachel geen tijd om met iemand te praten. Ze haast zich naar huis. Samen met Chika eet ze snel een boterham. Daarna nemen ze de bus naar het ziekenhuis. Als ze bij Dudu's slaapzaal aankomen, rent ze naar binnen en vliegt ze Dudu om haar nek. Bij haar op de slaapzaal liggen nog vijf andere patiënten. Bij elk bed staat een houten stoel. Aan het voeteneinde van Dudu's bed hangt een kaartje met haar naam en een briefje met wat aantekeningen van de dokter. De houten jaloezieën houden heel wat licht tegen. Er hangt een medicijnlucht in de slaapzaal.
"Wat heb ik jou gemist, Dudu," zegt Rachel.
"En wat ben ik blij om jou te zien. En hoe gaat het thuis?" wil Dudu weten.
"Tot nu toe gaat het goed, ik ben lief voor Chika, heel lief zelfs."
Chika glimlacht.
"Houd het zo," zegt Dudu, "ik wil geen commentaar horen als ik thuiskom."
Met heel veel plezier vertelt Chika dat Dennis elke avond langskomt en dat ze het gezellig hebben.
"Ik weet niet wat jij gezellig vindt, met zo'n monster in huis," schreeuwt Rachel.
Voordat ze verder kan gaat met blèren, grijpt Dudu in. "Rachel, Rachel ... heb toch respect, Chika vindt het gezellig. Jíj hoeft het niet gezellig te vinden. Daarbij is Dennis geen monster, maar iemand die je hoort te respecteren."
Als Dudu haar hoofd omdraait om een sinaasappel te pakken, knijpt Chika in Rachels bovenarm. "Maak Dudu's hoofd nu niet moe met je onzinnige gedrag," fluistert Chika.
Daar geeft Rachel niets om, ze blijft op dreef. "Het doet toch geen pijn ... lekker puh voor je."

"Kijk eens Rachel, ik heb een sinaasappel voor jou bewaard, hebben ze vanmorgen uitgedeeld. Ik dacht aan jou, eet maar lekker op." Met deze woorden probeert Dudu de rust terug te brengen.

Maar het mag niet van lange duur zijn. Als de bel gaat, die het einde van de bezoektijd aankondigt, begint Rachel te huilen.

"Wat is er toch aan de hand?" vraagt Chika.

"Ik ga niet naar huis, ik wil hier blijven. Ik mis Dudu."

Door het gebrul raakt Chika gepikeerd, ze trekt Rachel gewoon mee. "Volgende keer neem ik je niet meer mee op bezoek. Ik schaam me om jouw gedrag."

De dag erop brengt mams Josephine naar Chika toe, zodat zij het haar van Josephine kan kammen. Maar zowel Rachel en Josephine hebben geen zin om hun haar door Chika te laten kammen. Het 'afscheidsvoorval' bij Dudu in het ziekenhuis zit Rachel nog steeds dwars. Al enige dagen heeft ze mot met Chika, en vandaag krijgt ze steun van Josephine. Josephine is niet op de hoogte van de spanning die er heerst. Ze doet gewoon met Rachel mee.

Ongeduldig schreeuwt Chika naar Rachel: "Voor de laatste keer, Rachel, ik zeg het je niet nog eens. Pak die haarborstel en die haarkam en kom hier!"

"Ik wil mijn haren niet kammen. Als Dudu thuiskomt, kamt zij mijn haren."

Chika's stem klinkt steeds agressiever. Daar ligt Rachel niet wakker van. Zonder enige moeite houdt ze gewoon vol dat ze niet gekamd wil worden. Ze vergeet dat ze Dudu een belofte heeft gedaan.

"Josephine, kom jíj dan maar je haar kammen."

Josephine doet alsof ze gekamd wil worden, ze gaat op de stoel zitten. Chika haalt opgelucht adem, maar op dát moment schiet Josephine uit de stoel. Rachel en Josephine barsten in lachen uit.

"Oh, nee Chika … jij trekt aan mijn haar!" roept Josephine er nog achteraan.

Hulpeloos staat Chika met de kam in haar hand te kijken naar de lachende zusjes. "Josephine, dit is echt de laatste waarschuwing, hier zitten!"

Vanachter Chika's rug seint Rachel met haar vinger 'nee' naar haar zusje. Dit geeft Josephine meer vertrouwen om haar stem te verheffen. "Hoor jij me niet? Nee, en nog eens nee, ik heb te veel klitten in mijn haar."

Op een vriendelijkere toon probeert Chika nog even om Rachel over te halen. "Heb jij je haarkam al, Rachel?"

"Haarkam, wat is dat? Josephine, weet jij wat een haarkam is?"

Eindelijk ziet Chika in dat ze de strijd verloren heeft. Ze gilt: "Bekijken jullie het maar, doe maar wat jullie willen. Zet het hele huis maar op zijn kop als jullie daar zin in hebben. Ik heb het gehad met jullie!"

Josephine en Rachel laten het zich geen twee keer zeggen. Ze nemen de woorden letterlijk . Het hele interieur draaien ze ondersteboven. Stoelen, tafels, banken, alles zetten ze ondersteboven neer, tot de schilderijen toe.

Machteloos staat Chika te kijken en barst in tranen uit. Rachel en Josephine hebben geen medelijden.

"Wacht maar totdat jullie moeder terug is. En als Dudu weer thuis is, zal ik haar alles vertellen."

Zonder enige moeite steekt Josephine haar tong uit naar Chika. Dansend in de rondte zwaait Rachel met de haarkam.

"Weten jullie wat ik doe? Ik laat jullie maar aan jullie moeder over. Met jullie weet ik geen raad meer. Jullie zijn net vogelverschrikkers, met jullie ongekamde haar."

Hierdoor lachen Josephine en Rachel, Chika nog meer uit en hitsen haar nog meer op.

"Wil jij zó moeder zijn over ons?" lacht Rachel haar uit.

"Wat een zielige moeder ben jij," haakt Josephine erop in.
"Je kunt je kinderen nog niet eens aan."
Buiten klinkt het geluid van een naderende auto.
"Mams!" schreeuwt Josephine. Ze hebben er geen
rekening mee gehouden dat dit moment zou aanbreken.
Zo snel als ze kan, wil Josephine wat stoelen rechtop
zetten, maar ze er krijgt er de kans niet voor, ze hoort het
portier van de auto al dichtslaan.
"Kom snel Josephine, rennen, wegwezen van hier."
Samen rennen ze het bos in.
"Och, kijk naar mijn haren op mijn hoofd. Chika heeft
gelijk, net een vogelverschrikker. En jij, Josephine, jij hebt
geen schoenen aan."
"Ach, dat is niet zo erg. Maar wat gaat er nu gebeuren?
Wanneer gaan we terug naar huis?"
Daar heeft Rachel niet over nagedacht, het enige
wat ze dacht was 'vluchten voor mams'. Ze geeft een
ondoordacht antwoord. "Morgen."
Josephine zegt heel serieus: "Durf jíj vanavond hier … in
de bosjes … te slapen?"
Rachel wil haar woorden niet terugnemen. "Waarom
niet? Fikkie stoken, warm worden en slapen."
Op de grond liggen wat palmtakken, Rachel gaat erop
liggen. Josephine sleept er wat palmtakken bij. Ze vindt
het een zware klus, het zweet loopt over haar rug.
"Eerlijk gezegd slaap ik liever in mijn bed dan op
palmtakken. We hebben nog niet eens een laken.
Waarom doe jij je zusje dit aan?"
"Jij moet een sterke meid worden, daarom."
"Ach bah, hierbuiten zijn er veel kakkerlakken, ieuwww!"
Meteen springt Rachel van de palmtakken op.
Kakkerlakken zijn Rachels aartsvijanden. "Waarom zeg je
dat nou?"
Josephine begint te schaterlachen. "Dommerik,
kakkerlakken komen niet als je fikkie stookt."

Rachel gelooft er niets van. Intussen legt Josephine haar palmtakken naast die van Rachel en gaat erop liggen. Alleen al de gedachte dat er kakkerlakken kunnen zijn, doet Rachel naar huis verlangen.
"Kom, laten we naar huis gaan voordat de kakkerlakken komen, hier is het toch maar niks."
Op hun dooie gemak slenteren ze samen naar huis.
Als ze thuis aankomen, treffen ze mams aan de eettafel.
"En …? Waar komen de dames vandaan?"
Josephine en Rachel kijken elkaar zwijgend aan. Mams kijkt Josephine aan, daarna kijkt ze naar Rachel, en weer naar Josephine. Ondeugend wijst Josephine met haar wijsvinger naar Rachel.
"Ja, Rachel, zeg jij het maar," zegt ze.
"Nou … wij waren opa aan het helpen. Ik gaf de plantjes water en Josephine had tomaten geplukt."
Mams twijfelt een beetje. "Is dat waar, Josephine?"
Josephine spert haar ogen open en knikt.
"Zorg dat jullie nu onmiddellijk alle meubels weer op hun plaats zetten. Begin maar met deze eetstoelen."
Zonder enig protest worden de meubels weer op hun plaats gezet. Rachel en Josephine zijn allang blij dat mams niet zo boos is. Waarschijnlijk vond ze de stunt zelfs grappig.

De twee weken zijn eindelijk voorbij. Straks komt Dudu weer naar huis. Rachel is echt blij, ze kan niet wachten. Zingend doet ze de afwas en zonder enig commentaar te geven, heeft ze op eigen initiatief de slaapkamer van Dudu helemaal afgestoft. Ze weet dat mams al onderweg is naar het ziekenhuis om Dudu op te halen. Het laatste beetje was wordt nog snel door Chika opgehangen.
Nadat Rachel klaar is met afstoffen, gaat ze buiten onder het afdak zitten wachten. Chika komt er ook bij zitten.
"Wat duurt het wachten toch lang, hè Chika?"
"Had dat maar eerder gezegd. Kijk daar heb je ze al."

Als een speer vliegt Rachel naar de auto. Ze neemt Dudu bij haar arm en leidt haar naar binnen. Na de operatie kan Dudu nog niet zo goed lopen. Even later zit iedereen rond de tafel, ze luisteren naar de ziekenhuisverhalen van Dudu.

> *"De aanvallen van Dennis werden op een gegeven moment steeds complexer, waardoor mijn gedrag thuis en op school ondraaglijker werd, en ik werd steeds brutaler naar hem toe.*
> *Op een gegeven moment kreeg ik alleen maar onvoldoendes op school. Mijn ouders werden telkens verzocht om naar school te komen."*
> *"Jij had altijd een smoes waarom jij je huiswerk niet afhad. Ik was jaloers op je creatieve smoezen. Ik had me weleens afgevraagd hoe jij aan die originele smoezen kwam. Nooit ben ik de smoes vergeten van jullie hond die over het glas gelopen had. Zelfs de juf moest erom lachen, weet je nog?"*
> Rachel knikt.
> *"Ik ging liever samen met Julio zwemmen in de regenbak, dan dat ik mijn huiswerk maakte. Ik kon me heerlijk ontspannen wanneer wij gingen zwemmen in de regenbak. Het was ook een plek waar ik me veilig voelde, want Dennis kwam nooit bij tante Rita."*

De wind waait hard, de molen van de put draait flink. Het putwater stroomt met kracht de regenbak in. Opa heeft vorige week een schildpad in de regenbak gezet. Rachel weet niet hoe opa aan die schildpad is gekomen, dat zijn grotemensenzaken.

Julio heeft een naam bedacht voor de schildpad, namelijk Meneer Schildpad. Om er zeker van te zijn dat de regenbak vol is, klimt Rachel op de rand. Inderdaad, hij is mooi vol en meneer Schildpad geniet ervan. Eigenlijk durft ze niet alleen bij Meneer Schildpad in de regenbak te gaan zwemmen. Het zal pas gezellig zijn als Julio en Josephine ook meekomen.

Snel klimt Rachel van de regenbak af om Julio te gaan halen. Tot haar verbazing is Julio nergens te vinden. In het hoffie van tante Rita niet, ook niet in het hoffie van opa. Onderweg komt Rachel Josephine tegen. Die heeft Mekkie net vers gras gebracht.

"Héy Josephine, kom jij mee zwemmen in de regenbak?"

"Nee, ik heb net een nieuwe Suske en Wiske, ik ga die liever lezen."

"Het is altijd hetzelfde met je, je komt nooit met ons zwemmen."

Samen lopen Rachel en Josephine een stukje in de richting van mams huis. De auto van Dennis staat bij mams voor de deur.

"Wat moet hij nou weer hier doen?" vraagt Rachel aan Josephine.

"Weet ik veel? Hij mag komen doen wat hij wil. Zolang ik hem niet hoef te groeten, vind ik alles prima."

Josephine's antwoord verrast Rachel niet. Wel heeft ze nog steeds moeite om Josephine te vragen of Dennis naar haar ook onbegrijpelijke taal gebruikt. Of dat hij aan haar lichaam zit. Rachel maakt zich hier zorgen over.

"Vind je … vind je … hem nog steeds irritant?" vraagt Rachel voorzichtig.

Ze kan zich herinneren dat Josephine haar ooit verteld heeft hoe irritant ze hem vindt.

Josephine schroomt een beetje. "Irritant is iets anders, ik 'moet' hem gewoonweg niet."
"Maar … waarom dan, wat is er gebeurd?"
"Niet echt veel, als ik met mijn poppen speel, wil hij ook altijd meedoen. Altijd dringt hij aan om 'papa' te zijn. Dit is mijn reden om hem een indringer te vinden. Om van hem af te komen, heb ik een uitweg bedacht. Zodra ik om vijf uur de toeter van Shell[63] hoor, weet ik dat ik mijn speelgoed moet opruimen, want dan is hij onderweg naar Dudu. Gelijk als de toeter gaat, breng ik al mijn poppen naar bed. Voor de zekerheid sluit ik de gordijnen en de deur van het poppenhuis, zodat het hem meteen opvalt dat ik niet in het poppenhuis ben. Vanaf dat moment zorg ik dat ik binnen in de buurt van Dudu ben. Doe ik dat niet, dan staat hij gegarandeerd bij het poppenhuis. Tot vervelens toe probeert hij om op één of andere manier mee te spelen."
Aandachtig luistert Rachel. Het antwoord van Josephine wekt Rachels nieuwsgierigheid erg op. Het liefst wil ze alles weten. Maar Josephine houdt het kort. Op dit moment wil ze haar verhaal aan Josephine vertellen. De angst grijpt haar weer naar de keel, ze schraapt haar keel en zwijgt.
"Kom, laten we toch maar gaan zwemmen," stelt Rachel nogmaals voor.
Weer steekt Josephine haar Suske en Wiske in de lucht. "Nee hoor, ik wil hem vandaag uitlezen."
"Doe jij je ding maar, ík ga wel zwemmen."
Bedachtzaam volgt ze Josephine totdat ze door de huisdeur naar binnen is. Eenzaamheid overvalt haar. In haar eentje gaat ze op de rand van de regenbak zitten.
"Wat jammer, nu ben ik weer alleen, waar kan Julio toch zijn? Weet jij dat, Meneer Schildpad?"
Ze heeft een plan. Als ze Meneer Schildpad alvast wat

---

[63] Olieraffinaderij Shell heeft een toeter, klokslag halfvijf gaat de toeter af, wat einde van de werktijden betekent. Het is over een groot deel van het eiland te horen.

brood geeft, zal hij straks, als ze in de regenbak springt,
niet meer zo hongerig zijn. De keukendeur van tante Rita
staat op een kier, vrolijk huppelt ze de keuken binnen.
"Mag ik wat brood voor meneer Schildpad?"
Op zoek naar oud brood, rommelt tante Rita in de
broodtrommel.
Plotseling hoort Rachel een geluid op het zinken dak.
"Wat is dat? Weet u wat voor geluid dat is?"
"Eerlijk gezegd niet. Het lijkt wel alsof iemand op het dak
loopt."
Aandachtig volgt Rachel het geluid. Het verplaatst zich
van links naar rechts. En dan weer terug.
"U heeft gelijk, het zijn voetstappen. Die maken een
verschrikkelijke herrie op het zinken keukendak. Wacht, ik
ga wel even kijken, tante. Als ik op de regenbak klim, kom
ik vanaf daar heel makkelijk op het keukendak."
Zonder erover na te denken rent Rachel de deur uit, tante
Rita roept haar nog na: "Pas op dat je er niet vanaf valt!"
Als Rachel op de regenbak staat, komt ze oog in oog te
staan met een naakte Julio. "Julio! Wat doe jíj hier op het
keukendak, en waarom heb je geen kleren aan?"
Zo snel als hij kan, verstopt Julio zich achter de grote
amandelboom die over het keukendak groeit. "Ga weg jij!
Wát doe jíj hier? Ik wil rust!"
Rachel draait haar gezicht van Julio weg. "Ja, ik ga al
weg,maar ... waarom heb je geen kleren aan?" Dit
voorval is nieuw voor Rachel.
"Het gaat je niets aan, ik wil rust, laat me alleen."
"Ja, maar je bent naakt ... dit is toch niet normaal? Wat
doe je naakt op het dak? Kom maar van het dak af!"
Eén ding is Rachel duidelijk, Julio wil niet van het dak
af. Hij laat Rachel duidelijk merken dat hij ook geen
gezelschap wenst.
"Oké, jij je zin, ik ga wel alleen met Meneer Schildpad
zwemmen. Toevallig is de regenbak vandaag heel erg vol.

Zo vol hebben wij de regenbak allang niet gehad."
Voorzichtig laat Julio vanachter de grote tak van de
amandelboom zijn gezicht zien. "Is dat waar? Is de bak
inderdaad zo vol?"
"Echt waar! Kom nou van het dak af en ga je aankleden."
"Ik mag me niet aankleden van ma."
"Hoezo niet? Welke moeder laat haar kind naakt
rondlopen?"
"Dat komt omdat ik gisteren zonder toestemming ben
weggelopen. Nu vreest ma dat ik vandaag weer wegloop.
Daarom heeft ze besloten om mij naakt in mijn slaapkamer
op te sluiten. Toen ben ik vanuit het slaapkamerraam op
het dak geklommen."
Julio vertelt dat hij van plan is om op het dak te blijven
totdat ma hem mist. Hij gaat 's avonds niet eten. Als ma
hem op zijn kamer gaat halen, is hij daar niet te vinden.
Ma zal dan wel schrikken, en dat is precies zijn plan.
Ondanks dat tante Rita al zoveel straffen heeft bedacht
voor Julio, is er nog geen verandering in zijn gedrag te
zien. Al zo vaak heeft Rachel tante Rita horen zeggen dat
ze geen idee meer heeft wat voor straf zij nog voor Julio
kan bedenken.
Heel voorzichtig klimt Rachel toch op het dak. Daar is
Julio niet van gediend. Hij wil niet in zijn nakie gezien
worden. Na een korte discussie laat Rachel zich weer van
het dak zakken.
"Vertel dan ... waar ben je gisteren naartoe geweest?"
"Ik ging met Freddie een trampa[64] zetten om totolica's[65]
te vangen. Maar onderweg naar huis zag ik de trampa
van mijn vrienden, Humphrey en Dario. Die zat vol met
totolica's."
"Laat me raden ... toen heb je die zeker leeggehaald."

---

[64] Val (om vogels te vangen).
[65] Een duifachtige vogel die gegeten wordt.

"Hoe weet jij dat, wie heeft je dat verteld?"
"Niemand … En nu heb je zeker ruzie met Humphrey en Dario?"
"Ja, en hun moeder is naar ma toegekomen. Zij sprak lelijk tegen ma, nu is ma boos op mij."
Vandaag heeft Rachel totaal geen medelijden met Julio. Maar aan de andere kant heeft ze Julio nu hard nodig. Vandaar dat ze Julio toch een beetje te vriend houdt.
"Eigen schuld dikke bult, maar blijf jij maar even hier. Ik regel wel iets voor je, een onderbroek van Josephine of zo. Alleen als jij mij belooft dat je mee gaat zwemmen bij Meneer Schildpad."

De hele middag hebben ze heerlijk in de regenbak gezwommen. Zelfs Josephine is toch nog komen zwemmen. Opa is niet eens komen kijken, hij denkt zeker dat Meneer Schildpad de wacht houdt. Net voor etenstijd hebben ze Julio naar zijn slaapkamer geloodst.

"Tot op de dag van vandaag begrijp ik niet waarom jij niet naar de MAVO wilde."

"Roza, gebruik je gezonde verstand! Dat was puur dwarszitten en aandachttrekkerij. Ik hoopte dat iemand mij zou vragen wat er met mij aan de hand was, zodat ik de moed kon vinden en een ingang kon krijgen om te vertellen wat er zich allemaal afspeelde in mijn leven. Zelf kon ik er niet over beginnen. Anders kreeg ik klappen."

"Logisch, nu pas kan ik je gedrag van toen begrijpen."

"Niemand, maar ook echt niemand had iets in de gaten. Mams en de hele familie gooiden het op de puberteit."

"Terwijl je heel laat bent gaan puberen."

"Ja, pas ná mijn vijftiende. De gesprekken van mams en paps op school begonnen me de keel uit te hangen. Ik stond inmiddels bekend op school als de leerling van wie de ouders 'altijd' naar school moesten komen. Op een geven moment was ik helemaal klaar met dat gedram van mijn ouders om naar de MAVO te gaan. Toch ontstond er op den duur bij mij een soort ambitie om erheen te gaan. Puur om van alle heisa af te komen. Maar heel bewust drukte ik het gevoel om toch naar de MAVO te gaan telkens weg, zodat ik kon blijven rebelleren."

Tegen het einde van het schooljaar hebben mams en paps weer een gesprek op school over Rachel. De leerkracht maakt zich ernstige zorgen over haar prestaties. Hij geeft aan dat Rachel steeds vaker met haar gedachten afwezig is. Ook maakt ze haar huiswerk niet meer. En over haar gedrag valt veel te klagen. Meteen als ze thuis zijn, roepen ze Rachel op het matje.
Paps, die bij de fraters opgegroeid is, kijkt alleen maar naar de cijfers voor ijver en gedrag.
"Als je niet kan leren, heb ik er vrede mee. Maar je cijfer voor gedrag toont aan dat jij je op school niet weet te gedragen. Jouw gedrag moet juist tonen dat je welopgevoed bent. Dat heeft niets te maken met 'niet kunnen' leren."
Mams schaamt zich diep. "Hoe denk jij met zulke cijfers nog naar de MAVO te kunnen?"
Hoe komt mams erbij dat ik naar de MAVO wil?, vraagt Rachel zich af. Ongeïnteresseerd en met haar hoofd gebogen staat ze half te luisteren.
"De enige school waar je met zo'n rapport naartoe zou kunnen gaan is de huishoudschool. Wat een schaamte, mijn dochter naar de huishoudschool."
"Rachel, kijk je moeder aan wanneer ze tegen jou praat," snauwt paps.
Rustig heft Rachel haar hoofd op, ze durft mams niet aan te kijken. Daarom kijkt ze precies langs haar heen.
"Wat wil je later worden?" vraagt mams.
 Op deze vraag weet Rachel niet direct een antwoord te geven. Ze voelt op dit moment een diepe haat naar Dennis toe. Door hem ben ik afwezig in de klas, door hem lukt het me niet om me te concentreren, door hem kan ik 's avonds niet slapen.
"Geef je moeder antwoord," dramt paps door.
Heel zachtjes komen er wat woorden uit haar mond. "Ik wil onderwijzeres worden."
Mams schudt haar hoofd. "Met zulke punten kun je alleen

maar toiletten gaan schoonmaken."

Hoe slecht kunnen mijn cijfers nou zijn? vraagt Rachel zich af. Ze pakt haar rapport, dat op tafel ligt. Ze wil zelf even naar haar cijfers kijken.

Met een snelle beweging rukt paps het rapport weer uit haar hand. "Kijk eens hier, een vijf voor ijver en een vier voor je gedrag. Je ijver en je gedrag laten al zien dat je werkelijk niets uitvoert."

Hoofdschuddend werpt mams weer een blik op het rapport. "Je hebt gelijk Benny, maar één zeven op haar rapport, voor tekenen. Voor de rest zijn het allemaal onvoldoendes. Jij zorgt dat je op z'n minst de MAVO haalt, Rachel. Want jij gaat niet naar de huishoudschool!"

"Daar wil ik nog niet eens naartoe, ik wil naar de lts."

Paps springt van zijn stoel, zijn ogen schieten vuur. De stoel valt achterover. Hij slaat met zijn vuist op tafel. "Waaat! Mijn dochter op de lts, tussen allemaal jongens? Nee meid, zet dat maar mooi uit je hoofd!"

Rachel staat op het punt om in tranen uit te barsten. Verstijfd kijkt ze toe wat paps nu gaat doen. Hij tilt de stoel op en gaat weer zitten. Met trillende handen buigt hij zijn hoofd over de tafel.

"Maar paps, ik wil weten hoe een tl-buis werkt en hoe ik kan lassen."

Ze barst in tranen uit, ze voelt zich niet begrepen. Het geheim dat ze meedraagt en het benauwde gevoel dat haar steeds weer overrompelt, beginnen hun tol te eisen. Rachel stampt met haar voet. "Niemand begrijpt me, niemand, zelfs jullie niet!"

Verontwaardigd kijkt mams haar aan. "Moeten wij begrijpen dat je liever wilt spelen in plaats van te leren?"

"Nee, nee ...!" brult ze uit. "Ik wil niet meer praten."

"Vilma, hoor je wat ze zegt, ze wil niet meer praten. Meid, het wordt tijd dat jij beseft waar je staat."

Op zo'n moment wil Rachel zo graag het geheim

vertellen. Maar tegelijkertijd hoort ze de stem van Dennis in haar hoofd 'Als jij het vertelt, ga je klappen krijgen'. Ze voelt zich opgesloten. Dikke tranen rollen over haar wangen. Een uitweg ziet ze niet, ze kookt van ingehouden woede. "Het wordt tijd dat júllie beseffen waar júllie staan."
Bij deze woorden slaat mams helemaal door. Woedend pakt ze Rachel bij een van haar lange vlechten en sleept haar mee naar haar slaapkamer. Met de woorden "Dit gebeurt er met brutale kinderen," smijt ze de deur achter zich dicht.

"Het is onvoorstelbaar hoe mensen verslaafd kunnen zijn aan televisieseries. Vaak genoeg had ik het gevoel dat die televisieseries waar Dudu naar keek, belangrijker waren dan ik. Nooit heeft iemand met mij gezeten om te praten over die 'spookgebeurtenissen'. Altijd werd er maar gezegd dat spoken niet bestaan."
Roza luistert aandachtig. Er valt een stilte. Dan neemt Roza weer het woord: "Ja, als kind geloofden wij allemaal in spoken, net zoals wij allemaal in Sinterklaas geloofden. Ik denk dat ik het probleem weet, alle volwassenen hadden het te druk met hun eigen dingen en schonken geen aandacht aan die onzinnige verhalen van de kinderen."
"Klopt, door de week volgde Dudu de soapserie en in het weekend zat ze geobsedeerd voor de televisie om wrestling[66] te kijken. Met een zekere mate van enthousiasme schreeuwde ze dan de boel bij elkaar. Ze kende alle worstelaars bij naam. En als haar favoriete deelnemer verloor, kon ze wel janken. Boos dat ze dan werd op de tegenpartij."
"Och ja, ik zie haar nog zitten in haar schommelstoel,

---

[66] Worstelen

"Alstublieft Dudu, ik wil niet gaan douchen, straks komt dat
spook weer. En, als ik ga douchen, laat ik de badkamerdeur
openstaan."
"Geen onzin Rachel, je gaat nu douchen! En opschieten,
met de deur open of dicht, hup."
Inmiddels weet Rachel dat Dennis door het luikje gluurt.
Ze heeft geen flauw idee hoe ze Dudu dit moet vertellen.
Nu ze dit weet maakt het de narigheid alleen maar groter.
Uit automatisme gebruikt ze haar bekendste smoes: "Het
water is koud."
Maar Dudu blijft bij haar standpunt. "Als je nu niet zorgt
dat je binnen twee minuten onder de douche staat, haal
ik mams erbij."
"Wat vervelend, straks vliegt mams hier naar binnen als
een raket uit koers. Maar ach, ik ga al, maar ik verzeker u,
als het spook straks komt, ren ik wel snel de douche uit.
Houdt daar maar rekening mee."
Dudu vindt dat Rachel maar gewoon moet gaan douchen
en schenkt verder geen aandacht aan haar spookverhaal.
Als Rachel de badkamer in loopt, roept Dudu haar nog een
keer na dat ze moet opschieten. Op haar dooie gemak sloft
Dudu zoals gewoonlijk weer naar het voorhuis.
Daar staat Rachel, helemaal alleen in de douche. Ze
durft niet eens naar het luikje te kijken. Het zal haar niet
verbazen als het luikje zo meteen opengaat. En ja hoor,
ze hoort buiten wat geritsel. Elk moment kan hij door het
luikje naar binnen kijken.
"Rachel ... Rachel ... Ik ben het ... Dennis. Niet schrikken en
zeker niet schreeuwen."

Snel slaat ze een handdoek om haar middel en kruipt in
de hoek. "Wat wil je? Ga weg, ik wil niet met je praten."
Zonder enige vorm van verlegenheid steekt Dennis zijn
hoofd door het luikje. Het is de eerste keer dat hij dit
doet. Hij kijkt blijmoedig. Zijn stem klinkt zo lief. "Doe je
handdoek af, ik doe je geen kwaad."
Snel pakt Rachel haar tweede handdoek en gooit die over
haar blote schouders. "Ga toch weg, wat moet je? Ik doe
de handdoek niet af."
In haar gedachten telt ze tot drie. Dan rent ze schreeuwend
de badkamer uit. "Dudu ... Dudu ... Ik zie een schaduw bij
het luikje! Kom ... kom ... kom snel kijken!"
Met de handdoek nog steeds om haar lijf geslagen, staat
ze midden in het achterhuis. Ze voelt zich machteloos.
Verschrikt springt Dudu uit haar schommelstoel en rent
naar het achterhuis.
"Het spook is er weer."
"Ach kind, je laat me schrikken. Hoe vaak heb ik je verteld
dat spoken niet bestaan."
Zonder Rachel verder aandacht te geven wil Dudu
weer naar het voorhuis terugkeren om haar serie te
volgen. Maar Rachel is nog met trillende benen aan het
bedenken hoe ze Dudu duidelijk moet maken dat Dennis
bij het luikje komt. Dudu kan het zich al niet voorstellen
dat Dennis bij Marjorie en Margaret gluurt.
"Ik ben niet dom, Dudu! Ik ben er zeker van, ik heb het
echt gezien."
"Dat is je verbeelding. Kom maar even in het voorhuis
zitten. Zodra het reclametijd is, loop ik met jou mee naar
het achterhuis. Daar wacht ik heel even op je, zodat jij in
alle rust kan douchen. Wel een beetje haast maken. De
serie is nu net zo spannend."

Morgen is de grote dag, Rachel wordt dertien jaar.
Ze wil lolly's trakteren op school. Mams vindt lolly's

kinderachtig. Daarom heeft mams besloten om cakejes te bakken, versierd met het cijfer dertien.

"Welke kleur cakejes wil je hebben?"

Daar hoeft Rachel geen seconde over na te denken. "Rood, met geel en oranje."

Samen met mams gaat Rachel naar de winkel om de boodschappen voor de cakejes te halen. Daarna helpt ze mams mee in de keuken. Vorig week heeft Dudu nieuwe kleren gekocht voor Rachels verjaardag. Morgen mag ze eindelijk haar nieuwe kleren aan naar school. Een mooie, geruite lange broek met verschillende kleuren. Gecombineerd met een rood T-shirt, waarop aan de voorkant een witte roos is afgebeeld.

's Morgens vroeg maakt Dudu Rachel wakker. "Gefeliciteerd, kom maar gauw kijken naar je cadeautjes."

Zonder tegen te stribbelen stapt Rachel haar bed uit. Vandaag is ze meteen zonder protest klaarwakker. Een Barbiepop met discojurkje ligt naast haar in bed. Dat cadeautje heeft ze van Dudu gekregen. Van de buurvrouw heeft ze een pak stiften gekregen. Nog één jaartje wachten, dan mag ze haar brevet diepzeeduiken gaan halen. Daar verheugt ze zich ontzettend op.

De cakejes voor school zijn al ingepakt. Het is haar laatste verjaardag op de basisschool, dus het wordt op school uitgebreid gevierd. De juf heeft de klas versierd en op haar versierde stoel ligt een cadeautje.

De klas zingt 'Lang zal ze leven'. De meester van de vierde klas komt speciaal voor Rachel op zijn blokfluit spelen. Het hoofd van de school leest een gedicht voor.

Om twaalf uur mag Rachel alle klassen rond om de andere juffen en meesters te trakteren. Vol enthousiasme helpt Roza mee, samen gaan ze klas voor klas rond. Roza houdt een envelop vast, waar alle meesters en juffen poëziealbumplakplaatjes in stoppen. Gezellig lopen ze al kletsend klas in en klas uit.

"Ik ben blij dat ik nu dertien ben, nu mag ik eindelijk van deze school af, weg van onze verschrikkelijke juf, met haar Tijl Uilenspiegelbrilletje."

"Nou, ik denk er heel anders over. Dertien is een mooie leeftijd om verliefd te raken. Ik raakte voor de eerste keer op mijn dertiende verliefd."

Dat woord 'verliefd' kent Rachel niet. Omdat ze de betekenis niet kent, geeft ze daar geen antwoord op.

"Weet je? Ik maak me er méér druk over of mijn moeder me wel naar de huishoudschool laat gaan. Dat zou ik wel leuk vinden. Dan zitten we weer gezellig op dezelfde school," zegt Rachel.

"Maar waarom wil jij zo graag naar de huishoudschool? Ik maak me er niet druk over naar welke school ik ga. Mijn moeder vindt het zelfs niet erg als ik niet naar school ga. Eigenlijk mag ik van haar al gaan werken. Maar ik vind het veel te leuk op school, en zeker met jou," vertelt Roza uitbundig.

"Dat is fijn voor je, je hebt gemakkelijke ouders."

"Maar ik heb nog geen antwoord op mijn vraag, waarom wil jij zo graag naar de huishoudschool?"

"Weet ik niet, misschien gewoon om te dwarsbomen."

Verschrikt kijkt Roza haar aan. "Dwarsbomen …? Waarom moet je dwarsbomen? Dat slaat toch nergens op!"

Rachel zet de mand met lekkers neer, ze kruist haar armen. Haar gezichtsmimiek verandert. "Jij weet niks, je weet niet eens wat voor ellende ik thuis heb."

"Jíj … ? Ellende … ? Ach kom op … en … als het zo is, dan moet je erover praten Rachel, en niet gaan dwarsbomen. Praten helpt altijd."

Rachel kijkt versuft voor zich uit. De brok in haar keel komt weer opzetten. Een spijtgevoel overrompelt haar.

Roza ziet Rachel slikken. "Wij zijn zulke goede vriendinnen. Als je wilt, kun je er met mijn moeder over praten. Mijn

moeder kan goed luisteren."
"Ben je nou helemaal gek geworden! Ik bij jouw moeder?
Zoek je onheil?"
Intussen heeft Roza de mand met lekkers opgeraapt, ze
begrijpt er niets van. "Kom, laten we terug gaan naar de
klas. We praten een andere keer verder."

Het is vier uur, tante Rita komt als eerste binnen met een
zak snoep. "Proficiat Rachel, geen Sinterklaas mee spelen.
En na het smullen goed je tanden poetsen. Zoetigheid
blijft altijd tussen je tanden kleven."
Vlak na tante Rita komt Margaret binnen.
"Je eerste cadeau is een dikke knuffel en je tweede cadeau
is ...? Maak maar open."
Nieuwsgierig scheurt Rachel het pakketje open. "Wat leuk,
een bloemenkwartet, dat heb ik nog niet."
Een voor een druppelen de familieleden binnen. Dudu
is druk bezig om iedereen te verwennen met lekkers en
drankjes. Door alle drukte heen hoort Rachel een auto
aankomen. Ze herkent het geluid meteen; het is de pick-
up van Dennis. Wie heeft hem nou uitgenodigd?
Eenmaal binnen geeft Dennis Rachel een knipoog.
"Proficiat meid."
Net wanneer Dudu zich even omdraait, geeft Dennis haar
een tik op haar billen. "Laat mij je cadeautjes zien."
In haar enthousiasme neemt ze Dennis mee naar de
speelkamer. Pas op het moment dat ze eenmaal alléén
met Dennis in de speelkamer is, realiseert ze zich dat
dit geen goed plan is. Zo vlug mogelijk wil ze naar de
huiskamer terugkeren. Maar Dennis houdt haar aan de
praat.
"Goh, wat heb je veel gekregen."
Hij neemt een voor een de cadeautjes in zijn handen.
"Kwartet ... snoepzak ... poëziealbum ... springtouw ...
Barbiepop. En binnenkort mag je gaan diepzeeduiken."

Met de Barbiepop in zijn handen, richt hij zijn blik eerst
op Rachel en daarna op de Barbiepop.
"Ik kan niet wachten totdat jij ook zo'n mooi
Barbielichaam hebt."
"Wat een onzin! Waar heb jij het nou weer over? Ik begrijp
je niet, en ik wil je ook niet begrijpen. Jij moet eens een
keer leren om normaal tegen mij te praten!" Kwaad rukt
Rachel de Barbiepop uit zijn handen en holt terug naar de
huiskamer. Daar gaat ze dicht bij Chika in de buurt zitten.
Vol haat kijkt ze hoe Dennis zich met andere vrouwen
vermaakt. Het hele gezelschap hangt aan zijn lippen.
"Kom Chika, wij hebben wat beters te doen. Zullen wij een
potje 'Mens erger je niet' spelen?"
"Nee, laten we gaan swingen! Zet Michael Jackson maar
op."
Chika haalt de speelplaat van 'Never can say goodbye' uit
haar tas. De hele middag swingen ze op de muziek.
"Etenstijd!" roept Dudu.
Mams heeft gevulde kalkoen klaargemaakt. Hij is mooi
gegarneerd met stukjes fruit, paprika en peterselie. De
heerlijke geroosterde geur verspreidt zich in de eetkamer.
De gevulde kalkoen staat midden op de eettafel, iedereen
mag zelf een stuk ervan af snijden. De rijst deelt Dudu wel
uit. Op dat moment komen oom Alfonso en tante Pauline
binnen.
"Net op tijd," laat Dudu hen weten, "anders vonden jullie
de hond in de pot."
Oom Alfonso en Dudu lijken veel op elkaar. Tussen de
middag komt hij vaak bij Dudu eten.
Ook hij prijst Dennis de hemel in. Nadat Dennis met oom
Alfonso een gesprek heeft gehad, neemt hij na de maaltijd
afscheid. Onopvallend heeft Rachel geprobeerd om hun
gesprek af te luisteren. Maar ze spraken zacht, waardoor
zij hen niet kon verstaan. Pronkend loopt hij langs Rachel.
"Ik moet nu gaan tante, ik ben morgen weer hier voor de

verhuizing."
Heel snel draait Rachel haar rug naar Dennis toe. Ze wil
niet dat Dennis oogcontact met haar maakt. Het is haar
niet duidelijk over welke verhuizing het gaat. Dat zou ze
wel willen weten, zodat ze zich alvast kan voorbereiden
hoe ze Dennis op de volgende dag zou kunnen ontlopen.
In ieder geval is ze blij dat Dennis weggaat. Hij zat haar al
een hele tijd aan te gapen alsof hij in trance is.

27

"Als je ruzie met mijn neef Thomas zocht, moest je aan mij komen. Op een of andere manier voelde Thomas zich verantwoordelijk voor mij. Dat was ook duidelijk te zien toen ik tijdens een vliegerwedstrijd ruzie kreeg. Een kast van een vent die tegenover hem stond maakte geen indruk op hem. Thuis waren we met vier meiden. Thomas zag ik als mijn oudere broer. Het is fijn dat wij het goed met elkaar konden vinden. Ooit heb ik getwijfeld of ik alles aan Thomas zou vertellen. Toen ik voor hem stond en hem in zijn ogen aankeek, veranderde ik snel van plan. De angst kneep op dat moment mijn keel stevig dicht. Bijzonder was dat ik geen angst had om het geheim aan de gids van de Christoffelberg te vertellen. Tot nu toe is het voor mij een raadsel waarom ik hem wel in vertrouwen wilde nemen. Misschien omdat ik hem een knappe knul vond. Daar heb ik heel wat luchtkastelen over gebouwd. Dat het gevoel 'verliefdheid' was, wist ik toen niet, ik vond het een heerlijk gevoel en koesterde het. Op het moment dat ik hem over 'het spook dat bij het luikje komt' wilde vertellen, werd het gesprek verstoord. Ofschoon het voor mij duidelijk was dat het Dennis was die bij

Dudu is de logeerkamer aan het opruimen. Rachel is zeer benieuwd wie er nu weer komt logeren en vraagt het. Doordat Dudu druk in de weer is met het schuiven van het bed, hoort ze Rachel niet. Vol bewondering blijft Rachel kijken hoe Dudu haar best doet om het bed weer op zijn plaats te krijgen.

Dudu mompelt: "Had ik maar iemand om mij te helpen."

"Ik kan goed helpen, Dudu."

"Och … ben je daar? Je komt als geroepen. Ik zei net, had ik maar iemand om mij met het bed te helpen."

Dudu gaat rechtop staan en kijkt naar de klok. Ze doet haar stofkapje van haar neus af. Dat klopt ze een beetje uit. Nu is het juiste moment om haar te vragen wie er komt logeren.

"Thomas," antwoordt ze. "Hij komt voor een tijdje bij ons wonen. Het gaat thuis niet zo goed. Hij had hier al moeten zijn."

Thomas is ook een neefje van Dudu. Volgende week wordt hij tweeëntwintig jaar. Ondanks het grote leeftijdsverschil tussen Thomas en Rachel, kunnen ze het best goed met elkaar vinden. Thomas is een halfbloed, maar hij heeft een blanke huidskleur. Hij noemt zichzelf 'halfbloed zonder tint'. Telkens als het thuis tussen hem en zijn ouders niet goed gaat, komt hij enkele dagen bij Dudu logeren. Maar nu komt hij voor langere tijd bij hen wonen. Thomas is grappig, soms vertelt hij verhalen waar Rachel om moet lachen. Verhalen die zo onlogisch zijn. Toch beweert hij dat het waargebeurde verhalen zijn.

Hij gelooft zijn eigen onlogische verhalen. En dat is niet alles, hij is ervan overtuigd dat iedereen hem gelooft. Vorige week vertelde hij Rachel dat hij met haar fiets een auto heeft ingehaald. En niet zomaar een auto, nee … een Volkswagen. 'Dat wil zeggen dat je een goeie fiets hebt,' voegde hij er nog aan toe. Een andere keer had hij een jonge mangoboom bij de stam afgezaagd. Toen Dudu dat zag, was ze erg verdrietig. Thomas pakte de boom bij de stam en plantte hem opnieuw. "Kijk tante, als je hem nou de komende weken goed water geeft, gaat hij zeker weer groeien."

"Maar Thomas, ik heb genoeg kennis in huis om dit niet te geloven, geloof jij dat zelf?"

"Natuurlijk geloof ik dat. Doe nou maar wat ik zeg en u zult zelf zien dat hij wortel zal schieten."

Het geluid van de pick-up van Dennis verstoort Rachels gedachten. Op dat moment herinnert ze zich dat Dennis gisteren zei dat hij vandaag terug zou komen voor de verhuizing. Nu valt het kwartje bij haar, Dennis is Thomas aan het verhuizen. Rachel is blij dat ze samen met Dudu in de logeerkamer is. Midden in de logeerkamer is ze stil blijven staan. In haar gedachten zet ze haar plannen vast. Zijn plannetje dat hij bedacht heeft om alleen samen met mij te zijn zal vandaag niet doorgaan. Vandaag wordt het een ander verhaal. Dat staat vast. Als niemand mij helpt met mijn probleem, los ik het op mijn manier op, denkt ze. Hij weet iedereen zodanig te manipuleren om zijn momentjes met haar te krijgen. Gelukkig heeft ze nu goed door hoe Dennis te werk gaat. Vandaag zorgt ze dat ze hem voor is.

Voorzichtig kijkt Rachel door het raam. Tegelijkertijd kijkt Dennis ook naar binnen. Hun blikken kruisen elkaar, hij wenkt haar om naar buiten te komen. Arrogant keert Rachel haar rug naar hem toe.

"Dudu, daar heb je Dennis, laat hem alstublieft niet hier

in de logeerkamer komen."
"Maar waarom niet?"
"Mijn haar ziet er niet uit!"
Vluchtig werpt Dudu een blik op haar kapsel. "Ach kind,
dat maakt niet uit. Kom maar mee helpen sjouwen."
Dudu haast zich de logeerkamer uit, om Dennis te
ontvangen.
Rachel schuift zich tot de deur achter Dudu aan. In de
pick-up ziet ze Shayenne naast haar vader zitten.
"Ik hou Shayenne wel bezig, gaan jullie maar sjouwen."

Na het sjouwen zijn Dennis en Dudu in gesprek. Dennis
staat met zijn rug naar de keuken. Aan zijn linkerhand staat
Dudu tegen de koelkast aangeleund. Haar gezicht is naar
buiten gericht. Geruisloos staat Rachel in de keuken het
gesprek af te luisteren terwijl ze door de deurkier gluurt.
"Ik wilde u al vanaf vorige week een vraag stellen, maar ik
kreeg er de kans niet voor," fluistert Dennis.
Om Dennis beter te verstaan zet Dudu een stap dichter
naar hem toe. "Wat wilde je me vragen?"
Met een nog zachtere stem fluistert hij: "Heeft Rachel dat
ding al?"
Door haar wijsvinger op haar lippen te plaatsen maakt
Dudu het gebaar naar Dennis dat hij nog zachter moet
praten.
Hierna antwoordt Dudu: "Oh nee hoor, nog niet, het is
maar goed ook."
"Inderdaad, maar goed ook, ze is nog veel te jong."
"Er komt nog iets anders bij kijken. Niet alleen te jong,
maar ook een wildebras. Ik zie haar al in de boom klimmen
en ravotten terwijl ze dat ding heeft."
"U heeft gelijk, daar heb ik nog niet eens over nagedacht."
Dennis kijkt even om, Rachel kan zich nog net verbergen.
Waar hebben ze het over, vraagt Rachel zich af. Dat ding ...
te jong ... wildebras ... Ze hebben het over mij. Ze ergert zich

al omdat ze Dennis vaak niet kan volgen. En nu praat Dudu ook nog mee. Ze vraagt zich af waarom volwassenen niet in gewone taal spreken, zodat ze het ook kan begrijpen. Dan kucht Rachel met opzet, waarop Dudu een kijkje komt nemen in de keuken.
"Och Rachel, buiten spelen jij, en neem Shayenne maar ook mee."

Elke ochtend tijdens het ontbijt gaat de wekker van Thomas. Het gerinkel klinkt tot in de eetkamer.
Vandaag is Rachel het dagelijkse gerinkel meer dan beu.
"Thomas, zet dat ding toch uit!"
Thomas blijft ongestoord door het gerinkel heen liggen.
"Het is elke dag hetzelfde met jou, kom een keer normaal je bed uit. Ik ben je meer dan beu."
Elke ochtend rukt Dudu hem letterlijk uit zijn bed. Vorige week was het toppunt. De hele week was hij te laat op zijn werk, want volgens hem rinkelt de wekker veel te hard. Hij heeft zijn wekker dan ook onder zijn kussen gestopt, zodat hij hem niet kan horen. Het was vanzelfsprekend dat hij de wekker niet hoorde. Vandaag is hij weer niet uit zijn bed te krijgen. Geërgerd volgt Rachel de woordenwisseling tussen hem en Dudu. Slaperig smeekt Thomas of hij nog even mag blijven liggen. Zonder pardon gooit Dudu het raam open. Ze houdt vol dat Thomas nu meteen zijn bed uit moet komen. Met luide stem gaat Dudu te keer. Dat is Rachel niet gewend van Dudu.
"Het stinkt hier behoorlijk naar alcohol! Dit komt ervan als je 's avonds te veel alcohol drinkt. Dan kun je 's morgens je bed niet uitkomen. Schiet op, het bed uit, anders gooi ik een emmer water over je heen!"
Als Rachel aan haar thee zit, schuift Thomas aan de ontbijttafel.
"Goedemorgen Thomas," groet Rachel nadrukkelijk.
 Thomas reageert niet.

"Groet je niet meer? Of heb je me niet gehoord?"
Zijn ogen zijn net twee vuurballen. Zijn gezicht is zo rood,
net een gekookte kreeft. Even tevoren heeft Rachel met
de suiker geknoeid. Met gebogen hoofd blijft Thomas
zitten. Hij steunt zijn hoofd op zijn handen. Het lijkt alsof
hij de suikerkorreltjes aan het tellen is.
"Hoeveel korreltjes heb je al geteld?" plaagt Rachel.
Nog steeds geeft hij geen antwoord. Snel drinkt Rachel
haar thee op. Op het moment dat ze van tafel wil gaan,
komt er geluid uit Thomas.
"Er is vanmiddag een competitie vliegeren, ga je mee?"
"O, meneer kan toch praten. Ja leuk, tuurlijk ga ik mee. Ik
zal ze mijn kunsten laten zien."
Rachel is goed in vliegers maken, ze maakt kleurrijke
vliegers in allerlei modellen en maten.
Eindelijk neemt Thomas een slok van zijn koffie. Hij trekt
een smerig gezicht, de koffie is koud.
"Hoe laat kom je me ophalen?"
"Gelijk na mijn werk, om drie uur."

Klokslag drie uur haalt Thomas Rachel op. Samen lopen
ze naar het voetbalveld, waar een hele menigte klaarstaat
met hun vliegers. De ene vlieger is nog groter dan de
andere. Ze zijn in alle kleuren te zien. Zelfs volwassenen
mogen dit keer meedoen. Er staat een harde wind; het
stof waait op. De wind is wel gunstig voor het opstijgen
van de vliegers.
"Kom Rachel, wij gaan hier achter deze schutting staan,
die houdt het stof een beetje tegen."
Vrolijk gooit Rachel haar vlieger op haar rug en huppelt
achter Thomas aan. "Mijn vlieger is niet een van de
grootste, maar wel eentje die heel hoog gaat."
Thomas draait zich om, en kijkt naar de vlieger van Rachel.
"Mooi hè? Van zijdevloeipapier, zelf gemaakt."
Thomas meet met zijn hand hoe groot de vlieger ongeveer

is. "Een halve meter, best groot hoor. Ik vind het knap hoe jij de kleuren in elkaar hebt laten overlopen."

De groepsindeling is gestart. De groepen worden ingedeeld naar leeftijd, op Jongen of meisje en naar de maat van de vliegers. Rachel kijkt rond of ze een bekende ziet. Ze weet dat het niet lang zal duren voordat Thomas bij zijn vrienden gaat zitten. En dan is ze alleen. Uit ervaring weet ze ook dat Thomas na afloop nergens te vinden is. Er is geen bekende te zien. Zelfs Winnie niet. Winnie is de buurjongen van tante Louisa. Als Rachel bij tante Louisa op bezoek is, gaat ze meestal samen met Winnie vliegeren. Jammer dat hij juist vandaag bij de grote vliegerwedstrijd niet aanwezig is. Grote prijzen staan te pronken op het podium.
De scheidsrechter loopt onrustig op en neer met de deelnemerslijst in zijn hand. De indeling van de groepen is klaar. Rachel wordt ingedeeld in de meisjesgroep van twaalf tot veertien jaar. Alle deelnemers staan mooi naast elkaar.
Geen moment twijfelt Rachel over haar vliegerkunsten. Ze is vastberaden dat ze ten minste één prijs gaat binnen halen. Op z'n minst een prijs voor de mooiste vlieger.
Voor de zekerheid kijkt Rachel nog een keer goed rond of ze een bekende ziet. "Héy Thomas, kijk, daar heb je Pepe." Thomas stopt twee vingers in zijn mond en fluit. Pepe herkent het fluitsignaal meteen. Regelrecht loopt hij naar Thomas toe.
"Hallo vriend, hoe gaat het?" groet Thomas.
"Ha man, goed, goed, goed, niks te klagen. Zo Rachel, wat ben je gegroeid zeg. Heeft Thomas jouw vlieger gemaakt?"
Om Pepe haar kunstwerk beter te laten zien tilt ze vol trots haar vlieger op. Pepe veegt het zweet van zijn verhitte gezicht.
"Heb ik zelf gemaakt. Vandaag laat ik ze zien dat meisjes ook kunnen vliegeren. Hij gaat heel hoog, ik heb hem al

getest. Mijn vlieger is de mooiste vlieger van allemaal. Kijk hier naast me, met krantenpapier, dat ziet er toch niet uit?"
Naast Rachel staat een meisje met haar vlieger beplakt met krantenpapier. Pepe kijkt er oppervlakkig naar. Hij haalt zijn portemonnee uit zijn broekzak. "Hier, deze prijs heb je alvast binnen. Koop maar wat lekkers. En laat dat meisje met rust." Hij schenkt Rachel vijf gulden.
Gelijk daarna schudden Pepe en Thomas elkaar de hand. "Maat, ik zie je zo, zelfde tijd en zelfde plaats."
Thomas knikt. Rachel is nieuwsgierig naar de plaats en tijd waarop ze elkaar gaan ontmoeten. Haar nieuwsgierigheid wordt verstoord door het meisje met de vlieger van krantenpapier.
"Wie heeft je vlieger gemaakt?" vraagt ze.
"Wie denk je? Ik zelf," antwoordt Rachel kortaf.
Het meisje is niet blij met de arrogante houding van Rachel. "Nou, nou … het is maar een vraag, hoor."
Rachel aarzelt geen moment en antwoordt fel: "Ik ben ook niet dom, hoor. Ik weet best wat het verschil is tussen een vraag en commentaar."
Het meisje draait haar rug naar Rachel toe. Ze zegt iets tegen een ander meisje dat naast haar staat. Rachel vangt enkele woorden op, 'vlechten en vlieger'. Rachel stampt naar het meisje toe.
"Maar mijn vlieger is niet van krantenpapier gemaakt!"
Als Rachel zich omdraait om naar Thomas terug te lopen, trekt het meisje aan haar paardenstaart. Meteen draait Rachel zich weer om. "Hoe durf je?" schreeuwt ze en ze trekt aan het bloesje van het meisje.
Op dat moment verschijnt een beer van een vent voor Rachels neus. "Raak mijn zusje niet aan."
Rachel schrikt.
Inmiddels heeft Thomas de ruzie in de gaten. "Als jij mijn nichtje aanraakt, krijg je met mij te maken," laat Thomas

de grote broer weten.

De grote broer kijkt Thomas vals aan en stormt op hem af. Het meisje probeert haar broer tegen te houden en trekt aan zijn hemd. Haar broer rukt zich los. Hij zet een grote mond op. "Is zij jouw nichtje, Roodhuid? Dat zou je toch niet zeggen."

Verschrikt gaat Rachel achter Thomas rug staan.

"Bovendien heb ik nog een appeltje met jou te schillen," vervolgt hij. "Kom maar van het veld af, dan kunnen we gelijk afrekenen."

Het wordt Rachel nu pas duidelijk dat Thomas en de broer elkaar al kennen. Thomas deinst niet voor hem terug.

Nu beginnen anderen zich ook met de ruzie te bemoeien. De scheidsrechter komt aanlopen, hij probeert de boel te sussen. Maar zowel Thomas als de broer van het meisje zijn niet te stoppen. Met gebalde vuisten staan ze tegenover elkaar.

Dit opstootje ergert Rachel, want niemand kijkt meer naar haar vlieger. In één ogenblik is de vechtpartij belangrijker dan haar vlieger. De scheidsrechter krijgt in de gaten dat hij de twee jongens niet aankan en pakt zijn walkietalkie.

"Assistentie, vechtpartij aan de zuidkant … Over."

Het duurt niet lang voordat enkele stevige mannen gekleed in blauwgrijze uniformen op het tweetal afrennen. Ze pakken Thomas vast. De scheidsrechter en nog een toeschouwer pakken de broer van het meisje vast.

De jongens worden in aparte busjes gestopt. Haastig rent Rachel naar het busje waar Thomas in zit. Het busje rijdt net voor haar neus weg. Op het veld keert de rust weer terug. Iedereen gaat terug naar hun vlieger. Rachel ziet de hele wedstrijd niet meer zitten, ze maakt zich zorgen hoe ze nu thuiskomt. Ongeïnteresseerd loopt ze een rondje over het veld, hopend dat ze Pepe zal tegenkomen.

Pepe is niet te zien en de 'bekende plaats' kent Rachel ook niet. Ze overweegt om maar alleen naar huis te lopen en gooit haar vlieger op haar rug.

Net als ze op het punt staat om te vertrekken, tikt iemand haar op de schouder. "Ga je nu al naar huis?"

Rachel kijkt om en staat oog in oog met een jongen die ze niet kent.

"Ja, mijn neef is meegenomen, dus ik loop maar naar huis voordat het donker wordt."

"Blijf nog maar even, ik breng je wel naar huis. Mijn naam is Nelis."

Snel bestudeert Rachel hem. Hij is licht getint, met een klein afro kapsel en hij heeft een modern joggingpak aan.

"Nee, ik moet echt gaan, zo meteen schemert het. Dan mag ik niet meer alleen op straat zijn."

Eigenlijk vindt Rachel het wel leuk om even met Nelis te praten. Maar als paps haar met jongens ziet praten, wordt ze thuis op het matje geroepen. Behalve dat, weet ze ook niet wat er zal gebeuren als Dennis haar met Nelis ziet praten. Het is beter om toch maar naar huis te gaan.

"Waar woon je dan?"

Dat durft Rachel niet te vertellen. Stel je voor dat hij aan de deur komt. Daarom verzint ze maar iets.

"Nou niet ver, tegenover de kerk rechts aanhouden. Die weg loop je uit tot het einde. Bij het eerste gele huis, daar woon ik."

Nelis pakt haar hand vast. Rachel weet zich geen houding te geven, ze trekt haar hand terug.

"Als je maar van mijn lijf afblijft, blijven we nog lang vrienden."

"Kom je weer bij de volgende vliegerwedstijd?"

"Misschien ...! Misschien wel en misschien niet. Weet ik niet, maar ik ben nu weg, ayó!"

Als Rachel thuiskomt, ziet ze dat Dudu aan het strijken is. Naast de strijkplank staat een wasmand vol met herenkleding die nog gestreken moet worden. Zwijgend

blijft ze staan kijken hoe ijverig Dudu met het strijkijzer over het herenoverhemd gaat. Ze durft niet te vragen van wie de kleren zijn.
"Zo, Rachel je bent vroeg terug, waar blijft Thomas?"
Rachel trekt haar schouders op, dan loopt ze door naar de speelkamer. Met haar bovenlichaam hangt ze uit het raam en kijkt naar de half uitgedroogde mangoboom die Thomas afgezaagd heeft. Ze vraagt zich af van wie die herenkleding zijn. Een onrustig gevoel overrompelt haar. Zou Dudu een vriend hebben? Dudu mag geen vriend nemen. Dudu is van mij en ik deel haar met niemand!
Een zekere mate van jaloezie borrelt in Rachel op. Nee, nee, ik deel Dudu niet, met niemand!
"Rachel! Als ik tegen jou praat wil ik antwoord."
Waarom maakt Dudu zich druk om Thomas? Waarom maakt ze zich niet druk om mij?
"Ach Dudu, maak je maar niet druk. Thomas is door de beveiliging meegenomen in een busje."
Rachel heeft geen zin om het hele verhaal te vertellen. Maar Dudu neemt geen genoegen met haar halve antwoord. Ze komt naar de speelkamer toe. Ze wil meer duidelijkheid, met welke beveiliging, hoe laat, en wat is er gebeurd?
"Nou ... Thomas had ruzie en is meegenomen door de beveiliging. Meer weet ik niet ..."
Hoofdschuddend keert Dudu terug naar haar strijkgoed.
"Wanneer wordt Thomas eens volwassen?" klaagt ze.
Nog steeds is Rachel helemaal van slag. Ze durft maar niet te vragen van wie die herenkleren zijn. Het antwoord kan ze al dromen, 'het zijn grotemensenzaken, bemoei je er niet mee'.
"Weet je wat je zou kunnen doen? Het is nu nog licht en ik sta hier dicht bij de douche te strijken. Ga nou maar snel douchen. Zo vroeg in de avond durft geen spook te komen."

Rachel geeft Dudu gelijk. Ze kan inderdaad nu gaan douchen. Als het donker wordt, is de kans groot dat Dennis bij het luikje komt kijken. Rachel haast zich naar haar slaapkamer om haar schone kleren te pakken. Als ze langs Dudu terugloopt om naar de badkamer te gaan, kriebelt het weer. Die herenkleding zit haar niet lekker. Aarzelend staat ze bij de strijkplank te kijken.
"Opschieten, ik wil op tijd klaar zijn voor mijn soapserie. En je oom komt zo zijn strijkgoed ophalen." Die laatste woorden zijn een hele opluchting. Het lijkt wel alsof de donkere hemel in één seconde alles opheldert. Met een gerust hart stapt ze de badkamer in.

De wekker loopt af, het is vijf uur in de ochtend. Rachel hoort Dudu in de keuken rommelen. De heerlijke pompoenpannenkoekengeur dringt door tot in haar slaapkamer. Nog één keer draait ze zich om in haar bed, daarna rekt ze zich uit. Ze beeldt zich in, die heerlijke pannenkoek, vol met rozijnen en bestrooid met een dikke laag suiker, in haar mond.
Vandaag zal ik ze laten zien hoe snel ik ben. Vandaag ben ik als eerst op de top van de Christoffelberg, denkt Rachel. Mams heeft een gids geregeld, want de vorige keer toen niet de hele familie de Christoffelberg ging beklimmen, waren ze verdwaald. Deze keer, nu de hele familie van over de berg ook meegaat, wil mams geen risico nemen. Voor de zekerheid kijkt Rachel nog een keer in haar tas of ze alles heeft. Gymschoenen, jasje, extra fles water, haar boterhammen en de pompoenpannenkoeken.

Het is een hele rit naar Banda Abou, en ook nog zo vroeg in de ochtend. Het hele gezelschap is bij elkaar. Met vier auto's rijden ze richting Banda Abou. Mams parkeert de auto. De gids is er al. Een lange tengere tienerjongen; zijn kleine afro krullen staan hem enig. Met een brede glimlach

op zijn gezicht, geeft hij iedereen een hand.
"Jullie zijn mooi op tijd. Het is nu precies zeven uur, wij moeten vóór de hitte terug zijn, anders wordt het dubbel zo zwaar."
Rachel strikt haar gymschoenen vast. "Vandaag ben ik als eerste boven," laat ze aan iedereen weten.
"Zeg dat maar niet te hard, vorige keer was je nog verdwaald," lacht Ivette.
Heel serieus zegt Josephine: "Julie doen maar, als ik maar even tijd krijg om een stukje uit mijn boek te lezen, vind ik alles prima."
Ivette kijkt haar vragend aan. "Hoe bedoel je?"
"Zoals ik het zeg. Ik heb geen haast om boven te komen. Als ik maar de tijd krijg om een stukje uit mijn boek te lezen, ben ik blij."
Mams kan haar oren niet geloven. Voor de zekerheid kijkt ze even in de tas van Josephine. Daar treft ze inderdaad een boek aan. "Dat meen je toch niet, Josephine? Heb je een boek meegenomen?"
Een vriendin van mams gaat voor het eerst de Christoffelberg beklimmen. Ze kijkt Josephine vragend aan.
Mams legt haar de situatie uit. "Ik heb twee bijzondere dochters. De één zit de hele dag in een boek en de ander hangt alleen maar in een boom."
De gids moet enorm lachen.
"Vandaag is er geen tijd om in bomen te klimmen en zeker geen tijd om te lezen, Come on people, let's go[67]!"
Netjes volgt iedereen de gids. Onderweg geeft hij uitleg over bepaalde plantensoorten. De natuur is mooi, vindt Rachel. Er groeien op verschillende plaatsen wilde orchideeën.
Na een uur lopen komen ze bij het klimwerk aan. Indira is

---

[67] Kom op mensen, laten we gaan!

al uitgeput, ze wil niet meer verder. De gids pakt haar bij de arm en trekt haar mee.

Ook Rachel wil even uitrusten. De gids keert terug om haar mee te trekken.

"Och, mijn benen zijn zo zwaar, ik kan ze amper optillen. Ik wil even zitten.", klaagt Rachel.

Deze gelegenheid laat Josephine niet aan haar voorbijgaan. "Goed idee, rusten, dan kan ik een bladzijde lezen."

De gids vangt het gesprek op. "Kom op meiden, niet opgeven, drink wat water en doorstappen."

Terwijl de hele groep zich met handen en voeten voortbeweegt, sprint de gids als een berggeit de berg op. Hoe hoger ze komen, hoe meer ze moeten klauteren. Mams en Ivette zijn alleen achtergebleven.

"Wauw …! Wat een diepe kloof, dit is geen klimmen meer. Dit is kruipen op handen en voeten, had ik maar handschoenen meegenomen," grapt de vriendin van mams.

Rachel raakt uitgeput, ze ploft neer op een stuk rots. "Chika, klim jij maar door, ik gun je de eerste plaats."

De gids komt naast Rachel op de rots zitten en pakt haar hand vast. "Heb je al een vriend? Je bent zo knap!"

Snel trekt Rachel haar hand terug. "Nee! Alsjeblieft niet aan mijn lijf zitten, mag niet."

Verbaasd kijkt de gids haar aan, "Waarom mag ik je hand niet vasthouden? En van wie mag het niet?"

"Ik heb een vriendin, ze heet Roza. Wij zitten bij elkaar in de klas. Echte vriendinnen zijn wij." De gids luistert aandachtig, hij zegt niets. Pas nadat Rachel uitgepraat is, zegt hij: "Wat een mooi verhaal, maar ik weet nog steeds niet waarom ik je hand niet mag vasthouden."

Rachel aarzelt, ze kijkt nerveus om zich heen. Ze wil vertellen dat ze van Dennis een waarschuwing heeft gekregen om niet met jongens te praten, maar ze twijfelt.

"Je kunt me gerust vertrouwen hoor … als gids hoor ik heel wat verhalen … en? Wij zien elkaar na vandaag waarschijnlijk nooit meer terug."
Een onprettig gevoel benauwt haar. Ze trekt een takje van een plantje dat naast de rots groeit. Ze wrijft de bladeren tussen haar handen. De geur kleeft aan de binnenkant van haar handen. Ze ruikt eraan.
"Ja, je hebt nog gelijk ook. En jij kent mijn oom en mijn familieleden niet. Wij zullen elkaar na vandaag inderdaad nooit meer zien. Jij bent werkelijk de juiste persoon om raad te vragen."
Voor de zekerheid kijkt ze nog om zich heen. "Wij zijn één grote familie, en hebben veel plezier met elkaar. Ik ben opgegroeid bij Dudu, mijn groottante."
"Ook toevallig, ik ben ook opgegroeid bij een groottante."
"Oh wat leuk, wij hebben íets gemeen."
"Ja toch!"
"Ik heb nog drie zusjes. Eentje woont bij Ivette, ik zal je Ivette zo aanwijzen, de andere twee wonen bij mams. Elke dag komt de man van Ivette …"
Ze hoort de stemmen van mams en Ivette dichterbij komen. "Ik vertel je later wel verder, nu niet meer. Ze komen eraan."
De gids springt van de rots af, pakt Rachel bij haar arm en trekt haar mee de berg op. "Jij dacht toch dat jij als eerste die 372 meter achter de rug zou hebben? Kom op, je kan het."
Wat een pech, denkt Rachel, eindelijk iemand aan wie ik alles had kunnen vertellen. Jammer genoeg heeft ze op deze dag niet meer de gelegenheid gekregen om haar verhaal af te maken.
Haar kans is nu door mams en Ivette helemaal verknald.
Zwetend, zwoegend en uitgeput komt ze als tweede aan op de top. Chika was haar voor.

28

Op een gegeven moment ben ik zijn marionettenpoppetje geworden. Om zijn 'lust-praktijken' te kunnen doordrijven, gebruikte hij het vakantie-pak-slaag intensiever en met steeds meer overtuiging. Tot op heden heb ik geen benul waarom mijn moeder toen niet voor mij is opgekomen. Tranen rollen over mijn wangen. Zoals altijd doet Roza zo haar best om mij te troosten. Ofschoon niemand het fijne van het verhaal weet, is hetgeen, wat ik wilde voorkomen tóch nog gebeurd. De familie is uiteengevallen.

"Zijn jullie later ooit weer samen op vakantie gegaan?" vraagt Roza.

"Nee! Nooit meer, de familie is nooit meer geworden zoals daarvoor. De leuke tijden waren voorbij."

Omdat ik de vakantiegebeurtenis nog nooit aan Vincent heb verteld, roep ik hem om bij het gesprek van Roza en mij te komen zitten. Bij het horen van het verhaal blijft hij sprakeloos zitten. Het lijkt wel alsof hij in een diepe slaap verkeert. Strak kijkt hij voor zich uit en verroert zich niet. Zonder het zelf in de gaten te hebben, staart hij naar de televisie die uitstaat. Na een poosje zwaai ik voor Vincents gezicht om zijn

De auto is ingepakt, klaar om naar Banda Abou[68] te rijden. Alleen de spullen van Indira moeten nog in de kofferbak. Mams moet nog even snel tanken.

"Rachel en Josephine, wachten jullie even hier thuis, Ivette komt zo."

Josephine ligt in haar bed een boek te lezen. Rachel zit aan het voeteinde. Door de kier van de half openstaande deur kijkt ze naar de televisie in de huiskamer. Ze verveelt zich, het wachten duurt lang. Al weken verheugt ze zich op deze vakantie. Het wordt zeker gezellig. De familiegroepen ten westen en ten oosten van de berg gaan samen op vakantie. Altijd als de hele familie samen is, wordt het leuk. Het zou leuker zijn als Dennis niet mee zou gaan, verbeeldt Rachel zich. Tegelijkertijd komen mams en Ivette aanrijden. Ze hebben elkaar onderweg getroffen. Meteen rent Rachel naar buiten. Eenmaal buiten ziet ze Dennis in de auto naast zijn vrouw Ivette zitten. Het liefst wil ze niet

---

[68] De westkant van het eiland Curaçao (ook wel Westpunt genoemd).

240

in de buurt van Dennis zijn. Daarom blijft ze op een afstand
kijken hoe de laatste dingetjes geregeld worden.
Wat haar betreft kunnen ze nu meteen vertrekken. Indira
sjouwt met haar grote tas. Dennis neemt de tas over en
legt hem bij mams in de kofferbak. Daarna loopt hij naar
mams om haar de weg uit te leggen.
"Goedemorgen, Rachel wil je iets voor me doen?" vraagt
tante Louisa. Ze tilt haar thermoskan in de lucht. "Kan je
wat ijsklontjes in mijn sap doen? Het is te warm, maak het
ijskoud alsjeblieft."
Nadat Rachel de ijsklontjes in het sap heeft gedaan, gluurt
ze in de slaapkamer naar Josephine. Het lijkt wel alsof
Josephine niet mee wil. Ze staat bij het raam naar buiten
te gluren.
"Kom, we moeten gaan, waarom blijf je op je slaapkamer?"
"Pas als Dennis in de auto zit, kom ik naar buiten."
Rachel weet dat er geen vriendschap is tussen Josephine
en Dennis.
"Hè, hè … hij is ingestapt," zegt Josephine. Ze sluit meteen
het slaapkamerraam.
Mams toetert. "Kom kinderen, we gaan. Josephine, sluit
jij de deur?"
Nu vertrekken ze echt.

De auto's zijn uitgepakt en de kamers worden ingedeeld.
Ivette en Dennis slapen in de voorste kamer. Mams, Dudu
en tante Louisa slapen samen in de achterste kamer.
Marjorie en Margaret delen de kamer die tegenover de
slaapkamer van mams is. Tussen de twee slaapkamers
in is er een gangetje naar het toilet, dat buiten is. Alle
kinderen slapen in de huiskamers op slaapmatten. De
huiskamer is naast de slaapkamer van Ivette en Dennis.
De heerlijke Banda Abou-lucht zorgt voor een
vakantiesfeer. De vogels fluiten. Het geluid van de golven
van de zee is tot in de verte te horen. Het weekendhuis

is boven op een rots gebouwd. Via een lange ijzeren trap komen ze bij het strand. Rachel geniet nu al van de vakantie. Marjorie heeft haar verteld dat het goed is om je huid met Vaseline in te smeren. Dit beschermt tegen zout water.

"Als dat zo is, ga ik gelijk aan de slag. Kom Marjorie, laat mij je benen alvast insmeren, wij gaan zo zwemmen."

"Even wachten Rachel, ik ga eerst de strandbal opblazen."

"Josephine, waar ben je? Kom gauw, ik wil je benen alvast insmeren."

Rachel heeft het heel druk met het insmeren van alle benen. Dudu, Margaret, Indira en zelfs Robertico willen hun benen laten smeren. Mams is de badlakens en de zwempakken bij elkaar aan het zoeken.

Ivette staat al bij de trap te popelen. "Schieten jullie alsjeblieft een beetje op!" roept ze.

Eenmaal in het water spelen de kinderen het spelletje 'duikfles'. Er wordt een fles met zand gevuld en op de bodem van de zee gegooid, waarna spelers die moeten zoeken en opduiken. Ze moeten elkaar hinderen om de fles te kunnen pakken. Degene die het lukt om de fles te pakken mag hem weer gooien. Na het duikflesspel gaan Rachel en Shayenne schelpen en mooie steentjes op het kiezelachtige strand zoeken.

Rachel heeft verschillende stenen opgeraapt, waaronder één in de vorm van een hartje. Ze is erg trots op haar hartje. Shayenne heeft een dode zee-appel gevonden. Vermoeid en tevreden klimmen ze weer de trap op terug naar het vakantiehuis. Rachel legt haar steentjes op de vensterbank.

Dennis loopt langs, hij heeft meteen een opmerking. "Oh Rachel, wat een mooi hartje heb je, is dat voor mij?"

"Als jij een hartje wil, moet je het zelf maar gaan zoeken."

"Kom meiske, laten we samen gaan zoeken."

"Ga weg! Jij komt altijd storen. Ik heb het nu heel gezellig.

En nu ga ik in de keuken helpen."
Tante Louisa heeft de barbecue al aan. Zorgvuldig legt Rachel het vlees stuk voor stuk op het rooster. Het heerlijk gemarineerde vlees ligt rustig te roosteren. De kinderen spelen zolang verstoppertje.
Als Rachel de salade uitdeelt, vangt ze het gesprek tussen Marjorie en Margaret op. Marjorie herinnert Margaret dat er in de avonduren een feest gehouden wordt in het High Flying Park Manzalinja.
"Ik ben het niet vergeten hoor, wij moeten niet te laat gaan," antwoordt Margaret.
 Ze overhandigt Rachel haar lege bordje. Marjorie wil weten hoe laat ze dan zullen vertrekken.
"Laat mijn eten eerst even zakken. Misschien over een half uurtje."
Deze kans laat Rachel zich niet voorbijgaan. "Ik wil ook met jullie mee, mag dat?"
Margaret kijkt Marjorie aan. "Ze mag toch wel mee?"
"Uhm ..." Marjorie neemt een hap van haar toetje. "Dat moet ze aan haar moeder vragen."
"Mams ... er is vanavond feest in het High Flying Park, Margaret en Marjorie gaan. Mag ik ook mee? Alsjeblieft ... mag ik meegaan? Zeg toch ja ..."
"Je mag mee, onder één voorwaarde, dat je bij Margaret en Marjorie in de buurt blijft. Je gaat niet overal bij onbekende mensen hangen. Denk erom, het is al donker."
Rachel is erg blij dat ze een keertje in het donker naar een feestje mag. Al kent Rachel verder niemand op het feestje, vind ze het heel gezellig in het High Flying Park Manzalinja. Rode en groene lichtjes gaan aan en uit. De salsamuziek staat hard aan. Enkele tieners zijn aan het swingen. Een meisje gekleed als een prinses deelt hapjes uit. Uit het niets hoort ze een stem: "Ik ben Amado, zullen we even dansen?"
"Nee liever niet, ik blijft netjes in de buurt van mijn

nichten."
"Zal ik dan wat te drinken halen voor jullie?"
"Ja lekker, breng ons Pepsi."
Amado brengt het drinken en blijft nog even hangen bij
de dames. Hij vertelt over het ontstaan van het park.
Voldaan en tevreden keren ze terug naar het
vakantiehuisje. Rachel neemt snel plaats op de slaapmat
naast Indira, Tamara, Josephine, Robertico en Shayenne.

Midden in de nacht wordt Rachel wakker gemaakt.
Ze hoort Dennis in haar oor fluisteren, "niet schreeuwen,
ik ben het, laat me naast je liggen."
"Nee Dennis, ga alsjeblieft weg, dit wil ik niet."
"Ach Rachel, doe niet zo flauw, eventjes maar. Ik doe je
niks."
"Nee Dennis, ik heb het al gezegd, ga alsjeblieft weg."
Rachel rolt zich helemaal in het laken. Ze weet dat Dennis
toch zal proberen om aan haar lichaam te komen, die kans
wil ze hem niet geven.
"Rachel, haal dat laken toch weg," fluistert hij indringend.
"Nee, dat doe ik niet, vraag het niet meer."
"Jij moet wel iets meer respect tonen voor mij. De laatste
tijd ben je erg onbeschoft naar mij toe."
Rachel draait haar rug naar Dennis. Ze is boos en bang
tegelijk. Ze weet zich geen raad meer. Ze voelt hoe Dennis
zijn hand onder het laken probeert te schuiven. Dat lukt
hem niet, Rachel heeft zich goed in het laken gewikkeld.
Het laken zit strak om haar heen, net een cocon.
"Ach, Rachel kom nou, toe nou, ik ben er klaar voor."
"Donder op, ga toch weg, ik zei al 'nee'! Het kan me niet
schelen hoe klaar je ervoor bent."
Met geweld trekt hij het laken van haar af. Ongevraagd
streelt hij over haar lichaam. Rachel is machteloos, ze wil
schreeuwen maar durft het niet. Ze is bang dat mams of de
andere kinderen wakker worden. Haar hoofd wordt warm

van de spanning. De bekende brok knijpt in haar keel. Nog even, dan barst ze in tranen uit.

"Denk erom, je gaat klappen krijgen van je moeder, dus wees stil."

"Afblijven, afblijven, ik wil het niet. Waar ben je er klaar voor? Ik ben bang!"

"Wat ben jij een gevoelloos persoon zeg! Ik weigerde 'het' mijn vrouw, en nu weiger jij mij? Dan ga ik het bij Josephine doen. Want ik ben er klaar voor."

"Nee, nee, doe Josephine niets, oh … nee toch. Laat mijn zusje met rust."

Rachel snapt niet waar Dennis klaar voor is. Eén ding weet ze wel, deze gestreste ellende gunt ze haar zusje niet.

"Oké … oké … Doe maar wat je met mij wil doen. Maar laat Josephine alsjeblieft met rust."

Dennis houdt Rachel stevig vast. "Weet je hoelang ik op dit moment heb zitten wachten?"

Op datzelfde moment gaat de slaapkamerdeur van mams open. Mams gaat naar het toilet. Meteen vlucht Dennis naar zijn slaapkamer, waar hij en Ivette slapen. Rachel is opgelucht, nietsvermoedend wat haar te wachten staat, rolt ze zichzelf weer in haar laken om rustig verder te slapen.

Als mams van het toilet terugkeert, rukt ze Rachel met geweld van de slaapmat. Ze stampt en mept Rachel letterlijk in alle hoeken van de kamer. Er is geen plek op haar lijf die geen stompen krijgt. Rachel geeft geen kick, ze wil niet dat iemand wakker wordt. Zachtjes huilt ze en aanvaardt de klappen tot mams ophoudt. Ze vraagt zich af of mams hun gehoord heeft, of misschien zelfs iets heeft gezien. Zonder één woord te zeggen verdwijnt mams terug naar haar slaapkamer. Van Dennis is geen spoor te bekennen.

Snikkend ligt Rachel op haar slaapmat.

"Dennis heeft gelijk. Als mams erachter komt, krijg ik

klappen. Mijn God, dit is nog erger dan klappen. Dennis is gespaard gebleven, zeg ... Hij heeft echt gelijk," zegt ze zachtjes tegen zichzelf.
Rachel kan niet meer slapen, ze blijft lang woelen op haar slaapmat, terwijl ze zachtjes huilt.

De volgende ochtend doet haar hele lichaam pijn. Vooral haar zij doet behoorlijk zeer. Als ze naar de keuken gaat hoort ze tante Louisa en Ivette in gesprek.
"Vilma heeft Rachel vannacht behoorlijke klappen gegeven," zegt tante Louisa.
"O ja ...? Zomaar ... uit het niets of is er iets gebeurd?" vraagt Ivette.
"Ik weet niet of er iets is gebeurd, ik hoorde alleen maar het gestommel. Het ging er behoorlijk aan toe."
"Dan moet er toch iets gebeurd zijn. Het is logisch dat ze niet voor niets stompen krijgt. Maar wat kan ze midden in de nacht geflikt hebben? Dit is wel vreemd, zeg."
Als Rachel hun passeert, zwijgt tante Louisa totdat ze weer voorbij is.
Rachel ervaart een diep schaamtegevoel. Het lijkt alsof haar maag samenknijpt. Het liefst zou ze zich willen verstoppen. Niemand vraagt haar wat er is gebeurd, daar staat ze zo versteld van. Hoe is het mogelijk dat niemand haar iets vraagt? Totaal verward gaat ze onder een boom zitten. Intussen heeft mams alles weer ingepakt. De reis terug naar huis gaat weer beginnen. De vakantie waar Rachel zich zo op verheugd heeft, duurde maar één dag. Rachel is echt verdrietig en teleurgesteld, bovendien weet ze geen raad met het schaamtegevoel. Elke vorm van contact probeert ze die dag te vermijden. Met niemand durft ze erover te praten. Het is voor haar volkomen onduidelijk waarom ze klappen heeft gekregen. Het geheim heeft ze immers toch niet verklapt. Of zal het zijn omdat Dennis toestemming heeft van mams en ze daar geen gehoor

aan gegeven heeft? Niemand heeft Rachel gevraagd wat er afgelopen nacht is gebeurd. Niemand weet waarom ze klappen heeft gekregen, behalve mams, die waarschijnlijk iets gemerkt heeft en Dennis de achterbakse klootzak.

Onder de schubappelboom is Rachel met haar poppen aan het spelen. De takken van de boom hangen zo laag tegen de grond dat er een holletje gevormd is. De hele week is ze druk bezig geweest met de feestelijke voorbereidingen. Vandaag is haar Barbie jarig. Van afvalhout heeft Rachel een bed en een toilettafel in elkaar getimmerd. De spiegel voor de toilettafel heeft ze van een blikken deksel gemaakt. Voor alle poppen heeft ze nieuwe kleren genaaid en de hele boom is versierd met zelfgemaakte slingers.
"Het feest kan beginnen, de gasten kunnen komen. Oh nee, ik ben de traktatie vergeten."
Rachel rent naar binnen om de zelfgemaakte citroensap en de Mariakoekjes te halen. Ze neemt weer plaats tussen haar poppen. De eerste gast is Dennis. Hij gluurt door de takken van de schubappelboom naar Rachel.
"Mag ik ook op jouw feestje komen? Ik kan het heel gezellig maken."
"Ga weg! Engerd."
Maar Dennis weet van geen wijken. "Zal ik jou en onze kinderen trakteren op een lekker ijsje?"
Woedend kruipt Rachel uit haar holletje. Met haar armen in haar zij gaat ze recht tegenover Dennis staan. "Luister goed naar mij. Als je nu niet vertrekt, loop ik naar Dudu toe."
Een vals glimlachje verschijnt op zijn gezicht, "Mag je doen, houd er wel rekening mee dat jíj weer klappen gaat krijgen, niet ik."
Als hij Rachel herinnert aan het vakantie-pak-slaag, beseft ze dat ze geen kant op kan. Daarom kruipt ze weer terug

in haar holletje. Het is voor haar overduidelijk dat ze nergens in en om het huis veilig is. Op elk moment van de dag kan Dennis ergens opduiken, ze moet constant elk raam in de gaten houden. Elke schuilplaats in huis heeft ze al gehad.

Verdrietig pakt Rachel haar jarige Barbiepop vast. "Wat een spelbreker is dat monster, vind je niet?"

29

> *"Al de hele dag had ik een raar gevoel. Op de een of andere manier wist ik dat iets niet klopte. De hele dag liep ik rond met het gevoel alsof er iets vreselijks zou gaan gebeuren. Ik was zo bevangen door allerlei emoties, dat ik me geen raad wist hoe ik met deze nieuwe emotie moest omgaan. Achteraf begrijp ik dat er niets mis was met mijn instinct."*
>
> *"Wat voelde je precies?" wil Roza weten.*
>
> *"Een grote angst. Alsof iemand mij stond op te wachten om mij kwaad te doen."*
>
> *"Had je niet meteen aan Dennis gedacht?"*
>
> *"Nee, geen moment."*
>
> *Roza neemt een hap van haar soep. "Wat lekker zeg, lekker scherp."*
>
> *"Ja Vincent kan goed koken."*
>
> *"Je kent me langer dan vandaag, ik wil hierna nog een kom."*
>
> *"Geen probleem hoor, er is genoeg."*
>
> *"Even terug naar je gevoel. Hoe is het afgelopen?"*
>
> *"Slecht ... bar slecht. Ik had het gevoel dat ik vies was. Ik kon zoveel douchen als ik wilde, maar dat vieze gevoel bleef kleven aan mijn lijf. Dit vieze gevoel werd versterkt door een schaamtegevoel. Ik wilde*

In de ochtend is Rachel alleen thuis, ze is in het achterhuis een rok voor zichzelf aan het naaien. Onverwacht staat Dennis voor haar neus. Deze keer heeft hij zijn auto vóór, bij het voorhuis geparkeerd. Dit heeft hij bewust gedaan, zodat Rachel hem niet kan horen aankomen en zich snel verstoppen. Doordat hij onverwachts voor haar staat, heeft Rachel geen schijn van kans om te vluchten. Dit trucje heeft Dennis nog nooit eerder gebruikt. Hij wordt alsmaar creatiever in het bedenken van mogelijkheden om alleen samen met Rachel te zijn.

"Hay ... leuke dag gehad vandaag?" vraagt Dennis spontaan.

"Gaat je niks aan," antwoordt Rachel bot.

"Wat ga je zoal doen in de vakantie?"

"Bemoei jij je er niet mee."

Door het onverwachte bezoek is Rachel helemaal van slag. Zeker de manier waarop Dennis haar te pakken heeft, zit haar behoorlijk dwars. Dit allemaal zo vroeg in de ochtend. Onmiddellijk begint ze haar naaispullen op te ruimen. Dennis neemt de schaar in zijn handen. Rachel pakt hem snel af en stopt hem in de naaidoos.

"Ik moet opschieten, ik moet weg," liegt ze.

"Doe maar rustig aan, ik raak je nu niet aan. Ik ben even snel langsgekomen om je voor te bereiden op vanavond." Rachel is inmiddels al gewend dat Dennis bij het luikje komt. Daarom is zijn boodschap niets nieuws voor haar. Toch voelt het aan alsof hij weer iets anders van plan is.

"Wát is er vanavond dan? Je wilt zeker weten waarom ik voortaan vroeg douche."

De laatste tijd loopt hij haar steeds mis omdat ze vroeg gaat douchen. Dus neemt Rachel aan dat hij wil dat ze weer later gaat douchen.

Dennis draait er een beetje omheen. "Ach, je weet toch …? Onze afspraak!"

Vlug pakt Rachel haar naaispullen onder haar arm en brengt ze naar de speelkamer. Als ze terugkomt zit Dennis beleefd op een stoel naar buiten te kijken. Rachel vraagt zich af of alles wel goed gaat met hem. Anders zou hij allang onzin gepraat hebben, of in het ergste geval aan haar borsten en billen hebben gezeten.

"Héy, luister eens, ik heb geen afspraak met je," blaft ze. "Ik wil geen afspraak met je, en wens dat je nu opdondert."

"Hoezo hebben wij geen afspraak? Ik zou eens een keer tijd voor je maken, tijd voor iets fijns, weet je nog?"

Dennis loopt nu wel onrustig op en neer. Even neemt hij weer plaats op de stoel. Daarna staat hij op en loopt weg. Opgelucht haalt Rachel adem. Het is voor haar nog steeds een raadsel waarom Dennis zich vandaag zo afstandelijk gedraagt.

Dezelfde middag heeft Dudu bruine bonensoep gekookt. Josephine lust de bonen in de soep niet.

"Kijk eens Josephine, de bonen zijn er al uitgezeefd," zegt Dudu.

Gretig eet Josephine haar soep op.

Onbeschoft kijkt Julio op het bord van Rachel. "Zo, die

rabu[69] van jou lust ik wel, die is lekker dik."
Uit ervaring weet Julio dat Rachel niet zo dol is op een dikke rabu. Ze wachten totdat Dudu weer de keuken in gaat om met elkaar over de rabu te onderhandelen.
Zodra Dudu vertrokken is, schopt Julio onder de tafel tegen Rachels been aan. "Nu snel onder de tafel door voordat Dudu terugkomt."
Maar Rachel is van gedachten veranderd. "Voor niets gaat de zon op. Voor wat, hoort wat."
"Wat wil je nou weer van mij?"
Het hele gebeuren gaat Josephine niet voorbij. Alsof ze niets opmerkt, hapt ze rustig haar soep op. Julio geeft haar een stootje. "Wat denk je ervan?"
"Over wat, haar rabu? Ruilen natuurlijk tegen jouw dunne rabu," denkt Josephine.
"Nee, nee, zo gemakkelijk gaat het niet. Julio mag mijn dikke rabu kopen voor een gulden per stuk."
Julio zet twee grote ogen op. "Houd jij je rabu maar."

Na het eten zondert Rachel zich af. Het gevoel dat haar vandaag overrompelt is niet prettig. Ze snapt niet hoe dat gevoel gekomen is, maar veel belangrijker is, hoe ze ervan af kan komen.

Later in de middag is Rachel in de keuken met de afwas bezig. Julio en Josephine zijn al naar huis. Achter haar rug om is Dennis weer binnengeglipt.
"Weet je? Ik heb vandaag een vrije dag genomen. Speciaal om jou voor te bereiden. Vanavond kom ik bij het luikje, zorg dat je in de badkamer bent. O wee als je schreeuwt of wegrent."
Rachel geeft hem geen antwoord en schenkt hem ook geen aandacht. Ze speelt lekker door met het afwassop.

---

[69] Gezouten varkenstaart die in verschillende gerechten gebruikt wordt

Als Dennis merkt dat hij geen grip op Rachel heeft, gebruikt hij zijn aanval manoeuvres.

"Weet je nog dat ik je gewaarschuwd heb voor een pak slaag van je moeder? Vergeet dat vakantie-pak-slaag niet. Volgens mij was het niet genoeg. Het lijkt erop alsof je weer in elkaar gestamp wilt worden. Dus zorg dat je er vanavond bent. Zeg me nú, ben je er wel of niet, want ik ga nu naar je moeder."

Rachel trekt haar tenen bij elkaar. Het vakantie-pak-slaag is tot op heden een trauma voor haar. Het was inderdaad geen pretje. Elke keer als ze eraan denkt, lijkt het wel als de dag van gisteren. Het onbegrip, de pijn, het verdriet en de teleurstelling hebben hun littekens achtergelaten. Nog steeds kan ze niet begrijpen waarom ze door mams in elkaar gestompt is. Maar ook waarom er tot op heden niemand met haar over gesproken heeft. Nu gebruikt Dennis het vakantie-pak-slaag weer. Ze wordt angstig.

"Oké, is goed. Ik zal er zijn, en nú wegwezen!"

Vroeg in de avond haalt paps Rachel op. In de laadbak van de pick-up zit Josephine.

"Kom er maar bij Rachel, lekker in de open lucht."

Als ze eenmaal in de bak zitten, zegt paps: "We gaan naar de voetbalwedstrijd van Victory Boys. Denk erom meiden, wij zijn voor Victory Boys. Ik heb geen jongens, dus jullie gaan me steunen."

Eerst rijdt paps naar de 'Rits[70]' om Josephine en Rachel te trakteren op softijs. Hierna rijden ze door naar het voetbalstadion.

De sfeer is gespannen. De fans van de tegenpartij zijn heel fanatiek, in tegenstelling tot de fans van Victory Boys. Deze zijn rustiger.

---

[70] Een ijssalon.

Vol spanning houdt paps de tijd in de gaten. "Het is bijna tijd. Denk erom meiden, wij gaan ons team goed toejuichen."

Het duurt niet lang of het volkslied klinkt door het hele voetbalstadion. De teams komen het veld op. Paps juicht zijn team toe. "Kijk meiden, zo moet het. Juich maar mee."

Rachel en Josephine doen paps precies na. De spanning is te snijden. Als enige klimt paps tot hoog in het hek. Even later volgen Rachel en Josephine hem.

Met luide stem schreeuwt paps: "Hier met die bal … Deze kant op … Hier … hier … hier … Kom op! Schieten! Nu!"

De twee meiden kennen het spel niet, waardoor ze het niet kunnen volgen. Daarom schreeuwen ze hun vader na. Tijdens de pauze krijgen ze de nodige uitleg over enkele voetbalregels. De stand is nog steeds 0 – 0.

Als de spelers weer het veld opkomen, laat paps zijn ontevredenheid goed merken. "Kom Konènchi[71], kom op met die goal. Anders ga ik zelf spelen."

Omdat paps de speler 'Konènchi' noemt, schieten de twee meiden in de lach. Ze weten niet dat het zijn bijnaam is. En dan … dan komt Konènchi met de bal … Góál!!!

Paps wordt wild. Het hele hek gaat heen en weer. Het staat 1 – 0 voor Victory Boys. Een oorverdovend gejuich klinkt vanaf de tribune. Rachel heeft geen flauw idee waar dat enthousiasme van paps voor het voetbal plotseling vandaan komt. Daarom neemt ze de vrijmoedigheid om het hem te vragen.

"Vanaf vorige week is jullie paps sponsor van Victory Boys. Als ze winnen, komt het hele team met al hun fans bij mijn snackbar eten en drinken. En dat is kassa."

In de avond is Rachel aan het overwegen op welk tijdstip

---

[71] Konijn

ze zal gaan douchen. Eigenlijk wil ze niet laat gaan. De verplichting van Dennis houdt haar echt bezig.

Zal hij werkelijk naar mams of naar Dudu gaan? Zou ik nou echt weer stompen van mams krijgen als ik Dennis niet zal gehoorzamen? Zou Josephine vanavond niet hier kunnen blijven slapen? Dan kunnen we samen douchen. Het zou ook kunnen dat Dennis helemaal niet bij het luikje komt. Rachel is vermoeid van al die gedachten die in haar hoofd ronddolen. Ze in strijd met zichzelf en neemt het zekere voor het onzekere. Zonder enig idee wat haar te wachten staat, gaat ze toch later douchen. De gedachte dat alles beter is dan het vakantie-pak-slaag, maakt haar keuze gemakkelijker.

Net als Rachel zich uitgekleed heeft, is Dennis bij het luikje. Hij steekt zijn hoofd erdoor.

"Rachel ... Rachel ... Ik ben het, niet schreeuwen. Denk aan het pak slaag. Zo meteen kruip ik door het luikje naar binnen."

Snel slaat Rachel de handdoek om zich heen.

"Vanavond wordt het leuk, het is ons geheim. Ik ga iets fijns met je doen, niet schreeuwen, denk aan de stompen. Zie je wel, ik heb toestemming van je moeder."

Terwijl Dennis zich door het luikje naar binnen wringt, blijft hij Rachel herinneren aan het pak slaag. Rachel rilt van angst door het pakslaagdreigement, en durft daarom niet weg te rennen.

Eenmaal binnen troost hij Rachel. "Goed zo meisje, goed gedaan, je hebt niet geschreeuwd. Heel goed van je. Knap hoor! Wij gaan het samen beleven."

Uit zijn broekzak haalt hij een klein olieflesje. "Zie je dit? Het feest kan beginnen."

Met een glimlach op zijn gezicht doet Dennis de rits van zijn pantalon open. Hij haalt zijn geslachtsdeel eruit. Haastig smeert hij wat olie op zijn geslachtsdeel. Rachel heeft nog nooit een geslachtsdeel in het echt gezien. Ze heeft toen op het dak wel de billen van Julio gezien. Haar mond valt open. Vlug draait ze haar hoofd om. In een flits gaan de plaatjes van de viezedingenboekjes door haar gedachten. Ze raakt in paniek. "Nee, nee ... Blijf van me af, ik wil niet onder jou gaan liggen."

Dennis blijft kalm, ondertussen smeert hij nog een beetje van de olie over zijn geslachtsdeel. "Nu is het voldoende geolied. Kom ... je hoeft niet onder mij te gaan liggen, vooroverbuigen is beter."

Hij grijpt Rachel vast, ze spartelt ... ze trilt ... De spanning giert door haar binnenste ... haar hart gaat tekeer. Verstomd luistert ze naar Dennis.

"Denk eraan, rustig blijven, en zeker niet schreeuwen. Anders krijg je weer een pak slaag ... of kies je liever voor het pak slaag?"

Dat vreselijke pak slaag is ook niks. Rachel voelt zich klemgezet tussen twee keuzes. Twee onmogelijke keuzes die ze geen van beide wil.

"Ik wil niet, ik wil niet ... ik wil geen van beide. Alsjeblieft, blijf van me af. Wat wil je met me doen?"

"Niets bijzonders, het kan een beetje pijn doen," probeert Dennis haar gerust te stellen.

"Maar dat is eventjes en daarna krijg je een hemels gevoel ... Geloof me. Kom, laat me je het bewijzen. Gewoon doen wat ik je zeg. Zo niet, dan doe ik het bij Josephine. Daarna ga ik alsnog naar je moeder, om haar op de hoogte te stellen van je ongehoorzaamheid naar mij toe. En geloof me, deze keer zullen de stompen veel erger zijn."

Het is Rachel duidelijk dat ze de strijd verloren heeft. Er blijft niets anders over dan zich over te geven. Van het hemelse gevoel waar Dennis het over had, heeft ze niets gemerkt. Het is meer een pijnlijke nachtmerrie, die een nare herinnering achter heeft gelaten. Behalve dat, heeft ze geen flauw idee wat Dennis met haar gedaan heeft.

Als het voorbij is, zegt ze: "Ik wil deze nachtmerrie nooit meer meemaken."
Een reactie van Dennis blijft afwezig. Snel neemt hij de uitweg via de achterdeur van het achterhuis. Eenmaal buiten drukt hij Rachel nog eens op het hart: "Dit is ons geheim, ik kom morgen kijken hoe het met je gaat."
Door het nare gevoel dat Rachel benauwt, doucht ze zich niet meer. Ze doet haar pyjama aan om regelrecht naar bed te gaan. Normaal gesproken gaat ze na het douchen nog eventjes met Dudu televisiekijken. Maar dat durft ze nu niet. Het is voor haar volkomen onduidelijk waarom ze zich zo raar en vies voelt. Er is iets goed fout, dat voelt ze, maar ze weet niet wat het is. Verdrietig gaat ze in bed leggen.
Vanuit haar slaapkamer hoort ze Dudu roepen. "Je hebt vandaag langer dan normaal gedoucht, was er geen spook?"
Het is Dudu zeker opgevallen dat Rachel langer dan normaal in de douche gebleven is. Zeker omdat ze ook niet heeft geschreeuwd dat er een spook bij het luikje is, blijft dit een raadsel voor Dudu. Door het voorval is Rachel chagrijnig en van streek.
"Nee! Vandaag was er een monster."
Dudu is gewend aan de nogal onbeschofte antwoorden van Rachel en besteedt verder geen aandacht aan haar monsterverhaal. Ze gaat weer ongemoeid haar televisieserie volgen.

De volgende dag als Rachel de tuin uitloopt, komt juist op dat moment Dennis aanrijden. Hij stopt zijn auto voor haar en hangt met zijn bovenlichaam door het raam. Een diep gevoel van schaamte en innerlijke pijn beklemt haar. Rachel kan dit gevoel niet thuisbrengen.
Met een bijzonder mate van belangstelling spreekt hij Rachel aan. "Hoe gaat het met je? Heb je nog pijn? Heb je

iemand iets verteld? En ... had je bloed?"
Heel verlegen schudt Rachel alleen maar haar hoofd.
"Hier ... Ik heb iets voor jou meegebracht, stop het in je
onderbroek."
Dennis reikt Rachel een bruin papierenzakje aan. In het
zakje zit een langwerpig wit iets gemaakt van watten.
Wat het is, en waarvoor het is, weet ze niet. Zo'n ding ziet
ze voor het eerst. Uit schaamte durft ze Dennis niet eens
aan te kijken. Nadat ze het zakje aangenomen heeft loopt
ze snel door. Sinds deze dag is Dennis bijna niet meer
bij Dudu gekomen. En als hij komt, negeert hij Rachel.
Rachel vraagt zich af wat er gaande is. Hierdoor is ze
dagenlang behoorlijk in de war en niet te genieten.

Het Luikje.

30

> *Een aantal keren verontschuldigt Roza zich. "Als ik ooit geweten had dat Wincho ook zo'n profiteur was, dan had ik jullie nooit bij elkaar gebracht."*
> *"Niemand kan er iets aan doen. Als iedereen alles van tevoren zou hebben geweten, dan hadden we nu een ander leven gehad. Eigenlijk ben ik bozer op de school. Ze moeten het tegenwoordig riskeren om een fles whisky op school te verloten. Weet je wat nog erger is? Dat ik op school, nota bene van jou, heb moeten leren wat maagdelijkheid is."*
> *"Wat een ellende heb je meegemaakt," herhaalt Roza enkele keren.*
> *Roza kan niet over ellende meepraten. Ze heeft een gelukkig leven met Doys en hun drie kinderen.*

Nadat paps alle voor- en nadelen heeft overwogen, heeft hij toch besloten om Rachel niet naar de Its te laten gaan. Rachel ligt in bed en luistert het gesprek tussen mams en paps af.

"Weet je Vilma, ik denk dat het beter is als we Rachel toch maar naar de huishoudschool laten gaan. Daar komt ze niet in aanraking met jongens."

"Jongens zijn onvermijdelijk, de kans dat ze zwanger raakt

is wel geringer. Als man begrijp je dit toch wel."
"Klopt, jongens lopen overal vrij rond. Laten we haar
niet meer dwingen, geef haar maar haar zin. We zien wel
waar het schip strandt, vind je niet, Vilma?"
"Ja hoor, haar gestrande schip moet ze toch zelf weer vlot
krijgen."
Zodoende heeft Rachel na lang protest toch haar
zin gekregen. Na de grote vakantie mag ze naar de
huishoudschool.

Rachel is dolblij dat ze naar de huishoudschool mag en
daarbij zit ze bij Roza in de klas. Rachel doet goed haar
best en haalt goede cijfers. Maar haar gedrag laat nog
steeds veel te wensen over. Regelmatig moet mams naar
school om erover te praten.
Ook thuis is Rachel onhandelbaar. Niemand heeft enig
benul van wat zich in haar hoofd afspeelt. Van de hele
familie kan niemand haar gedrag verklaren. Vanwege
haar zwijgzame gedrag kan niemand haar helpen. Zowel
de school als familieleden zeggen: "Ach ... het is de
puberteit."
Nog steeds heeft Rachel een enorme angst om over
'het geheim' te praten. Ook al had Roza haar vaker in
vertrouwen genomen, ze durft haar geheim zelfs niet met
Roza te delen. Het vuile gevoel achtervolgt haar ook nog
steeds.

Op zekere dag komt Roza heel blij naar school. Tijdens de
les, als de juffrouw niet kijkt, gooit ze een opgevouwen
papiertje op Rachels lessenaar. Benieuwd naar wat er
in het briefje staat, maakt ze het stiekem open. 'Ik ben
vandaag heel erg blij, ik móét je iets vertellen.'
Het kost Rachel veel moeite om haar nieuwsgierigheid te
bedwingen. Onopvallend verstopt ze zich achter de rug
van de leerling die voor haar zit en fluistert naar Roza:

"Wat, wat, vertel, ga mee naar het toilet."
Zonder dat ze het in de gaten heeft, spreekt ze net iets te hard, de juffrouw hoort haar. "Rachel, je hebt al vijftig regels van vorige week staan, wil je er nog vijftig bij?"
Gedurende de les houdt ze zich verder koest. Maar … zodra de bel gaat staat ze als eerste buiten.
"Kom, snel naar ons plekje, daar kunnen wij ongestoord kletsen."
Ze ploffen onder de appeldamboom neer en kruipen meteen heel dicht bij elkaar.
Triomfantelijk kondigt Roza haar verhaal aan. "Ik ben ontmaagd."
Vragend kijkt Rachel haar aan.
Door haar onnozele blik heeft Roza al in de gaten dat ze haar niet begrepen heeft. "Kijk me niet zo raar aan, weet je wel waar ik het over heb?"
Om niet dom over te komen zegt ze: "Uhu." Maar ze weet totaal niet wat 'ontmaagding' betekent.
Door haar enthousiasme kan Roza niet stoppen met vertellen. "Het was iets heel bijzonders."
"En dan …? Moet je daarom zo blij zijn?" vraagt Rachel.
"Nou …? Behalve dat, was het een onvergetelijk moment. Dat maak je in je leven geen tweede keer mee." Roza kan haar blijdschap niet bedwingen. Ze glundert helemaal.
Ongeïnteresseerd zit Rachel erbij. Niet omdat ze geen belangstelling heeft, maar omdat ze Roza niet kan volgen. Om de tijd te doden plukt Rachel wat rijpe appeldamvruchten van de appeldamboom.
"Zo, hier ga ik zo meteen in de klas mee klieren." Ze stopt de appeldamvruchten in haar schooltas.
Stom verbaasd kijkt Roza haar aan. "Vraag je me niet eens hoe het gebeurd is?"
Nogmaals blijft Rachel met haar mond vol tanden zitten. Ze heeft absoluut geen idee waar ze het met Roza over moet hebben. En zeker niet wat ze haar zou kunnen vragen.

"Nou, vertel!" antwoordt Rachel knorrig.

Roza kijkt om zich heen of er iemand anders in de buurt is. Waarom doet ze zo geheimzinnig? vraagt Rachel zich af. "Doys had me allang gevraagd om mij te ontmaagden. Dus hij was ook als eerste uitgekleed." Eindelijk heeft Roza de aandacht van Rachel te pakken, omdat ze meteen aan Dennis moet denken die zich gedeeltelijk uitgekleed had. "En toen? Vertel! Vertel snel verder, de pauze is bijna voorbij." Vol belangstelling hangt Rachel nu aan Roza's lippen.

Maar nu wil Roza haar boterham eerst opeten. Terwijl ze haar boterham uit haar tas haalt, dramt Rachel door.

"De pauze is bijna voorbij, ik wil nu alles weten. Eet je boterham maar later op."

"Toen heb ik me ook direct uitgekleed. Het was in een mum van tijd gebeurd. Eventjes deed het pijn. Maar dat staat niet in verhouding tegenover het gevoel daarna ... wauw!"

Met een stralend gezicht haalt Roza diep adem en wrijft over haar buik. Het lijkt wel alsof ze deze hele gebeurtenis aan het herbeleven is.

Gretig neemt ze een hap van haar boterham. Met volle mond maakt ze haar verhaal af. "En nu trouwen en baby's krijgen."

Rachel kan de blijdschap niet delen met Roza. Ze kan zich alleen maar haar nachtmerrie herinneren. In ieder geval weet ze nu dat ze door Dennis ontmaagd is. Maar wat 'ontmaagd zijn' werkelijk betekent, daar moet ze nog antwoord op zien te krijgen.

In de tweede week van het tweede schooljaar moet mams weer naar school voor Rachel. Dit keer niet omdat ze zich niet gedraagt, maar omdat ze zulke goede cijfers haalt. De leerkrachten vinden dat Rachel niet op de huishoudschool thuishoort. Rachel zit zelf ook bij het gesprek. Echte belangstelling toont ze niet. Haar keuze staat toch vast. Puur om te dwarsbomen blijft ze bij haar beslissing. Ontspannen hangt ze in de stoel en speelt met haar gum. Die laat ze telkens stuiteren op de lessenaar. Het kan haar niet schelen wat anderen willen en ervan vinden. Uit protest gaat ze toch niet naar de MAVO. Ze laat Roza niet alleen achter op de huishoudschool. Tijdens het gesprek houdt Rachel steeds de klok in de gaten. Na schooltijd heeft ze een afspraak met Roza. Vandaag neemt Roza haar vriendje Doys mee om hem kennis te laten maken met Rachel.

Zodra de bel gaat rent Roza de klas uit. Ze trekt Rachel aan haar arm mee. "Kom maar snel mee naar de toiletten. Ik moet je wat laten zien."

Eenmaal bij de toiletten aangekomen duwt Roza haar in een toilethok. Tegelijkertijd propt ze een tasje met wat kledingstukken in haar handen. "Kleed je maar snel om, ik heb een verrassing voor je."

Een voor een haalt Rachel de kledingstukken uit de tas. "Wauw, wat een modern kort rokje, en rood ook nog. Zo'n rokje zal ik van mijn vader nooit aan mogen."

"Ach, maak jij je niet druk om die vader van jou, met zijn middeleeuwse mentaliteit." Roza houdt het bloesje bij Rachel voor. "Ik ken je langer dan vandaag, ik weet wat je leuk vind, en wat vind je van dit bloesje?"

"Te gek, zeg!"

"Niet te lang kijken, kleed jij je nou maar snel om."

"Tja ... Ik wil me best omkleden maar deze kleren zijn me te groot. En wat is de verrassing?"

Roza doet alsof ze Rachel niet gehoord heeft en praat eroverheen. "Ik neem het volgende toilet."

Zonder enige haast neemt Rachel plaats op de toiletpot. Rustig neemt ze de tijd om de kledingstukken nog eens te bekijken. Met de te grote kledingstukken weet ze geen raad. Daarbij weet ze ook niet wat de plannen zijn.

Intussen heeft Roza zich al omgekleed. Door het geluid van haar hakjes over de vloer, weet Rachel dat Roza het toilethokje uitloopt. Zelf heeft Rachel de kledingstukken weer in de tas gestopt. In haar uniform komt ze het toilet uitgelopen. Ondertussen staat Roza voor de spiegel te poseren. Boven haar hoge hakken draagt ze een kort rokje en een strak T-shirt. Met haar roodgelakte lange nagels smeert ze rode lippenstift op haar lippen.

Als ze Rachel in de spiegel ziet verschijnen, draait ze zich haastig om. "Heb jij je nog steeds niet omgekleed? Alsjeblieft Rachel. Schiet een beetje op!"

"Ja ... maar ik weet niet hoe ik die te grote kleren passend krijg."

"Blijf jij maar even hier wachten, ik ben zo terug. Sluit jij je maar weer op in het toilethokje."

Zonder schroom voert Roza haar plannetje uit. Eerst loert ze naar buiten of er iemand aankomt. Op het moment dat de kust vrij is, glipt ze naar buiten. Kort daarop is ze terug bij Rachel. Vanuit het keukenlokaal heeft ze een aardappelschilmesje meegenomen naar het washok. Daar heeft ze een stuk waslijn afgesneden.

"Kom op met die wijde rok," commandeert Roza.

Met de waslijn snoert Roza de rok om Rachels middel. Daarna bindt ze een grote knoop in het bloesje, waardoor het minder opvalt dat het te groot is. Al enkele keren heeft Rachel gevraagd wat de bedoeling is, maar Roza laat nog steeds niets los.

Rachel moet het maar doen met 'een leuke verrassing'.

Als Roza klaar is met het aankleden van Rachel, smeert ze haar lippen ook rood. Om het hele plaatje compleet te maken haalt ze een paar pumps uit haar tas.

"Hier doe deze hakjes aan."

De hakjes zijn ook te groot, Roza propt wat toiletpapier in de neus van de pumps.

"Zo mevrouwtje, nu ben je een echte dame."

Zonder moeite wandelt Roza op haar hakjes het toilethok uit. Ze is al gewend om op hakken te lopen. Maar ze heeft er totaal geen rekening mee gehouden dat Rachel nog nooit op hoge hakken gelopen heeft. Bij de eerste stap struikelt ze al. Ze liggen allebei in een deuk.
"Ik ben geen mannequin, wat doe je me nu aan?" lacht Rachel.
"Maak je niet druk, alles is beter dan je uniform. Laat me je wat leren, als je stiekem doet, moet je nooit je uniform aanhouden. Je wordt anders van verre herkend."
Samen vluchten ze door de achterpoort naar buiten. Nadat Rachel nog twee keer is gestruikeld, heeft ze de hakjes uitgedaan. Ongezien staan ze buiten de poort.
"Zie je die auto daar? Ik heb een vriendje voor jou geregeld," vertelt Roza nonchalant, "Doys zit er ook in."
Geschrokken draait Rachel zich om. Ze wil teruglopen. Eén ding staat voor haar vast; mannen willen alleen maar aan haar lichaam zitten. De gebeurtenis tussen haar en Dennis staat nog vers in haar geheugen gegrift.
Maar Rachel krijgt de kans niet om weg te lopen, Roza trekt haar mee.
"Niemand gaat aan mijn lijf zitten, voor geen geld," schreeuwt Rachel.
"Laat me niet in de steek. We gaan naar de McDonald's. Het wordt gezellig en er gaat niets gebeuren, wij zijn toch vriendinnen. Ik ben toch bij je."
Roza pakt Rachel bij haar arm vast en trekt haar mee.
"Als iemand aan mijn lijf durft te zitten, heeft hij een probleem."
"Zo is dat, ik zal ze van tevoren laten weten dat je de groene band van judo hebt."

Het is inderdaad gezellig. De lekkere hamburgergeur troost Rachels gevoelens. De McDonald's zit vol met klanten, waardoor ze zich veilig voelt.

Doys is een grappige jongen. Hij houdt de middag gezellig. In tegenstelling tot zijn vriend Wincho, die er als een droge koek bij hangt. Hij glimlacht alleen maar bij de grapjes van Doys. Ze eten, lachen, en kletsen. Het is volkomen vreemd voor Rachel hoe vaak Doys aan Roza's lichaam zit. Als Wincho maar van mij afblijft, denkt ze. Ongemerkt schuift ze telkens haar stoel een stukje verder van hem af. Tot slot vertelt Wincho dat hij al zesentwintig jaar is en dat zijn moeder nog zijn kleren voor hem koopt. De kleren die hij draagt zien er echt ouderwets uit.

Meteen als Wincho klaar is met vertellen, maakt Doys een grapje: "En hij heeft er nog nooit bovenop gelegen."

Roza schiet in de lach. "Je meent het!"

Wel is het Rachel opgevallen dat Wincho geen machotype is. En helaas heeft hij ook geen aantrekkelijke uitstraling. Alsof dat nog niet erg genoeg is, heeft hij een bocheltje op zijn rug, waardoor hij een beetje mank loopt. Na de gezellige middag kleden Roza en Rachel zich in de toiletten van de McDonald's weer om.

Wincho zet Rachel als eerste thuis af. Galant houdt hij het portier voor haar open. "Wanneer zie ik je nou weer?"

"Als Kerstmis en Pasen op dezelfde dag vallen."

"Kerst en Pasen?"

"Hoe je het maar hebben wilt, carnaval en Sinterklaas kan ook nog."

Geen moment heeft Rachel getwijfeld of ze nog enige behoefte heeft om contact te houden met Wincho. Daarnaast weet ze dat paps het contact nooit zal goedkeuren.

Iedereen is druk in de weer. Samen met de juf van de eerste klas rolt Rachel de rode loper uit. Leerlingen van de tweede klas hangen de slingers op. De directrice van de school staat bij het rad van fortuin, klaar om de eerste gasten te verwelkomen. Met veger en blik is Roza het

laatste beetje vuil aan het opvegen. Intussen zet Rachel de
bloemstukken die ze gaat verkopen netjes neer. Gezellige
salsamuziek klinkt over de speelplaats.
En dan gaat de bel, de braderie kan beginnen. De gasten
stormen binnen. Mams, Dudu en Josephine komen
ook langs. Bij alle kraampjes is het druk, er wordt goed
verkocht.
Door de menigte heen zoekt Rachel oogcontact met Roza.
Zij heeft tegenover haar een kraampje met pannenlappen
in de verkoop. Als ze eenmaal oogcontact hebben, zwaait
ze naar haar. Roza zwaait terug en wijst op haar horloge.
Het is bijna pauze. Door de drukte heen galmt reclame
voor het rad van fortuin door de luidspreker. De directrice
is reclame aan het maken.
"Dames en heren, koop nu uw lot voor het rad van fortuin ...
Ja ja! Wij gaan zo draaien. Maak kans op verschillende
prijzen. Onze hoofdprijs is een ... grote viereneenhalve
literfles Black Label whisky, mis uw kans niet."
Rachel heeft het druk met haar klanten.
"Ga je mee feesten als ik die fles whisky win?" vraagt een
bekende stem.
Verstoord kijkt Rachel op. "Feesten ...? Maak dat
je wegkomt, wil je dat ik problemen krijg met mijn
moeder?"
Ze gluurt vlug rond of mams en Dudu in de buurt zijn. Bij
de kraam van Roza ziet ze Doys staan. Rachel voelt zich
opgejaagd, ze kan haar taak niet meer geconcentreerd
doen.
Over vijf minuten heeft ze pauze, pas dan mag ze de
kraam verlaten.
"Dames en heren, laatste kans, kom en koop. Over vijf
minuten sluiten we de verkoop," klinkt het nogmaals
door de luidspreker.
Wincho buigt zich over Rachels kraam. "Ik ben zo terug, ik
ga even wat lootjes halen."

Opgelucht haalt Rachel adem, ze probeert haar taak weer op te pakken. Gejaagd ruimt ze haar kraam op zodat Wincho haar daar niet zal treffen als hij terugkomt. Ze volgt de minuten nauwgezet op haar klokje. Vijf minuten zijn voorbij, de pauze begint. Onderweg naar Roza komt ze Wincho toch nog op de gang tegen.

"Kijk, ik heb een lot voor jou, nummertje éénentachtig, en voor mezelf heb ik tachtig."

De stem van de directrice klinkt weer door de luidsprekers. "Daar gaan we dan dames en heren … Het rad gaat draaien, Ja, ja … Eerst de troostprijzen."

Iedereen staat aandachtig te kijken naar het rad. Rachel staart naar de fantastische troostprijzen. Dat doosje Maja-parfum met het stukje zeep zou ze wel willen winnen.

De troostprijzen gaan er een voor een uit. De naailesjuffrouw, wint het Maja-parfum. Dat vindt Rachel wel jammer. Eindelijk gaat het over naar de hoofdprijs. Het is een spannend moment.

"Daar gaan we weer … Maar nu voor de hoofdprijs … En dat is … ?"

De trommels roffelen … de spanning stijgt. De directrice maakt het nog spannender. "Er zit een cijfer één in."

Rachel zwaait met haar lotje in de lucht. "Ik speel nog mee," schreeuwt ze blij.

De trompettisten blazen de trompetten … Daarna krijgt de directrice weer het woord. "Ook het cijfer acht zit erin …"

"Welke cijfer komt als eerst, de één of de acht?" schreeuwt iemand uit het publiek.

"De gelukkige winnaar is de persoon met nummertje eenentachtig!"

Wincho springt een gat in de lucht. "Rennen, ga je prijs halen, Rachel … We gaan feesten! Goddank … je ouders zijn al naar huis. Dit wordt ons feestje."

De week daarop hebben Roza, Rachel en Josephine

afgesproken dat ze gaan spijbelen. Ze zullen dan samen
met Wincho en Doys naar Barbara Beach gaan om te
feesten met de fles whisky. Zoals gewoonlijk worden
Rachel en Josephine door mams op school afgezet.
Enkele minuten later worden ze door Wincho en Doys
opgehaald.
Om halftien in de ochtend komen ze bij Barbara Beach
aan. Wincho en Doys hebben voor verschillende lekkere
versnaperingen gezorgd. Ze zijn vastberaden om een
leuke tijd met elkaar te hebben.
"Kijk eens hier wat ik heb."
Wincho haalt de fles Black Label whisky uit de kofferbak.
"Wij gaan eerst ontbijten. Het is te vroeg om aan de
whisky te gaan," vindt Roza.
"Ja moeder, waar is het bakje met tonijnsalade?" grapt
Doys.
Na het ontbijt liggen Roza en Doys tegen elkaar
aangeklemd in het water. Inmiddels is Rachel gewend dat
ze constant aan elkaars lijf zitten. Zelf moet ze er niet aan
denken dat er iemand aan haar lijf zit.
Josephine is zich meteen na het ontbijt gaan omkleden,
terwijl Rachel nog doelloos rondloopt. Eigenlijk durft ze
zich niet om te kleden. Stel je voor dat Wincho stiekem
bij het kleedhokje komt gluren. Hij heeft zich ook niet
omgekleed. Hij zei dat hij niet kan zwemmen.
"Waarom kleed jij je niet om, of heb jij geen bikini?"
vraagt Wincho.
Daar gaat Rachel niet op in. Ze wil zo min mogelijk contact
met hem hebben. Hij zoekt steeds meer toenadering. Heel
tactisch probeert Rachel hem uit haar buurt te houden.
Dat lukt haar aardig. Het duurt niet lang of het ijs is
gebroken. Met z'n vijven hebben ze dolle pret. Ze hebben
een zandkasteel gebouwd, gezwommen, gelachen, en
elkaar bedolven onder het zand.
Na de middag mag de party beginnen. Er wordt geproost

op de vriendschap. Het lijkt wel alsof ze elkaar al jaren kennen. De sfeer zit er goed in. Het duurt niet lang of de fles whisky is al voor een kwart leeg. Het wordt donker. Ze hebben het niet eens in de gaten dat er donkere wolken hun kant opdrijven. Vlak voordat ze naar huis gaan, komt het met bakken uit de hemel.

"Kom we gaan ter afsluiting in de regen lopen," stelt Josephine voor.

Daar hebben de anderen, behalve Wincho, best wel oren naar. Rachel herinnert Josephine eraan dat ze wel voor vijf uur thuis moeten zijn. Dan komt mams uit het werk.

"Zou jij de tijd in de gaten willen houden, Doys? Jij hebt een horloge om," zegt Roza.

"We hebben nog anderhalf uur, kom, plezier maken!" antwoordt Doys.

Net als de vorige keer is Wincho een beetje terughoudend. Hij is de enige die met mate drinkt en die niet door de regen gaat lopen.

"Vrienden het is tijd," zegt Doys na een poosje. "We moeten gaan."

Van de vijf stappen er vier kletsnat de auto in, wat hebben ze een plezier gehad.

Als eerste zet Wincho, Rachel en Josephine thuis af. Josephine kan amper op haar benen staan. Ze wordt door Rachel ondersteund. Voorzichtig smokkelt ze Josephine haar slaapkamer in.

"Kom Josephine, snel droge kleren aan."

Als een aardappelzak laat Josephine zich op het bed vallen.

"Sta op, werk een beetje mee. Doe die natte kleren uit."

Met een zware tong brabbelt ze terug.

"En praat alsjeblieft normaal, wat is er toch met jou aan de hand?"

Zonder succes probeert Rachel haar uit bed te krijgen.

Josephine is zo zwaar, ze lijkt wel een plumpudding. Voordat Dudu komt kleedt Rachel zichzelf eerst snel om. Daarna trekt ze de natte kleren van Josephine uit en rolt haar in een laken op.
Ineens staat Dudu in de deuropening van de slaapkamer. Juist op dat moment is Josephine aan het kokhalzen.
"Rachel snel, pak een emmer!"
Vlug rent Rachel met een emmer terug naar de slaapkamer. De vloer, het bed, en het kussen, alles ligt onder het braaksel.
"Wat is er met dit kind aan de hand?" vraagt Dudu zich ongerust af.
Dudu voelt op haar voorhoofd of ze koorts heeft. Weer moet Josephine overgeven. Het braaksel spuit met een boog uit haar mond. Met grote ogen staat Rachel erbij. Van schrik durft ze geen woord los te laten. Ze weet ook niet wat er met Josephine aan de hand is.
"Wat hebben jullie gegeten?"
Op elke vraag die Dudu stelt bedenkt Rachel zich een paar keer voordat ze antwoord geeft. "Niets … eh … niets bijzonders, chips."
"Ga jullie moeder erbij halen, want dit kind is echt ziek. Ze moet naar de dokter."
Zonder protest rent Rachel naar het huis van mams toe. "Mams, je moet snel komen want Josephine is ziek."
Samen springen ze in de auto, met hoge snelheid rijden ze terug naar Josephine.
Hals over kop haast mams zich naar de slaapkamer, waar ze alcohollucht ruikt.
"Volgens mij heeft Josephine gedronken."
"Dit is grote onzin. Foei Vilma, hoe komen die kinderen aan alcohol?" verdedigt Dudu hun.
Mams stapt op Rachel af. "Weet jij hier iets meer van?"
Geschrokken schudt Rachel haar hoofd.
Bezorgd ruimt Dudu het braaksel op, intussen praat ze met

Josephine. Maar ze geeft geen antwoord, ze ligt in een roes.

Ook mams probeert haar wakker te krijgen. "Josephine, Josephine, heb je alcohol op?"

Josephine is helemaal buiten westen. Ze brabbelt iets. Even later probeert ze rechtop te gaan zitten. Dat lukt haar niet, ze zakt weer in elkaar.

"Ik weet zeker dat dit kind alcohol op heeft," herhaalt mams.

"Ik kan nog steeds mijn ogen niet geloven. Nee … dat kan toch niet? Hoe is ze aan alcohol gekomen? Nee, dat doet Josephine niet. Ze heeft alleen maar chips op."

Ineens komt Dudu op het idee om Josephine met Alcolado Glacial[72] te deppen. Dudu gaat de slaapkamer uit om het te halen. Heel snel is ze terug om het voorhoofd van Josephine te deppen met Alcolado Glacial.

Mams weet ook geen raad met Josephine. "Ik ga jullie vader erbij halen, want ik vertrouw dit zaakje niet."

Als mams weg is, probeert Josephine weer uit bed te komen. Meteen valt ze naast het bed neer. Rachel helpt haar om op te staan. "Josephine, doe nou normaal. Zo meteen worden wij betrapt. Oh, je maakt mijn leven zo moeilijk!"

Het duurt niet lang voordat paps de slaapkamer binnenloopt. Met knikkende knieën staat Rachel te wachten op wat paps ervan gaat vinden. Paps, die verstand heeft van alcohol, heeft maar enkele seconden nodig om zijn conclusie te trekken.

"Wat zijn jullie toch achterlijk," schreeuwt hij het uit tegen Dudu en mams. "Hebben jullie niet in de gaten dat dit kind stomdronken is?"

Vanaf deze gebeurtenis zijn de huisregels aangescherpt. Hun schooltassen worden met de regelmaat van de klok

---

[72] Verkoelende menthol-lotion uit Curaçao, met een groene kleur.

gecontroleerd. Ook de begin- en eindtijd van school worden nauwlettend in de gaten gehouden. Daarbij worden ze regelmatig verhoord wat ze op de dag gedaan hebben. Alsof dat allemaal niet genoeg is, gaat mams bij de vriendinnen navraag doen. Ondanks al deze maatregelen ziet Rachel toch kans om er met Wincho tussenuit te piepen.

Vlak na het dronkenschap van Josephine rijdt Wincho elke dag om klokslag vijf uur met zijn grote Chevrolet langs. Rachel durft niet naar hem toe te gaan. Stel je voor dat paps op dat moment aankomt.
Maar daar heeft Wincho iets op gevonden. Hij schrijft Rachel een brief, waarin hij haar uitnodigt om mee naar de dierentuin te gaan. Daar heeft Rachel wel oren naar. Ze schrijft een brief terug. Ze maakt Wincho bekend dat ze best naar de dierentuin wil, maar alleen als Chika en Roza mee mogen. Eigenlijk durft ze niet alleen met hem te gaan. Wincho gaat hiermee akkoord.
Tegen Dudu zegt Rachel dat ze samen met Roza en Chika en nog enkele vriendinnen naar de dierentuin gaat. Over Wincho zwijgt ze. Ze krijgt toestemming om mee te gaan. Nadat Chika kennisgemaakt heeft met Wincho, plaagt ze Rachel. "Hij loopt net als een geit die aangereden is door een auto."
Rachel moet er zelf om lachen. Tegelijkertijd verdedigt ze Wincho. "Hij kan er ook niks aan doen dat hij een bochel heeft."
Na dit uitstapje volgen nog verschillende andere gezellige uitstapjes. Wincho en Rachel houden per briefjes contact met elkaar. Rachel bedenkt telkens een smoes als ze een afspraak met Wincho heeft, of ze spijbelt. Onverwachts voelt Rachel kriebels in haar buik als ze Wincho ontmoet. Deze kriebels voelen anders aan dan de brok in haar keel. Ze komen spontaan. Het zijn geen kriebels van stress.

Wincho hoeft haar daarvoor nog niet eens aan te raken.

"Kom gauw Roza, ik moet je wat vertellen."
Samen gaan ze naar hun plekje.
"Vertel … vertel, heeft Wincho je ontmaagd?"
"Ah … eh … nee hoor, iets anders. Ik voel kriebels in mijn buik als ik bij Wincho ben. Weet jij wat dat is?"
Roza lacht. "Hè hè, eindelijk. Dat is een goed teken, je bent verliefd."
"Verliefd? Je bedoelt, verliefd … verliefd?"
Ontspannen zit Roza haar chocoladereep op te eten. "Stukje?" vraagt ze.
Rachel schudt haar hoofd. "Ik? Verliefd? Ik … ik … ben verliefd. Dit kan niet."
"Doe nou niet zo moeilijk, verliefd zijn is een goed teken. Dan gaan jullie van elkaar houden."
Nou heeft Rachel een ander probleem erbij. Hoe moet ze in Godsnaam aan Dudu vertellen dat ze verliefd is? Even later realiseert ze zich dat ze het ook aan mams en paps zou moeten vertellen. Ze vraag zich af of 'verliefd zijn' een normaal iets is. Ze wil er liever vanaf komen, maar hoe?
"Kom op Rachel … Be happy[73] !"
"Ja maar … ik … ik … ben verliefd, hoe kom ik ervan af?"

Op een goede dag brengt Wincho zijn geliefde naar huis. Hij wijst naar de auto die bij Dudu geparkeerd staat. "Die auto lijkt veel op die van Dennis. Is dat niet de auto van meneer Willems?" vraagt hij.
Rachel staat perplex dat Wincho, Dennis bij naam en toenaam kent.
"Ja dat klopt, hij kwam bijna dagelijks bij ons thuis … Hij is een … een … de tuinman."
Ze vraagt zich af waar Wincho Dennis van kent. Geschokt

---

[73] Wees gelukkig.

staart ze voor zich uit. Wincho kijkt haar vragend aan. Hij vindt haar reactie een beetje vreemd. Ze is opgelucht dat Wincho niet doorvraagt.

's Avonds kan Rachel niet slapen. In haar gedachten is het onmogelijk dat Wincho en Dennis elkaar kennen. Ze vindt het nog steeds heel bijzonder dat Wincho hem zelfs bij zijn achternaam kent. Daarbij voelt ze zich schuldig omdat ze tegen Wincho gelogen heeft. Ze zit zo erg met dit voorval in haar maag, dat ze de volgende dag op school niet te genieten is. Nadat ze met propjes heeft zitten gooien, heeft ze de naailesjuffrouw zodanig gepest dat deze huilend de klas uitgelopen is. Voor de directrice is de maat nu vol. Op korte termijn moet mams weer naar school.

"Mevrouw, wij kunnen uw dochter niet meer volgen. Wij weten niet wat haar probleem is. Is het de puberteit? Zit ze hier wel op de juiste school? Is ze wel gelukkig?"

Op al deze vragen kan mams geen antwoord geven. Dat zijn vragen waar ze zelf ook mee zit. Mams weet nog niet wat de plannen van de directrice zijn. Rachel zit ongeïnteresseerd met haar rug half naar mams toe gedraaid, naar buiten te kijken.

"Wij hebben besloten dat uw dochter op onze school niet meer welkom is."

Het nieuws komt bij mams als een koude douche aan. De directrice zegt tegen mams dat ze Rachel gelijk mee naar huis kan nemen.

Mams is woest. Rachel stapt onverschillig de auto in.

"Laat haar maar thuis," zegt paps. "Ze kan me goed helpen in de snackbar."

"Nee! Benny, ik schaam me. Wat zullen de buren wel niet zeggen? Niet alleen de buren, de hele familie is goed gestudeerd. En nu komt ze met nog niet eens een huishoudschooltje aan."

Rachel ligt op haar bed en volgt stiekem het gesprek tussen

mams en paps.

"Dat is ook zo," zegt paps. "Maar ik weet totaal geen raad meer met haar."

"En Benny, luister eens goed. Wedden dat ze straks met een buikje thuiskomt."

Wat is dit nou weer voor een raadselachtige uitspraak? Vraagt Rachel zich af.

Mams' voetstappen naderen haar slaapkamer, de deur gaat open. Haar gezicht staat op onweer. "Kom maar mee, je vader wil je spreken."

De woedende blik in paps' ogen verraadt haar dat iets haar te wachten staat. "Nou, ik denk dat je toch maar naar de MAVO moet. In het ergste geval zou je ook nog kunnen gaan werken."

Uit protest blijft Rachel bij haar standpunt. Ze wil toch weer naar school. Maar het 'moet' wel weer een huishoudschool zijn of de lts.

Mams kijkt haar recht in haar ogen aan. "Oké meid, als jouw wil je wet is, zoek ik wel een andere huishoudschool voor je."

Vol goede moed begint Rachel opnieuw op een nieuwe huishoudschool. Ze gedraagt zich voorbeeldig, totdat Wincho weer verhaal komt halen over Dennis.

"Luister even heel goed Rachel, ik wil de waarheid weten. Wat is meneer Willems van jou?"

Ze wil hem wel de waarheid vertellen, alleen durft ze het niet. In haar achterhoofd wordt ze telkens aan het pak slaag herinnerd. Nog steeds hoort ze Dennis zeggen: "Het is ons geheim."

De gebeurtenis in de badkamer is inmiddels negen maanden geleden. Sindsdien heeft Dennis haar niet meer gesproken. Hij komt ook niet meer bij het luikje. Maar toch heeft Rachel nog steeds een zekere angst voor hem. Alles is nog zo vers in haar geheugen.

"Ik heb je toch al gezegd dat hij de loodgieter is."
"Nou … Kom op Rachel, vorige keer was hij de tuinman en
nu is hij de loodgieter?"
Wincho is er nu zeker van dat Rachel maar een verhaal uit
haar duim zuigt. Rachel weet niet meer wat ze de vorige
keer heeft gezegd. Op een slimme manier trekt ze haar
verhaal recht.
"Ja, klopt. Hij is het allebei, hij schildert ook, en af en toe,
doet hij … doet hij … is hij chauffeur."
Rachel heeft zich versproken en wakkert zodoende de
nieuwsgierigheid van Wincho nog meer aan. "Volgens mij
zit er meer achter dan wat je mij vertelt … maar ja, laat
maar."

Vanaf dit voorval maakt Rachel zich nog meer zorgen.
Ze voelt zich gevangen en misdraagt zich behoorlijk op
school. De gebeurtenis met Dennis zit haar ook nog
steeds dwars. Al is het negen maanden geleden, het lijkt
als de dag van gisteren.
Weer wordt mams opgeroepen voor een gesprek op
school, waar ze nogmaals te horen krijgt dat Rachel niet
op de huishoudschool thuishoort. Weer hetzelfde liedje.
"Dat zou een reden kunnen zijn voor haar slechte gedrag.
Dit kind moet onmiddellijk naar de MAVO," zegt de juffrouw.
Al is haar stille verlangen nog steeds om naar de MAVO te
gaan, houdt Rachel voet bij stuk om naar de huishoudschool
te gaan. In de hoop dat ze met haar protest aandacht kan
trekken voor haar toestand. Ze verwacht dat ze op die
manier het geheim van Dennis zou kunnen vertellen. Maar
niemand van de familie die iets anders achter haar protest
zoekt. Zowel de leraren als haar familieleden denken dat ze
niet wil leren. Ze bedenken allerlei maatregelen om Rachel
toch aan het leren te krijgen. Door deze maatregelen gaat
Rachel vaker spijbelen en maakt ze ook geen huiswerk
meer. Rachel noemt het spijbelen 'avontuur'.

"Zullen we aanstaande vrijdag op avontuur gaan? Ik
heb toch maar gym, zangles en kookles," vraagt Rachel
blijmoedig.
"Geen gek idee, ik zal vrij vragen. Maar waar wil jij op
avontuur?" wil Wincho weten.
"Ik vind Banda Abou nog steeds geweldig, lange route, de
wind door je haar, het getjilp van de vogels en het geluid
van de golven. Heerlijk rustig, geen bekenden, geen
irritatie van mams en misselijke juffen."
"De juffen zijn niet misselijk, je moet gewoon doen wat ze
zeggen. Ga nou maar gewoon naar de MAVO."
"Begin jij ook al?"
"Oh, sorry, sorry, ik haal je vrijdag wel op, als ik vrij kan
krijgen."

De band tussen Rachel en Wincho is sterker geworden.
Ondertussen voelt Rachel zich veilig bij hem. Al haar
vriendinnen kijken tegen haar op. Ze vinden dat ze het
getroffen heeft met Wincho. Behalve dat hij een baan en
een auto heeft, neemt hij Rachel overal mee naar toe, en
bovendien is hij een rustig type. Vaak neemt Rachel haar
zusjes mee als ze met Wincho op avontuur gaat. Elke keer
opnieuw geniet Rachel van de aandacht die ze van hem
krijgt. Die twee lijken onafscheidelijk. Eén ding is er wel. Hij
mag haar absoluut niet aanraken. Telkens als Wincho haar
lichaam aanraakt, komt dat nare gevoel dat ze bij Dennis
had weer naar boven. Wincho mag niet verder komen dan
een kusje op haar wang.
Na een avontuurlijke dag wordt Rachel door Wincho
thuisgebracht. Juist op dat moment rijdt Dennis weg. "Kijk
eens aan, daar heb je meneer Willems weer. Heeft hij
vandaag in de tuin gewerkt of geschilderd?" grapt Wincho.
Het grapje schiet bij Rachel in het verkeerde keelgat.
"Je pest mij," barst ze in tranen uit.
"Hoezo? Ik zeg toch niks verkeerd?"

Dit is de bevestiging voor Wincho dat er meer achter zit.
Het is onmogelijk dat Dennis alleen tuinman, loodgieter,
schilder en chauffeur is. Hij geeft gas, en rijdt door.
"Waarom rijd je nou door? Je zou me toch naar huis
brengen?" vraagt Rachel snikkend.
"Wij gaan even praten over die tuinman … of wat hij ook
mag zijn."
Hij rijdt door naar Pos Salu[74], daar is het rustig. Bijna
niemand komt daar. De vogels tjilpen en er is altijd een
zachte bries. Zelfs de bladeren aan de bomen kun je
horen ritselen. Wincho parkeert de auto in de schaduw
onder een boom.
"Zo, Rachel, waarom huil je nou?"
Feitelijk moet Rachel zelf even nadenken waarom ze
huilt. Er zijn te veel redenen om te huilen. Eindelijk
realiseert ze zich dat ze nooit echt gehuild heeft om
wat ze met Dennis meegemaakt heeft. Wel heeft ze
eens van angst gehuild. Maar om de hele situatie, haar
onmacht en schaamte, daar heeft ze nooit om gehuild.
Al die manipulaties, dreigementen en frustraties heeft ze
opgekropt.
"Ik kan niet meer, ik kan niet meer tegen dat gevoel."
Wincho fronst zijn voorhoofd en kijkt haar vragend aan.
Rachel huilt ontroostbaar, zoals ze nog nooit eerder
gehuild heeft. De tranen stromen over haar wangen.
Vol medelijden haalt Wincho zijn zakdoek uit zijn
broekzak en geeft hem aan Rachel. "Hier, droog je tranen
af en leg me uit wat er nu aan de hand is."
Schokkerig droogt Rachel haar tranen. Op het moment
dat ze Wincho iets wil vertellen, stromen de tranen weer.
"Oké … jij hoeft me niets te vertellen. Ik ga je vragen
stellen. Vind je dat een beter idee?"
Rachel knikt.

---

[74] Plaatsnaam, letterlijk vertaald: zoute put.

"Welk gevoel kun je niet tegen?"

"De brok in mijn keel."

"Maar hoe is die brok in je keel gekomen?"

"Zomaar, weet ik niet."

"Vertel me nou alleen maar, wat is meneer Willems van jou?"

Nog steeds snikt Rachel. "Hij … hij … komt klusjes doen voor Dudu."

Wincho kan er nog steeds geen touw aan vastknopen.

"Dus je huilt omdat hij klusjes komt doen voor Dudu? Dit verhaal geloof je toch zelf niet?"

Rachel kan niet ophouden met huilen. Hoe meer ze praat, hoe meer ze huilt.

Om wat frisse lucht door de auto heen te laten waaien, maakt Wincho het portier van de auto open. Voor de ontspanning zet hij muziek op. Ook al is Wincho fan van Super Dynamic[75], toch schuift hij een cassettebandje van Doble R[76] in de cassettespeler. Hij weet dat hij Rachel hiermee een plezier doet. Dit waardeert ze.

Ontspannen zingt Wincho mee, waardoor Rachel wat rustiger wordt.

Op dat moment zegt Wincho: "Meneer Willems is mijn ploegbaas."

"Nee echt? Nee nietwaar, meen je dat nou? … dus je kent hem heel goed!"

Ze gaat rechtop zitten. Haar benen trillen, ze probeert ze tegen te houden. Het lukt haar niet. De tranen rollen weer over haar wangen. Wincho draait de muziek uit.

"Oké laten wij even gaan praten over meneer Willems."

Er zit een brok in Rachels keel. Ze bijt zich erdoorheen. "Ik mag er niet over praten, anders krijg ik klappen van mijn moeder?"

---

[75] Populaire muziekband van Curaçao.
[76] Populaire muziekband van Curaçao.

"Klappen van je moeder? Zit ik nu plotseling in een of ander complot?"
Rachel barst weer in tranen uit. Door de spanning voelt ze zich warm worden. Ze wil Wincho vertrouwen, maar ze krijgt het verhaal niet uit haar mond. "Ik heb van binnen zo'n pijn … mijn hart doet pijn … ik voel me vies … ik weet het niet meer."
"Als jij het niet weet, hoe moet ik je dan helpen?"
"Wil je me werkelijk helpen? Kan je me helpen?" Rachel snikt door.
"Nou kom maar op … ik ga je helpen."
"Hij … hij … heeft … me … " verder komt Rachel niet. Weer barst ze in tranen uit.
"Wat heeft hij met jou gedaan? Vertel dan verder."
"Ontmaagd!"
"Echt?!"
"Maar … maar … ik weet niet eens wat dat is … volgens hem had het een hemels gevoel moeten zijn. Maar het was een hel."
Snikkend doet Rachel haar verhaal. Ze vertelt Wincho hoe het allemaal is gebeurd. Vanaf het begin tot het einde. Ze kan niet stoppen met vertellen. Het is voor haar een opluchting. Eindelijk draagt ze geen geheim meer. De last is van haar schouders afgevallen. Het enige waar ze nog mee zit is dat Wincho het aan niemand mag vertellen. Wincho luistert alleen, hij reageert amper.
Als Rachel klaar is met haar verhaal, pakt Wincho haar vast. "Ik houd van je Rachel, ik wil met je trouwen. Kijk me eens aan. Ik meen het."
"Ben je dan niet boos op mij?"
"Nee natuurlijk niet. Als ik op iemand boos moet zijn, dan is het wel op meneer Willems."
"Oh Wincho, ik ben blij om dit te horen. Maar het neemt de pijn niet weg."
"Dat snap ik. Maar toch wil ik je één ding vragen. Ik hoop

dat je 'ja' zegt."
"Wat dan?"
"Wat meneer Willems met jou gedaan heeft, wil ik ook met jou doen."
Rachel barst weer in tranen uit. Die verschrikkelijke ervaring wil ze nooit meer meemaken. Ze is moe, uitgeput en kapot. Innerlijk wordt ze verscheurd. Hoe ze haar best ook doet om niet te huilen, het lukt haar niet. Ze wil naar huis.
"Nee, nee en nog eens nee … Dat gaat niet gebeuren…! Het doet me van binnen zo'n pijn."
Maar Wincho houdt voet bij stuk. "Mijn ploegbaas, die jouw oom is, mag dat wel en ík mag het niet. Ik ben je vriend, wij gaan trouwen."
"Nee … dat is niet waar. Hij mocht het ook niet. Hij deed het gewoon", huilt Rachel.
"Ik kan hier niet mee leven. Hoe moet ik mijn ploegbaas elke dag opnieuw in de ogen kijken?"
Daar ligt Rachel helemaal niet wakker van, ze blijft bij haar standpunt.
Als Wincho merkt dat Rachel niet van plan is om toe te geven, brengt hij haar naar huis. Zeer tevreden denkt Rachel dat zij van hem af is.
Maar twee dagen later komt Wincho met een ander voorstel. "Als je niet met mij doet wat jij met meneer Willems gedaan hebt, ga ik jouw geheim aan je hele familie rondbazuinen."
Weer barst Rachel in tranen uit, totdat er geen geluid meer uit haar mond komt. "Alsjeblieft, heb geduld met me," smeekt ze. "Ik heb zo'n innerlijke pijn. Het lijkt wel alsof ik van binnen verscheurd wordt."
"Kun jij je voorstellen hoeveel pijn ík heb? Elke keer als ik hem weer op het werk zie, denk ik aan jouw pijn."
"Heb dan geduld, het komt een keer. Maar niet nu!"
Rachel heeft zo'n spijt dat ze Wincho haar geheim verteld

heeft. Ze is zo bang dat mams erachter komt. Alhoewel ze omringd wordt door vriendinnen, voelt ze zich alleen. Het liefst wil ze niemand om zich heen hebben. Ze kan haar geheim toch aan niemand toevertrouwen.

Rachel eet niet meer. Ze valt kilo's af. Dat valt mams op. "Rachel, wat is er met jou aan de hand? Jij bent zo dun aan het worden. Kijk je nek, net een flamingo, je hebt geen vlees meer op je botten."
Rachel schuift de schuld op het diepzeeduiken. "Het zal wel door de zware duikflessen komen, denk ik."

De bedreigingen van Wincho houden aan, hij geeft haar een ultimatum. Er zit niets anders op, dan maar Wincho zijn zin te geven. Ze geeft het op. Het voelt aan alsof ze de strijd verloren heeft. Toch kiest ze er liever voor om de strijd te verliezen dan dat haar geheim bij de familie terechtkomt.

Een jaar later baart Rachel een pracht van een dochter. Wincho is de trotse vader.
"Een maandagkindje," zegt de verloskundige. "Hoe ga je haar noemen?"
Vol trots antwoordt Rachel: "Marieke."
De verloskundige legt de baby op haar borst.
"Wat een oer-Hollandse naam, zeg!"
De dag na de bevalling komt Julio op kraambezoek.
"Gefeliciteerd, zeventienjarige moeder," grapt hij.
Als kraamcadeau heeft hij een mandje meegebracht met allerlei verzorgingsspullen voor de baby.
"Mag ik je baby even vasthouden? Ik heb nog nooit zo'n klein frotje in mijn handen gehad."
Rachel overhandigt hem Marieke. Heel voorzichtig neemt Julio haar over. Met een glimlach zegt hij tegen Marieke: "Zorg maar dat je niet als je moeder wordt. En zeker geen

meubels op hun kop draaien."
Rachel moet er echt om lachen. "Wat was ik toch erg."
Heel spontaan zegt Julio: "Laten we met deze woorden onze vriendschap bezegelen."

> Vincent streelt zachtjes over mijn schouders. "Je mag nu best trots zijn op je dochter, ik heb bewondering voor haar. Ze is wijs en intelligent."
> "Hoe oud is ze nu?" wil Roza weten.
> "Dertig ... Dertig volle jaren ... Gezonde jaren, dankzij God."

Wordt Vervolgd.

Tips, waar je zou kunnen aankloppen na het lezen van dit
verhaal:
- Plaatselijke politie
- Huisarts
- Jouw leraar, docent
- Maatschappelijkwerk
- Landelijk Bureau De kindertelefoon
- Je zou eventueel ook nog met mij contact
  kunnen opnemen (zie cover)

NAWOORD.

Nu ik mijn sekreto heb onthuld, valt er een last van mijn schouders. Ik voel mij bevrijd en met Gods hulp sta ik nu sterker. Eindelijk kan ik de toekomst aan.
Ik begrijp nu veel beter waar al mijn frustraties en verkeerde inzichten vandaan zijn gekomen. Ik heb het verkeerde pad bewandeld en heb nu het pad gekozen om Gods Woord te brengen als predikant.
Bij het schrijven van dit boek, weet ik zeker dat ik anderen met hun verborgen geheim kan helpen en stimuleren om uit het verwarde web van hersenspinsel te ontsnappen en zich op te stellen voor een nieuw en vrij begin.

www.ingramcontent.com/pod-product-compliance
Lightning Source LLC
Chambersburg PA
CBHW022015120726
47902CB00012B/267